오리무중에 이르다

정영문
소 설

오리무중에 이르다

문학동네

차례

개의 귀

나는 창밖으로 똑같이 생긴 다른 아파트들밖에는 볼 게 없는 십오층 아파트의 꼭대기층의 어떤 집의 거실 소파에 앉아 어린 몰티즈를 무릎 위에 올려놓은 채로 개의 왼쪽 귀를 손으로 접었다 폈다 하고 있었고, 개는 표정 없는 얼굴로 나를 가만히 올려다보고 있었고, 나 역시 개를 가만히 내려다보고 있었다. 개는 내 무릎에 놓여 있기 전에는 거실 바닥에 엎드려 있었는데, 개가 알아서 내 무릎 위에 올라온 것은 아니었고, 아직 어려서 누군가가 올려주지 않으면 소파에 올라오지 못했고, 소파에 앉은 나는 반은 무심히, 반은 의식적으로 개를 들어 내 무릎 위에 올려놓았고, 잠시 내려다본 후 마치 갑자기 종이접기가 생각난 것처럼 종이접기를 하듯 개의 귀를 접었다 폈다 하기 시작했다.

나는 개들에 대해 이런저런 생각을 하는 것을 좋아했고, 가끔 개들에 대해 이런저런 생각을 너무 할 때면 머릿속에 사납거나 앙칼지거나 시끄럽거나 정신없거나 우스운, 크고 작은 여러 마리의 개들을 키우고 있는 것 같기도 했지만, 현실 속 개들은 특별히 좋아하지도 싫어하지도 않았는데, 그것은 다른 애완동물에 대해서도 마찬가지였고, 애완동물뿐만 아니라 거의 모든 것에 대해 마찬가지였고, 많은 사람들이 많은 관심을 기울이는 개의 용모나 풍채나 습성이나 기질, 그 밖의, 개에 관해 관심을 가질 수 있는 다른 것들에도 그다지 관심이 없었지만, 기회가 있을 때면 만사 제쳐두고 개의 귀를 접었다 폈다 해보곤 했는데, 많은 개의 귀를 접었다 폈다 해보았지만 그것을 특별히 좋아한다고 할 수도 없었고, 그래서 개의 귀를 접었다 폈다 하는 것을 나의 일종의 취미라고 보기는 어려웠는데, 그것은 취미로 개의 귀를 접었다 폈다 하지는 않았기 때문이지만, 그럼에도 그 덕분에 나는 어떤 개의 귀가 잘 접히고, 접힌 채로 잘 있는지, 그리고 어떤 개의 귀가 잘 안 접히고, 접히자마자 펴지는지 잘 알고 있었고, 귀가 잘 접히거나 접으면 잘 접혀 있던 개들 가운데서도 성견이 되면 잘 접히지 않거나 접혀 있지 않는 개들도 있었다.

조금 후 개의 주인이자 이 집의 주인인 그녀가 부엌에서 차와 사과와, 개가 먹을 간식을 갖고, 무대에 등장하듯 걸어 나와 거실 바닥에 앉았고, 나는 강아지를 거실 바닥에 내려놓았고, 강아지는 사발에 담긴 자신의 간식을 먹기 시작했는데 간식을 그다지 좋아하는 것 같지는 않았고, 계속해서 사과를 탐하듯 바라보고 있었다. 사과 접시는 우리 셋 사이에, 이를테면 등거리를 이루고 놓여 있었는데 개도 함께 먹는 것인지 분명치 않았다. 나는 차를 마셨는데 거의 아무런 맛도 나지 않았다. 오래될수록 깊은 맛이 나지 않는 차였고, 오래될수록 본래의 향이 사라지는 차였다. 어떤 꽃차였는데 본래의 맛은 거의 다 빠져 있었고, 아주 조금 남은 본래의 맛으로는 본래 무슨 차였는지 짐작하기도 어려웠다. 나만 그렇게 느끼는 것 같지는 않았다. 나는 한 모금 들이켠 후 더이상 마시지 않았는데, 그녀는 차를 입에 대지도 않았다. 나는 차가 아무런 맛이 없는 것에 대해 불평을 할 수도 없었는데 그것은 내가 준 차였기 때문이다. 그럼에도 대놓고 불평은 하지 않더라도 마음속으로 할 수는 있었고, 그래서 마음속으로 대놓고 불평을 했다. 내가 본래의 맛이 이미 사라진 차를 준 것은 아니었고, 결과적으로 그녀는 자신은 마시지도 않을 차를 내놓은 것이었다.

그녀는 개에게 사과 조각을 주었는데, 개는 그것은 아주 맛있게 받아먹었다. 내가, 아, 이 사과는 개를 위한 것이었군,

하고 생각하는 순간 그녀는 나의 그 생각을 뒤엎어버리기라도 하듯 개에게 사과를 주는 동시에 자신도 먹었다. 이상하게도 나는 손을 뻗으면 닿는 거리에 있었음에도 사과에는 손을 댈 엄두가 나지 않았다. 접시에 담긴 사과는 사과 두 개도 아닌 한 개에서 나온 것으로, 모두 여섯 쪽이었는데 세 쪽씩 그녀와 그녀의 강아지가 나눠 먹었다. 결국 나는 사과는 먹지 못했는데, 보란듯이 말끔히 비워진 접시를 가만히 보고 있자 애초에 나를 위한 사과는 없던 것 같았고, 심지어는 내가 사과 모습을 한 헛것을 빈 접시에서 본 것만 같았고, 여섯 개로 나누어진 기하학적인 헛것들이 빈 접시의 공백 속으로 사라진 것 같았다. 그래서 손을 댈 엄두를 낼 수 없었던 사과에는 손을 대지 않은 것이 잘한 일 같았고, 약간 무안해진 나는 소파에 앉아 사과를 모두 먹은 몰티즈를 무릎 위에 올려놓고 다시 귀를 접었다 폈다 했다.

그녀와 나는 서로 어색하게 말없이 앉아 있었는데 우리가 어색해진 게 내가 한 어떤 이야기 때문이 맞는지는 분명치 않았다. 그녀는 차가운 반응을 보였는데, 얘기를 하고 난 다음 내가 느끼기에도 그 얘기는 차가운 반응을 보이게 할 만했고, 심지어는 나조차도 내 얘기에 차가운 반응을 보일 수 있을 것 같았다. 뭔가 할말을 찾고 싶었지만 마땅한 말이 떠오르지 않았고, 어떤 말도 마땅한 것 같지 않았고, 아무런 할 말도 없는 것 같았고, 할말이 어찌나 없는지, 그것에 대해서라면 아주 길게 얘기를 해볼 수도 있을 것 같았지만 그 이야기를 어떻게 시작해야 좋을지 알 수 없었다. 애초에 그녀가 내게 자신의 집에 오라고 하지 않았는데도 나는 왔는데 왜 왔는지는 나도 몰랐고, 오자마자 가야겠다고 생각하면서도 나는 계속해서 안 가고 있었는데, 그 이유도 알 수 없었는데, 막연하게, 갈 데가 아무데도 없다는 생각은 하고 있었다.

더이상 어색한 상태를 견딜 수 없다는 듯 그녀는 샤워를 하겠다며 자리에서 일어나 화장실로 갔고, 몰티즈는 뭔가를 원하는 듯한 눈치로 나를 가만히 올려다보았지만 무엇을 원하는지는 알 수 없었고, 강아지의 귀를 접었다 폈다 하는 건 그만하고, 그건 내게도 강아지에게도 귀찮을 수 있으니까, 머리를 쓰다듬어줄까, 모든 동물이 머리를 쓰다듬어주는 것을 좋아하니까, 하는 생각을 했지만 곧, 모든 동물이 머리를 쓰다듬어주는 것을 좋아한다고 볼 수는 없겠군, 머리를 쓰다듬어주는 것을 아주 싫어하는 동물들도 있을 테고, 머리가 너무 작아 쓰다듬어줄 머리를 포착하기도 어려운 동물들도 있고, 어쩌면 개미나 딱정벌레 같은 작은 동물들은 머리를 쓰다듬어주는 것을 견디지 못할 수도 있겠군, 하고 생각했다. 이상하게도 눈처럼 흰 강아지의 털을 빗겨주고 싶지는 않았는데 그 이유에 대해서는 깊이 생각하지 않기로 했다.

개의 귀를 접었다 폈다 하는 것 외에 달리 방법이 없군, 달리 방법이 있다면 그만둘 수도 있을 텐데, 하고 생각하며 나는 이번에는 강아지의 오른쪽 귀를 접었다 폈다 했는데, 강아지는 접혔다 펴졌다 하는 자신의 귀가 아무런 예고도 설명도 없이 일방적으로 왼쪽에서 오른쪽으로 갑자기 바뀐 것에 어리둥절해하는 것 같았지만 꼭 그런 것 같지도 않았다.

강아지가 자신의 귀가 접혔다 펴졌다 하는 것을 좋아하는지 싫어하는지 알 수 없었고, 기분좋게 느끼는지 수모를 당하고 있다고 느끼는지 알 수 없었고, 그것을 물어볼 수도 없었고, 강아지의 표정만으로는 아무것도 알 수 없었다. 강아지가 어떻게 느끼는지 알 수 없다는 사실이 나로 하여금 강아지의 귀를 접었다 폈다 하는 일을 멈추거나 늦추게 하는 대신 박차를 가하게 했고, 이제 강아지는 약간 혼란스러워하는 것 같았지만 꼭 그런 것 같지도 않았다. 강아지의 귀를 접었다 폈다 하는 일을 어느 정도로 빨리하자 일삼아 하고 있는 것 같았고, 일삼아 하기에는 참으로 적절치 않은 일이라는 생각이 들었지만 그 생각이 그 일을 그만두게 하지는 못했다. 나는 속도를 조절해 점차 천천히 귀를 접었다 폈다 했고, 마침내는 멈췄지만 조금 후에는 다시금 조금씩 속도를 높였고, 잠시 더 이상 빨리할 수 없는 정도로 했다가 다시 속도를 늦춰 그 정도의 속도가 적당하다고 느낀 어느 지점에서는 일정한 속도를 유지했는데(그렇게 속도를 조절하자 어떤 액셀러레이터를 조작하는 것 같았다), 그렇다고, 이대로라면 언제까지나 이 일을 할 수도 있겠군, 하는 생각은 들지 않았다.

진심으로 나는 강아지가 괴롭거나 힘들다면 그 표시로 짖거나 싫은 내색을 하거나 나를 물거나 거세게 반발해주기를 바랐지만 강아지는 그대로 있었는데, 어쩐지 강아지는 아직까지 한 번도 짖은 적이 없는 것 같았고, 어쩌면 아직 짖는 법을 모르는지도 몰랐는데, 그렇다고 벙어리 강아지로 여겨지지는 않았다. 강아지는 짖을 수 있는데도 안 짖고 있는 것 같았다. 강아지는 불편한 심기를 드러내며 내 손을 물려고 하지도, 딴 데로 가지도 않았고, 그에 따라 나는 도리 없이 계속해서 강아지의 귀를 접었다 폈다 할 수밖에 없었는데, 이제 강아지는 약간 겁을 먹은 것 같았고, 자신에게 가해지는 그 일이, 어쩌면 강아지로서도 처음 경험하는 그 일이 언제 끝날지 알 수 없다는 사실에 강아지가 겁을 먹은 것은 이해하고도 남음이 있었지만, 표정은 꼭 겁을 먹은 것만도 아닌 것 같았고, 어느 쪽이냐 하면 잘 모르겠다는 것에 가까웠다.

한데 그토록 귀를 접었다 폈다 하고 있는데도 이 강아지에 대해서 더 알고 싶어지거나 하지는 않았다. 처음 보는 개였고, 지중해의 몰타가 원산지로, 십자군전쟁 때 몰타에 간 십자군이 전쟁터에 데려갔다가 고향으로 돌아가면서 전리품처럼 데려가—그 전리품은 자신이나 가족, 혹은 사랑하는 누군가에게 훌륭하거나 귀찮은 선물이 되었는지도 몰랐다—, 키우기 시작한 것으로 알려진 몰티즈라는 것 외에는 이름도 몰랐고, 암컷인지 수컷인지도 알지 못했다. 이 강아지가 대부분의 개들과 마찬가지로 사과를 좋아한다는 것, 자신의 귀가 접혔다 펴졌다 하는 것에 혼란스러워하고 약간 겁을 먹은 것 같기도 하다는 것, 하지만 꼭 그런 것 같지도 않다는 것, 그 이상으로 이 개에 대해 알고 싶지는 않았다. 그렇게 개의 귀를 접었다 폈다 하며 그것에 대한 생각을 잠시 접자 전날 저녁의 어떤 기억이 떠올랐다.

초저녁에 잠시 잠이 들었고, 빗으로 머리를 정성스럽게 빗고, 낡은 앞치마를 두르고 어떤 전쟁에 참전하는 꿈을 꾼 기억이었다. 무엇을 두고 싸우는지 알 수 없는, 약간 체육대회 같은 그 전쟁에 참전한 모두가 앞치마를 두르고 있었는데, 앞치마가 어떤 역할을 하는 것 같았고, 서로의 앞치마를 뺏기도 했지만 서로의 앞치마를 뺏기 위한 전쟁은 아니었고, 많은 전쟁들이 그렇듯 그것은 명분은 있지만 의미는 없는 또 하나의 전쟁 같았다. 적군은 세로줄 무늬가 선명한, 새것으로 보이는 앞치마를 통일해 두르고 있었지만 아군은 모두 집에서 입던 것인 듯 낡고 볼품없는 앞치마를 두르고 있었는데, 앞치마를 통해, 누가 어느 편인지 알 수 없는 사람들을 아군과 적군으로 구별할 수 있었다. 그런데 우리의 앞치마에는 화려한 꽃무늬가 그려져 있었지만 앞치마가 너무도 낡아 앞치마의 그 꽃들은 이미 시든 것 같았고, 시들어 져버린 것 같았고, 져버려 죽은 것 같았고, 앞치마에 버려진 것 같았고, 그래서 앞치마에서 썩어가고 있는 것 같았고, 심지어는 썩어가고 있는 냄새가 나는 것 같았고, 우리의 꽃무늬 앞치마가 적들의 줄무늬 앞치마의 상대가 될 수 없을 것 같았고, 그들의 줄무늬가 우리의 꽃무늬를 무색하게 하며 압도하는 것 같았고, 그것만으로도 우리가 질 게 뻔한 것 같았다. 우리는 어이없게 패했는데 이긴 적들도 어이없긴 마찬가지인 것 같았다. 그들은 우리에게서 뺏은 낡은 앞치마를 전리품으로 가져가지 않고 우리가 전투를 벌이던 숲속의 나뭇가지에 걸어놓곤 처음 들어보는 어떤 애절한 노래를 부르며 떠났는데, 이곳저곳의 나뭇가지에는 앞치마 말고도 많은 것들이 걸려 있었다. 죽은 사람들인지 자고 있는 사람들인지 알 수 없는 납작해진 사람들이 나뭇가지에 옷처럼 걸려 있었는데, 어이없게도 옷처럼 바람에 펄럭이고 있는 사람들도 있었다. 나무 아래에는 빨래처럼 떨어져 있는 사람들도 있었는데 그들 또한 어이없기는 마찬가지인 것 같았다. 그 모두가 이것이 어이없는 전쟁이라는 것을 말해주고 있는 것 같았다. 나는 볼품없고 낡았지만 내가 아껴마지않았던, 그만 버려도 좋을 거라고 생각한 앞치마를 적에게 빼앗겼고, 거의 날아갈 것같이 기분좋은 치욕감을 맛본 후 탈주병이 되어 어느 빈집에 몰래 들어가 그곳에 있는 칠면조 한 마리를 훔쳐 팔에 안고 집에 돌아왔는데, 이튿날 또다른 전쟁에 나가 전사하는 것으로 꿈은 끝이 났다. 어쩌면 그 꿈은 내가 초저녁부터 술에 취해, 누군가가 무슨 생각에서인지는 모르지만 내게 선물한, 무엄하게 보이는 화려한 앞치마를 두른 채로, 약간 조증 상태에서, 부엌에서 문득, 이 나이에 고전발레를 배우면 무척 우습겠지, 우스움을 무릅쓰며 고전발레를 무척 배울 수 있을까, 발목 관절이 무척 고전하며 회전하는 것을 보며, 고전발레라는 무척 우스운 장르에 대해 생각하며, 하는 생각을 하며(고전발레의 기본 동작을 습득한 후에는 고전발레와는 담을 쌓고, 어떤 음악에 맞춰서도, 음악 없이도, 어떤 이유로도 발레를 하지 않고, 그로 인해 고전발레 동작들은 내 몸속에서 점점 녹슬어 언젠가는 폐기물이 될 것이었고, 내 인생에 내가 예상치 못한 전환을 가져다주지 않을 것이었다), 밀린 설거지를 하다 그냥 잠들었기 때문에 꿨는지도 몰랐다.

한 시간 후쯤 깨어 거실의 등불을 어둡게 하고, 눈을 막막하게 뜨고, 심정을 먹먹하게 하고, 코와 귓불을 빨갛게 물들이며(나는 술을 마시면 코와 귓불이 빨갛게 되니까) 술에 취해, 오늘은 취하니 머리가 성령으로 충만한 기분이군, 머리는 어지럽지만 성령의 기만적인 힘으로 더 마시고 더 취해 잠들자, 하는 생각으로 술을 마시고 만취해 잠이 들며, 냉장고 속에 있는 멜론과 워터멜론을 생각하며, 그리고 또 전쟁에 나가 전사하는, 타조, 파르티잔, 복숭아, 치타, 참호, 유두, 독버섯, 보드카, 토마토케첩, 양팔저울, 나팔꽃, 암호 등이 모두 등장하거나 그중에 몇 가지라도 등장하거나 그중에 한 가지라도 등장하는, 파르티잔이 타조를 위해 자신을 희생하거나, 타조가 파르티잔을 배신하거나, 독버섯을 지키기 위해 양팔저울과 나팔꽃이 공모하거나, 나팔꽃의 죽음이라고 할 수 있는 사건을 목격하는 등의 꿈을 꿨으면 좋겠는데, 하는 생각을 했지만 내가 원한 어느 것도 등장하지 않는, 그것들이 무엇인지 말하기는 어렵지만 전쟁에서 빠져서는 안 되는 것들이 결정적으로 빠져 있는 것 같은, 전운이 감돌아야 할 전장에 전운은 감돌지 않고 뭔가 익살스런 기운만 감도는, 그래서 이 익살스런 기운이 사라져야 전운이 감돌고, 비를 뿌리는 먹구름처럼 전운이 짙게 감돌아야 전쟁이 벌어지고, 전쟁이 벌어져야 나도 싸우든지 할 수 있을 텐데, 하는 걱정까지 해야 했던, 참으로 맥빠지는, 계속해서 전쟁이 벌어질 것처럼 여겨졌고, 마침내는 전쟁이 어디선가 일어나긴 한 것 같았지만 적을 상대하지 못했고, 전사하지도 못한, 하지만 패잔병처럼 도주한 후 전리품으로 아무것도 챙기지 못한 채로 집에 돌아오는 꿈만 꿨을 뿐이었다. 나는 기분이 그냥 그랬는데, 전사하는 꿈을 꾸면 기분이 대체로 좋았지만 전쟁에 나가는 꿈만으로는 기분이 그냥 그렇기 때문이었다. 어쩐 일인지 어떤 식으로든 죽는 꿈을 꾸고 나면 아주 조금이긴 하지만 머리가 맑아지고 몸이 개운해지는 느낌이 들었다.

나는 계속해서 개의 귀를 접었다 폈다 하며, 그 며칠 전 내 집에서 버섯을 주재료로 만든 음식을 먹다 말고, 자신을 무척 성가시게 하는 사람들에게 자신은 자신의 집에서 기른 버섯을 따고 있으니 귀찮게 하지 말라고 한, 수학의 가장 큰 난제였던 푸앵카레의 추측을 증명했지만 결국 수학에 실망해 수학을 포기하고, 최고의 수학자에게 주어지는 상도 거부하고, 노모와 함께 노모의 연금으로 살아가는 것으로 알려진 러시아의 괴짜 수학자 그리고리 페렐만이 상트페테르부르크의 자신의 집 안에서 버섯을 따는, 딴 버섯을 조용히 씹어 먹거나 가만히 입에 물고 있는 것을 상상했던 기억도 떠올렸는데, 어쩌면 그는 수학을 포기했다고 하지만 포기하지 못하고, 머릿속이 수학에 대한 반감으로 가득차, 수학의 또다른 난제들에 대한 해답이 버섯들 속에 있기라도 한 것처럼 집안에 버섯들을 기르며, 하루의 대부분의 시간을, 보기만 해도, 생각만 해도 지긋지긋한 버섯들에게 말할 수 없는 반감을 갖고, 딴 버섯을 조용히 씹어 먹거나 가만히 입에 문 채로 보내고 있는지도 모른다는 생각을 했고, 나와는 상관없는 일이었지만 나는 그가 계속해서 그렇게 지내기를 바랐는데, 그것이 그에게 가장 어울리는 삶 같았다. 수학에 대한 극도의 반감이 그로 하여금 또다른 위대한 수학적 발견에 이르게 할 수 있을지도 몰랐는데, 거기에는 반드시 그가 말할 수 없는 반감을 갖고 있는 버섯들도 어떤 역할을 해야 한다고, 나는 생각했다. 내 생각에, 음악에 대한 반감으로 가득차 작곡을 한, 그들의 음악을 조용히 듣고 있으면 음악에 대한 극도의 반감이 느껴지는 음악가들이, 문학에 대한 반감으로 가득차 글을 쓴, 그들의 글을 조용히 읽고 있으면 문학에 대한 극도의 반감이 느껴지는 작가들이 있었고, 나는 거의 그러한 음악가와 작가들의 작품들만 견딜 수 있었다.

개의 귀를 계속해서 접었다 폈다 하고 있자 생각들이 아무렇게나 이어졌고, 언젠가 어느 카페에서 마지못해 하기로 한, 새로 출간한 내 소설의 낭독회가 예정되어 있던, 폭설이 예보된 어느 날의 전날 밤, 역시 잠을 이루지 못하며 술을 마시며, 낭독회에 아무도 오지 않으면 가장 좋겠지만 무슨 이유에서인지 알 수 없지만 오는 사람들도 있겠지만 그들을 못 오게 할 수는 없겠지만 그들을 카페 입구에서, 낭독하기로 되어 있는 내 소설의 책장을 한 장씩 찢어 나눠준 후 돌아가게 하는 것으로 낭독회를 대신하면 분노할지 흡족해할지 궁금해하며, 폭설과, 폭설이 예보된 날의 낭독회에 대한 대비로 영어 알파벳 모두를 사용한 The quick brown fox jumps over the lazy dog(타자기와 컴퓨터 키보드를 테스트하는 데 널리 사용되기도 하는 이 문장은 과거 냉전 시절 구소련과 미국 사이에 핫라인이 처음 설치되었을 때 미국측에서 텔레타이프로 기기를 시험하면서 'The quick brown fox jumps over the lazy dog 1234567890'라는 문장을 타전하자 구소련측에서, 너네들이 'The quick brown fox jumps over the lazy dog'라고 말할 때 그건 무엇을 의미하는 거니, 하고, 정말로 그것이 뭔지 몰라서, 답신을 보내온 것으로 유명했는데, 어쩌면 구소련측의 담당자와 관리들은 적대 국가에서 보내온 이 수수께끼 같은 문장을 놓고 숨은 뜻을 찾느라 무척 고민했을 수도 있을 것이다)와 같은, 한글 자음과 모음 모두를 사용한 문장 혹은 어구를 만들어보려 했지만 쉽지 않았고, 며칠 밤을 새우면 완성할 수도 있을 것 같았지만 그런 궂은일을 왜 굳이 내가 해야 하는지 알 수 없었고, 그래서 결국 포기하고, 그런 쓸데없고 귀찮은 일은 어쩌면 그 어떤 쓸데없고 귀찮은 일도 전혀 마다하지 않고 할 줄 아는 인공지능이, 어쩌면 그렇게까지 똑똑하지 않은, 아니면 상당히 멍청한 인공지능이라도, 대신 하게 할 수도 있을 거라는 생각을 하고, 무방비로 폭설과, 폭설이 예보된 날의 낭독회에 대비하기로 했던 기억도 떠올랐다. 지난여름, 이틀날 긴 가뭄 끝에 폭우가 예보된 날 밤, 번개와 천둥을 동반한 폭우나 폭우 비슷한 것이나, 우박이나, 수많은 개구리들을 비롯해 하늘에서 퍼붓는 아무것이나 쏟아지기를 바라며 폭우에 대한 기대와 대비로, 아랍어와 히브리어와 시리아어의 기초가 된, 모음이 생겨나기 전까지 본래 스물두 개의 자음으로만 이뤄진 고대 아람어를 사람들이 말하는 것이 어떻게 들렸을지, 모음이 없어 영장류의 외침처럼 혹은 새들의 노랫소리처럼 들렸을지 궁금해한 적도 있었는데, 나는 내가 마땅히 대비해야 하는 나의 앞날과 같은 것에 대한 대비는 하지 않았지만, 내가 어찌할 수 없는 것들, 가령 폭설과 폭우 같은 것들은 늘 내게 이상한 기대를 갖고 대비를 하게 했고, 나는 그것들에 내 나름의, 하등의 소용이 되지 않는 방식으로 기대를 갖고 대비를 했는데, 그것이 내 나름의 최선의 대비라고 생각했다.

다음날 몇 년 만의 기록적인 폭설을 뚫고 소수의 청중들이 왔고, 그들에게 왜 왔는지 물어보지 못했고, 그래서 그 이유는 끝내 알 수 없었고, 결국 나는 내 소설의 책장을 한 장씩 찢어 나눠준 후 돌아가게 하지 못했고, 결국 마지막 순간에 마음이 약해져, 아침에 또 마신 술이 덜 깬 상태로, 술냄새를 풍기며 낭독을 하고야 말았는데, 내게는 늘 내 작품 낭독은 참 못할 짓 중 하나였다. 내게 그것은 무척 어색하고 무안하기조차 한 어떤 것이었고, 낭독을 잘하고, 그래서 낭독을 즐기며, 배우처럼, 몸짓을 섞어, 자신감에 차 자신의 작품을 낭독하는 작가들도 있었지만 나는 어떤 이유에서인지 그런 작가들을 신뢰하지 않았다. 나는 차선책으로, 카페 내부가 아닌, 폭설이 내리는 골목의 모퉁이나 숲속이나 공동묘지에서, 원하는 청중과 폭설을 맞으며, 눈이 무릎까지 쌓여가는 밤에, 어쩌면 발들이 완전히 얼기 직전까지, 다른 무엇보다도, 아무런 잘못도 없는데도 얼어가는 고통을 당해야 하는 불쌍한 발들을 위한, 그래서 '얼어가는 불쌍한 발들을 위한 낭독회'로 불릴 수도 있는 낭독회를 하는 것은 나쁘지 않을 거라고 생각했지만 그렇게 하지 못했고, 또다른 차선책으로, 읽기로 한 책의 아무 페이지나 펼쳐 사실은 읽지 않으면서 읽는 시늉을 하는, 무언의 낭독회를 하는 것을 생각했지만 그마저도 하지 못했고, 낭독을 하면서도 참 못할 짓을 하고 있다는 생각을 가득히 하면 청중은 그 사실을 알아차릴까, 하는 생각을 하며 낭독을 했는데 청중이 그 사실을 알아차렸는지는 알 수 없었다. 나는 그 점에 대해 묻지 않았고, 그래서 누구도 그 점에 대해서 얘기해주지 않았는데, 그럼에도 나는 누군가는 그 사실을 알아차렸기를 바랐다. 결국 나는 책장을 한 장씩 찢어 나눠준 후 돌아가게 하면 사람들이 분노할지 흡족해할지를 두고두고 궁금해할 수 없게 된 것을 두고두고 후회했다.

그리고 끝이 보이지 않는 폭염의 날씨가 계속되는 지난여름의, 숨이 막힐 것 같은 열대야에 이 폭염을 천벌이라 생각하니 견디기가 덜 힘들어지지 않는다는 생각을 하며 잠을 이루지 못하며, 뜨거워진 뇌에 찬물처럼 끼얹을 수 있는 생각이 필요하다는 생각을 하며, 여름을 목 졸라 실신시키거나 죽인 후 다시 깨어나게 한 신화 속 인물은 없었는지 궁금해하며, 빠르게 술에 취해가며, 문득 거실 거울에 비친 화분들 속의 꽃들을 보았고, 술에 취한 내 눈에 그것들이 안정을 찾아가는 사이 실물의 꽃들은 안정을 잃어가는 것 같은, 그 두 가지가 너무나 대조적으로 동시에 이루어지는 비현실적인 느낌 속에서, 거울 속 꽃들이 걸어나와 임무 교대를 하듯 실물의 꽃들 속으로 들어가거나 두 가지 꽃들이 서로의 위치를 바꾸면 뭔가가 안정될 수도 있을 거라는 생각을 하며 꽃들을 가만히 바라보고 있었는데, 하지만 실물의 꽃들을 따라 안정을 잃어가고 있었는데, 꽃들이 잠이 드는 것을, 혹은 자고 있는 모습을 보면 나도 잠이 들 수 있을 것 같았는데, 꽃들도 잠을 자는지, 그리고 잠은 어두울 때 자는지는 알 수 없었지만 꽃들 역시 어둠 속에서 잠에, 혹은 잠과 비슷한 상태에 빠져드는지도 모른다는 생각을 했고, 꽃들이 잘 수 있게 불을 끄면 잠이 든 꽃들을 볼 수 없고, 잠이 든 꽃들을 보려고 불을 켜면 꽃들도 깨어날 것이라는, 하지만 꽃들이 눈을 감은 모습을 볼 수도 없고, 꽃들이 잠이 든 동물이 내는 것 같은 숨소리를 내지도 않고, 따라서 잠이 든 꽃들과 깨어 있는 꽃들의 모습의 차이를 알아차리는 것은 불가능하다는 생각을 하며 꽃들이 잠이 드는 것을, 혹은 자고 있는 모습을 볼 수 없다는 사실에 잠이 들 때까지 괴로워한 기억도 떠올렸다.

거의 기계적으로 개의 귀를 접었다 폈다 하면서 그런 생각들을 하고 있자, 개의 귀를 접었다 폈다 하는 것이 어떤 생각을 하는 데 도움이 되는 것 같지도 않았고, 개의 귀를 접었다 폈다 하면서 하기에 좋은 생각이 따로 있는 것 같지도 않았지만, 그에 따라, 내가 이런 생각들을 할 수 있는 건 개의 귀를 접었다 폈다 하는 것과는 무관하다는 생각은 할 수 있었다.

어린 몰티즈의 귀를 접었다 폈다 하며 그런 생각들을 하고 있자 뭔가에 신물이 난 사람 같았고, 내가 보기에도 나 자신이 그렇게 보였다. 나는 정말로 어린 몰티즈의 귀를 뭔가에 신물이 난 사람처럼 접었다 폈다 하고 있었다. 하지만 어린 몰티즈의 귀를 접었다 폈다 하는 것에, 혹은 접혔다 펴졌다 할 수 있는 자신의 귀를 내게 빌려준 어린 몰티즈에게 신물이 난 것은, 물론 아니었다. 나는 개의 귀를 접었다 폈다 하면서, 지긋지긋한 것들을, 지긋지긋한 모든 것들을, 말하자면 삶의 모든 것 속에 있는 지긋지긋함을, 삶의 모든 것을 너무나 압도해, 이제는 삶에서 그것을 빼고 나면 남는 것이 거의 없는, 남는 것이 거의 없는 그것 역시 지긋지긋함의 일부라고 해도 좋을 지긋지긋함을, 이 삶이 끝나기까지는 이어질 이 삶 속의 어떤 지긋지긋함 자체를 상대하고 있는 것 같았다. 개의 귀를 접었다 폈다 하면 할수록 더욱더 알 수 없는 상태로, 나락으로 비참하게 추락하는 것 같았고, 그 추락을 멈출 수 없는 것처럼, 나락의 깊이를 더하려는 것처럼 나는 계속해서 개의 귀를 접었다 폈다 했고, 어느새 엄정한 마음으로 개의 귀를 접었다 폈다 하고 있자 어떤 각오도 기대도 소용없는, 새로울 것이 없는, 불가능한 삶을 엄정하게 계획하고 있는 듯했다.

내가 알 수 없는 상태로 비참하게 추락하며 개의 귀를 접었다 폈다 하는 사이, 마치 거실에 있는 나를 마주하고 싶지 않아서인 듯 불필요하게 긴 샤워를 마치고 화장실에서 나온 그녀는 자신의 개의 귀가 아직도 계속해서 접혔다 펴졌다 하고 있는 것이 믿기지 않는다는 듯 나를 쳐다보았다. 나는 나 또한 믿기지 않는다는 듯 개를, 그리고 그녀를 보았다. 강아지는 그사이 잠이 들어 있었다. 나는 강아지를 깨울까 하다가 말았다. 강아지를 깨운다고 그 난처한 상황에서 도움이 될 것 같지 않았다.

그런데 그사이 그녀가 갈아입은 얇은 흰색 티셔츠 아래로 돋아 있는 거무스레한 유두가 유독 눈길을 끌었는데, 유두는 그녀가 마지막으로 찬물을 끼얹은 듯, 믿기지 않을 정도로 또렷하게 돋아 있었다. 유두는 성적으로 흥분해 있다기보다는 성이 나 있는 것 같았는데, 화가 난 주인과 함께 화를 내고 있는 것 같았다. 성이 나 있는 유두라는 생각을 하며 그녀의 유두를 바라보고 있자 기분이 이상했다. 우리는 낯선 사람들처럼 잠시 아무 말 없이 서로를 바라보았다. 이상하게도 그 와중에도 나는 개의 귀를 접었다 폈다 하는 일에서 손을 뗄 수가 없었다. 그 일은 어떤 끝을 보아야 하는 일처럼 여겨졌다. 몹시 어색했고, 나는 강아지를 깨우려고 머리를 슬쩍 건드렸지만 강아지는 곧바로 깨지 않았고, 그래서 좀더 세게 머리를 흔들어야 했다. 머리를 아무리 흔들어도 깨지 않으면 어떻게 하지, 하고 생각하고 있는데 다행히도 잠에서 깬 강아지는 상황을 이해하려는 듯 나와 주인을 번갈아가며 보았지만 아무것도 이해하지 못하는 듯했다. 강아지는 여러모로 아무런 도움이 되지 못했다.

그녀는 무슨 말을 하려다 포기한 듯 수건으로 머리를 말리기 시작했고, 말리면서도 자신의 개의 귀가 누군가에 의해 끝없이 접혔다 펴졌다 하는 것을 믿을 수 없다는 듯 개의 귀와 나를 바라보았다. 강아지는 자신을 도와달라는 듯 그녀를 바라보았지만 짖거나 하지는 않았다. 강아지는 짖지도 않는 것으로 도와달라는 얘기를 더 큰 소리로 하고 있는 것 같았다. 나는 그녀가 내게 달려와 자신의 강아지를 낚아채 갈지도 모른다는 생각이 들었고, 그럴 경우 강아지를 순순히 내놓지는 않을 거라고, 하지만 완력으로 뺏으면 순순히 뺏길 거라고 생각했지만 그녀는 나를 한 번 노려본 후 다시 화장실로 갔다. 조금 후 그녀가 드라이어로 머리를 마저 말리는 소리가 들렸다. 나와 몰티즈는 서로를 바라보며 희미하게 나는 드라이어 소리를 들었다. 몰티즈는 저것이 사람이 머리를 말리는 소리라는 것을 알까, 하고 생각했다. 어쩌면 그녀가 드라이어로 머리를 말리는 모습을 여러 번 보았고, 그래서 잘 알고 있는지도 몰랐다. 어쩌면 그녀는 몰티즈를 목욕시킨 후 드라이어로 털을 말려주기도 했는지도, 그래서 강아지는 그녀가 자신의 털을 말려주는 것도, 털을 말릴 때 나는 드라이어 소리도 좋아하는지도 몰랐다. 하지만 강아지는 별다른 반응은 보이지 않았다. 강아지에게서 어떤 반응을 이끌어내는 것은 거의 불가능한 것 같았고, 강아지의 비위를 맞추는 것도, 성질을 돋우는 것도 거의 가능하지 않은 것 같았다. 나는 이 강아지가 장차 어떤 개가 될지 정말로 궁금했는데, 어떤 개의 장래가 궁금하긴 처음이었다. 어쩌면 해탈한 개가 될 수도 있을 것 같았는데, 그것이 개에게 좋은 일일지는 알 수 없었다. 생각이 많지만 그것을 표현하고 있지 않을 뿐이라기보다는 생각이 없고, 그 생각 없는 상태를 표현하고 있다고 보는 게 맞는 것 같았다. 이 개에게서 나의 어떤 면모를, 내게 여전히 부족하고, 그래서 내가 그 부족을 채우려 하는 어떤 면모를 보는 것 같기도 했다. 거의 모든 것에 거의 아무런 반응도 보이지 않는 강아지는 강아지 인형 같기도 했고, 강아지로서의 삶뿐만 아니라 강아지 인형으로서의 삶도 사는, 이중의 삶을 사는 희한한 강아지 같았다. 나는 이 희한한 강아지가 할 수 있는 가장 복잡한 생각이 무엇일지가 무척 궁금했지만, 그것을 알 수는 없었지만, 강아지가 장차 자신이 어떤 개가 될지를 생각하며 그런 개가 되려고 노력해야겠다는 생각까지 할 리는 없을 것 같았지만, 그것과는 상관없이 강아지가 거의 마음에 들려고 했다.

갑자기 강아지 인형은 그대로 두고 조용히 이 집을 나서고 싶어졌다. 그전에 강아지 인형을 어딘가, 주인이 찾기 어려운 곳에 숨겨놓고 갈까, 하고 나는 생각했다. 강아지 인형을 숨겨놓기에 좋은 곳이나 좋지 않은 곳에. 그래서 강아지 주인이 강아지 인형과 숨바꼭질을 하도록. 나는 나의 생각을 전하기라도 하듯 강아지를 쳐다보았다. 강아지는 멍한 표정으로 나를 올려다보았다. 나는 강아지를 내려다보며, 아니면 유괴를 할까, 하고 생각했다. 강아지는 나의 그 생각을 읽고, 그것도 좋은 생각이라는 듯 나를 쳐다보지는 않았지만,

나는, 좋은 생각이라고 생각하는군, 하고 생각하며 강아지를 쳐다보았다. 한데 유괴를 한다고 했을 때 개를 목줄에 묶어, 산책 나온 것처럼 데리고 가는 것은 어쩐지 어울리지 않는 것 같았다. 그리고 개가 너무 어려 내가 상이군인처럼 발을 길게 끌며 다리를 절며 아주 느린 걸음으로 걷지 않는 한 개의 느린 걸음에 보폭을 맞추기도 어려울 것 같았다. 나는 개를 넣고 갈 만한 가방이 있나 하고 거실을 둘러보았지만 보이지 않았다. 작은 핸드백이 보였지만 강아지나 핸드백 중 하나가 마술을 부리지 않는 한 강아지가 그 안에 들어갈 수 없는 크기였다. 나는 강아지가 핸드백 속에 들어가는 마술을 생각하며 눈을 감았다 떴지만 강아지도 핸드백도 그대로 있었다. 나는 개를 품에 안을까, 아니면 앵무새나 구관조 같은 새나 이구아나처럼 어깨에 올려놓을까, 하다가 더 나은 방법을 생각해냈다. 나는 개의 등가죽을 손으로 집었다. 작고 부드럽고 따스한 개의 등가죽이 손안에 들어왔다. 개를 집어들자 마치 개 모양의 작고 부드럽고 따스한 가방을 든 것 같았다. 일종의 핸드백 같았다. 당황한 개는 조금 발버둥을 치다 말았고, 몸을 축 늘어뜨리며 무력한 모습을 적나라하게, 내가 보기에는 필요 이상으로 드러냈고, 나는, 그렇게까지 그럴 필요는 없는 것 같은데, 하고 생각했다. 등가죽을 집은 채로 개를 들고 있자 누구도 가방으로 든 적이 없는 개 모양의,

모양이 좀 이상하긴 하지만 나름대로 근사한 가방을 든 것 같았다. 게다가 그 가방은, 들고 있는 게 좀 불편하긴 하지만, 살아 움직이기까지 하고, 아직 짖는 것은 못 보았지만 짖을 수도 있는, 그리고 무엇보다도 접었다 폈다 할 수 있는 귀도 있는 재미있고 신기한 가방이 될 수도 있을 것이었다. 하지만 그 가방은 그 안에 아무것도 담을 수 없었고, 그래서, 이만하면 가방으로서 손색이 없지 않지만, 그전에, 가방으로서 아무런 쓸모도 없지만, 이렇게 가방처럼 들고 한낮의 거리를 돌아다녀도 좋겠군, 하는 생각을 했다.

한낮의 거리의, 그것이 강아지 모양의 가방이라고는 꿈에도 생각 못할 사람들의 따갑거나 차가운 시선쯤은 얼마든지 무시할 수 있을 것 같았지만 인적이 끊긴 한밤의 거리를 돌아다니면 더 좋을 것 같았다. 그러면 가방은 인적이 끊긴 한밤의 고리타분한 거리를 자신의 멍한 눈에 지루하게 담다가 하품을 하고 잠이 들어, 누군가가 자신의 귀를 끝없이 접었다 폈다 하는 악몽을 꾸다 깨어 짖고, 그러면 나는 그 소리에 깨어, 내가 몽유 상태에서 개 모양의 가방을 들고 인적이 끊긴 한밤의 거리를 걸어다니고 있었다는 것을 알아차리고는 긴 탄식을 하고, 가방의 귀를 한 번 접었다 편 후 모든 것이 꿈이었으면 할 수도 있겠거나 못할 수도 있겠군, 하고 중얼거릴 수도 있을 것이었다. 하지만 등가죽을 손잡이처럼 손에 쥘 수 있지만 개는 가방이 아니니까, 작은 가방처럼 개의 등가죽을 집어 개를 들고 한낮이나 한밤의 거리를 돌아다닐 수는 없겠지, 하는 생각을 하며 개를 거실 바닥에 내려놓았다. 개를 내려놓는 것으로 가방으로서의 개에 대한 생각은 끝내려고 했지만 또다른 생각이 났다. 아니면 누구를 만날 때 약속 장소에 개를 들고 가, 내가 최근에 만든 미술작품으로, 제목은 '뒤샹이 유괴한 뒤샹의 개'라고 하고, 그 개가 '뒤샹이 유괴한 뒤샹의 개'가 된, 내막이라고 할 수 있는 것은 없으니 내막은 생략하고, 거의 아무것에도 반응을 보이지 않는 이 개는 거의 초월 직전의 개라고 하며, 얼마나 반응이 없는지 보여줄까 하는 생각도 했지만, 그런 식으로 뒤샹을 우려먹는 건 뻔뻔스런 짓으로 여겨졌고, 그렇게 뻔뻔스런 짓을 할 수는 없지, 하는 생각을 했다.

바닥에 내려놓고 나자 개는 더이상 개 모양의 작은 가방처럼 여겨지지는 않았다. 자신도 모르는 사이에 개 모양의 가방에서 그냥 개로 돌아간 개는 한밤에 등가죽이 들린 채로 외출을 하고 온 것처럼 멍하게, 어쩔 줄을 몰라하며 서 있었고, 개가 어쩔 줄을 몰라하며 서 있는 건 안타까워 보였고, 그래서 나는 개를 다시 무릎 위에 올려놓았고, 다시 개의 귀를 접었다 폈다 하며, 나로서는 개의 귀를 접었다 폈다 할 실리적인 목적이 아니라면 개를 유괴해 갈 이유가 없다고, 하지만 그런 이유로 개를 유괴해 가는 것은 윤리적으로 옳지 않다고 생각했다. 나는 이 개의 다른 용도를 찾았지만, 가방 외에 다른 마땅한 용도가 떠오르지 않았다. 한데 개를 유괴해 가는 데 윤리 따위를 따지는 것은 옳지 않은 것 같았다. 개의 주인에게는 개의 몸값도, 아무것도 요구하지 않을 작정이었는데 그것 역시 옳지 않은 것 같았다. 뭐가 옳은지 헷갈렸다. 윤리적인 판단을 하는 것은 내게 늘 어려웠고, 그래서 가급적 윤리적인 판단을 해야 하는 일이 없게 했지만, 해야 하는 경우가 있었고, 그럴 경우에 나는 대체로 판단을 유보했다. 아니면 개의 몸값도, 그 밖의 아무것도 요구하지 않기보다는 개의 몸값 외에는 아무것도 요구하지 않을 수도 있겠군, 일반적인 유괴사건에서처럼, 하고 생각했지만, 그것은 가장 해서는 안 되는 짓 같았고, 그전에 개의 몸값을 산정하는 것 자체가 보통 어려울 것 같지 않았는데 그것은 어쩌면 경우에 따라서는 불가능한 일일 수도 있을 것 같았다.

그럼에도 어린 몰티즈를 유괴해 가게 되면, 개에게도 이름은 중요하니까 많은 고민 끝에 우스개 내지 아무개라는 이름을 지어줄 수도 있고, 주로 내가 밤의 거실에서 엎드려 자고 있는 것을 옆에서 째려보며 술을 마시게 될 우스개 내지 아무개는 짖어서 우스갯소리를 내서는 안 될 뿐만 아니라, 그것의 의지와는 상관없이 우스개 내지 아무개라는 이름을 달고 세계 최고의 삼단뛰기 선수 개가 되는 것을 목표로 강도 높은 훈련을 받게 될 수도 있을 것이었다. 그리고 어쩌면 우스개 내지 아무개는, 나처럼 회의주의자 개가 될 필요는 없지만, 그것의 이름인 우스개 혹은 아무개 혹은 우스개 내지 아무개, 라고 부르면 다가오는 대신 보이지 않는 데로 꼬리를 감추며 영영 사라질 것처럼 사라졌다가, 그 개 같지만 사실은 딴 개가 되어, 환생한 개처럼 모습을 나타내는 희한한 개가 될 수도 있을 것이었다. 그리고 우스개 내지 아무개는 스스로, 아니면 나의 도움을 받아 변신술을 익혀 내가 술에 취해 정신이 없을 때면 하나의 개가 두 개, 세 개, 혹은 네 개, 심지어는 아홉 개의 개가 되었다가—그 이상이 되면 세는 것도 어려워질 테니 그 이상은 말고, 하지만 그 아홉 개의 개가 저마다 아홉 개의 개로 변신해 활개를 쳐 셀 수 없을 지경이 되는 것은 괜찮았다—, 점점 개수를 줄여 하나의 개로 다시 돌아가는 요술도 부려, 내가, 하여간 우스개 내지 아무개가 하는 짓이란, 하고 기가 차할 수 있어야 할 것이었다. 하지만 이 개를 그런 개로 만들기까지는 개 쪽의 노력도 필요하지만 내 쪽의 노력도 만만치 않을 것이었다. 거기까지 생각하자 개를 유괴해 간 후에 있게 될 그 모든 일들이 너무도 번거롭게 여겨졌고, 그래서 없었던 일로 할 수 있었는데, 그 일을 없었던 일로 하기 위해 참으로 어려운 과정을 거친 것 같았고,

진이 빠졌다.

왜 내가 개는 내버려두고, 그녀 또한 화장실에서 머리를 마저 말리게 내버려두고, 그냥 이 집을 나서지 않는지 알 수 없었다. 나는 하는 수 없이 또다시 개에게 도움을 청하기라도 하듯 개를 바라보았지만 개는 표정이 하나뿐인 듯, 그 하나로 모든 것을 표현할 수 있다는 듯 멍한 표정으로 나를 올려다보았다. 나는 어떤 반응을 보이는 것 같으면서도 꼭 그런 것은 아니라는 인상을 동시에 주는 개를 보며, 도대체 이 개는 어떻게 생겨먹은 개지, 하고 생각했고, 개는 나의 그 생각을 읽은 것처럼, 이렇게 생겨먹은 개지, 하고 말하는 것처럼 나를 쳐다보았고, 나는, 그러니까 더없이 멍하게 생겨먹은 개라는 거군, 하고 생각했고, 개는 이번에도 나의 생각을 읽은 것처럼, 바로 그거라는 듯, 나를 보지는 않았지만 나는 그렇게 이해했고, 마침내는, 무슨 수로 이토록 멍한 표정밖에 지을 수 없는 개가 될 수 있었을까, 하고 감탄했다. 개 주인이 개를 그런 개로 만들거나 개 스스로 그런 개가 된 데에는 굉장한 비법이 있는 것 같았다. 이 개의 매력은 딴 데 있지 않고, 다른 개들은 흉내도 낼 수 없는 그토록 멍한 표정에 있는 것 같았다.

드라이어의 소리가 좀더 작아지더니 마침내는 조용해졌다. 조금 후 그녀가 다시 화장실에서 나왔다. 마치 내가 아직

가지 않고 있는 것을 믿을 수 없다는 듯 나를 보았고, 나는 그렇게 느끼지 않으려 했지만 되지 않았고, 그사이 가버리지 않은 것이 몹시 후회되었다. 그녀는 화장실에서 머리를 말리는 사이 내가 갈 기회를 내게 준 것 같았는데, 나는 그 기회를 이용하지 않은 것이었다. 그녀는 아직도 개의 귀를 접었다 폈다 하고 있는 나를 바라보며, 그만두는 게 좋을 거라고, 당부로도 경고로도 협박으로도 여겨지는 말을 했다. 하지만 나는 그녀가 하는 당부 혹은 경고 혹은 협박을 무시하며 그만두지 않았다.

그녀는 인상을 쓰며 나를 노려보았다. 나는 그녀의 시선을 피했고, 어딘가에 가 머물러야 하는 나의 시선은 머물 데를 찾다가 하필이면 티셔츠 아래로 아직 그대로 돋아 있는 거무스레한 유두 두 개에 가 멈췄다. 그런데 그 작고 거무스레한 유두에 마음을 무척 심란하게 만드는 힘이 있기라도 한 것처럼 그것들을 보고 있자 마음이 무척 심란해졌다. 나는 그 작고 거무스레한 유두 두 개가 마음을 그토록 심란하게 만들 수도 있다는 것을 믿을 수 없다는 듯이 그것들을 바라보았는데, 그러자 작은 점이라기에는 훨씬 큰, 그럼에도 어떤 두 개의 점으로 보이는, 계속해서 시선을 고정하게 하는 그것들이 자신들을 더 유심히 보면 마음이 더 심란해질 수도 있을 거라고 말하고 있는 듯했고, 그래서 고개를 돌리거나 하지 않고 더 유심히 봤고, 마음이 더 심란해졌고, 그럼에도 쉽게 눈을 뗄 수가 없었는데, 그러자 그녀는 나의 시선을 의식한 듯 팔로 유두를 살짝 가렸다.

결국 그녀가 이번에는 부엌으로 갔고, 마음을 무척 심란하게 만드는 거무스레한 유두 두 개 역시 모습을 감췄고, 그제서야 나는 안도의 숨을 쉬었다. 하지만 계속해서 시선을 고정하게 하는 그 유두 두 개가 언제 다시 나타나 어떤 식으로 마음을 심란하게 할지 몰랐고, 그것에 마음의 준비라도 해둬야 할 것 같았지만 그토록 마음을 심란하게 만드는 유두 두 개를 어떻게 상대할지 어떻게 마음의 준비를 해야 할지는 도저히 알 수가 없었다. 잠시 후 부엌에서 도마에 칼질을 하는 소리가 들렸다. 무를 써는 것 같았지만 무냄새는 나지 않았다. 무가 아니면 감자나 당근 같은 단단한 야채를 썰고 있는 것 같았다. 나는 도마 위에서 썰리고 있는 것이 무엇인지 알아내려고 청각과 후각에 집중했지만 알 수 없었다. 희미한 어떤 냄새가 나는 것 같았지만 그 정체가 무엇인지 알 수 없었는데 거기에는 어떤 적의의 냄새도 배어 있는 것 같았다.

그런데 그때 칼질 소리가 갑자기 커졌다. 칼을 내리쳐 뭔가를 토막 내는 것 같았다. 머리와 발까지 달려 있는 커다란 닭 한 마리를 토막 내고 있는 것 같았다. 아니면 커다란 흰 무를 사지를 절단하듯 토막 내고 있는 것도 같았다. 그녀가 언제라도 커다란 닭이나 커다란 흰 무를 사지를 절단하듯 토막 내는 데 사용하고 있는, 어쩌면 날이 시퍼런 칼을 들고 내 앞에 나타날 것만 같았다. 거기에 겁을 먹고 도망치는 건 비겁한 자가 하는 짓 같았고, 비겁자가 되어 도망치고 싶었지만, 발이 떨어지지 않아서는 아니었고, 아무튼 안 도망쳤다. 나는 여전히 몰티즈의 귀를 접었다 폈다 하고 있었고, 지금은 그러고 있을 때가 아니라는 생각을 했지만 동시에, 이상하게도 그녀가 날이 시퍼런 커다란 칼을 들고 나타나는 것을 두 눈으로 보고 싶었고, 그것은 아주 간만에 보는 좋은 볼거리가 될 것 같았고, 그래서 지금은 이러고 있을 때라는 생각을 했고, 계속해서 개의 귀를 접었다 폈다 했다. 내가 가지 않는 한 칼질 소리는 멈추지 않을 것 같았지만 칼질 소리는 곧 그쳤다. 어쩐지 그녀가 아무것도 썰거나 토막 내지 않으면서, 그냥 도마를 토막 낼 것처럼 칼을 내리친 것 같았다. 잠시 후 그녀가 칼을 도마 위에 내던진 듯 요란한 소리가 들렸다.

그녀가 칼은 들지 않고 다시 나타나 이제 그만 가는 게 좋겠다고 했다. 나는 그녀가 날이 시퍼런 커다란 칼을 들고 나타나지 않은 것이 무척 아쉬웠다. 그사이 그녀는 앞치마를 두르고 있었는데 파란색 세로줄 무늬가 있는 것이었다. 앞치마 때문에 마음을 굉장히 심란하게 하는 그녀의 유두는 볼 수 없었는데 안도가 되기도 했고 안타깝기도 했다. 그 세로

줄 무늬 앞치마는 전날 내가 꾼 꿈에서 적들이 두르고 있던 것과 아주 비슷해 보였고, 이제 세로줄 무늬 앞치마가 내게 노골적으로 적의를 드러내고 있는 것 같았다. 나는 세로줄 무늬 앞치마의 세로줄 무늬들이 여러 개의 굵고 선명한 파란색 세로 모양으로 노골적으로 드러내는 적의까지 감당하기는 어려웠지만 그녀의 그 말을 기다렸다는 듯 일어나지는 않았다. 개의 귀를 접었다 폈다 하는 손이 개에게서 떨어질 줄을 모르는 것 같았다. 손이 머물고 싶어하는 한 그대로 일어설 수는 없는 것 같았다. 내 손을 두고 갈 수는 없었다. 마음을 단단히 먹고 이것으로 마지막이라는 생각으로 세 번 더 개의 귀를 접었다 폈다 한 후 마지막으로 다시 한번 접어놓은 채로 잠시 그대로 앉아 있었다. 뭔가 매듭을 지은 것 같았지만 매듭이 지어진 건 아무것도 없는 것 같았다. 오히려 모든 매듭이 다 풀려버린 것 같았다.

그녀가 외출 준비를 해야 한다고 했는데, 어쩐지 외출하려는 사람으로는 보이지 않았다. 하지만 더이상 이곳에 있는 건 생각으로도 하기가 어려웠다. 나는 아무 말 없이 어린 몰티즈를 거실 바닥에 천천히 내려놓고 천천히 일어나 천천히 현관으로 갔다. 천천히 걸음을 옮겼지만 심정은 달아나고 있는 것 같았다. 현관에서 구두끈을 매는 일 또한 가급적 천천히 했다. 하지만 한쪽 구두끈을 너무 졸라매 다시 풀어 매야 했다.

그녀와 그녀의 강아지는 내가 구두끈과 씨름하는 모습을 가만히 구경하고 있었다. 내가 그들에게 좋은 구경거리가 된 것 같았다. 경우에 따라서는 구두끈 매는 일도 누군가에게 좋은 구경거리가 될 수도 있군, 하고 생각했다. 구경거리가 된 나는 아주 천천히 문을 열고 나갔다. 그녀와 그녀의 개는 구경거리가 된 내가 나가는 모습을 가만히 바라보고 있었다. 우리는 작별 인사도 나누지 않았고, 개 역시 누군가가 나갈 때면 그러듯 요란하게 짖거나 하지 않았고, 아주 멍한 표정으로 나를 쳐다보았는데, 그토록 공을 들여 귀를 접었다 폈다 해준 나와 헤어지는 것을 하나도 아쉬워하지 않는 것 같았다. 지금까지의 그 멍한 표정이 사실은 속임수였다는 듯, 나를 비웃는 듯한 표정으로 개가 나를 쳐다보기를 바랐지만 여전히 멍한 표정이었는데, 그 일관된 멍한 표정이 보통 속임수 같지 않았고, 그러자 보통 개가 아닌 것 같았고, 이 집에 있는 내내 나는 개의 구경거리에 지나지 않았던 것 같기도 했다.

내가 나간 뒤 그녀가 거세게 문을 닫았다. 개가 짖는 것 같은 소리가 희미하게 들렸지만 분명치 않았다. 이제 다시는 이 집에 발을 들여놓아서는 안 될 것 같았다. 그것은 괜찮은데 그녀의 어린 몰티즈의 귀를 더이상 접었다 폈다 할 수 없게 된 것은 아쉬운 것 같았다. 그 강아지의 귀는 정말 잘 접혔고, 그 강아지는 귀를 접었다 폈다 하기에 더없이 좋은 강아지였다. 내가 귀를 접었다 폈다 해본 개들 중 최고는 아니었지만 다섯 손가락 안에 꼽을 만했다. 하지만 아쉬움은 크지 않았다. 내가 귀를 접었다 폈다 할 수 있는 또다른 개들이 세상에 얼마든지 있었고, 그들을 만날 날이 있을 것이었다.

아파트의 계단을 내려오는데 쫓겨난 것만 같았다. 쫓겨난 것이나 마찬가지였다. 아니, 누가 봐도 쫓겨난 것이 맞았다. 쫓겨나 마땅했다. 잘된 일 같았고, 순리대로 된 것 같았다. 이상하게도 홀가분한 심정이었다. 심지어는 쫓겨나기를 은근히 기대했던 것 같았다. 이상한 방법으로 원했던 것을 이룬 것 같았다. 귀가 접힌 개와, 그 개를 잠시 지켜보며 어쩌면 나와는 이것으로 끝이라고 생각할 수도 있는 그녀와 그렇게 작별을 한 것은 잘한 일로 여겨졌다.

나는 벌을 받아 마땅하다는 생각으로, 엘리베이터를 타는 대신 계단으로 내려왔다. 계단을 내려오는데 뜬금없이 언젠가 산양이 사는 것으로 알려진 어떤 산에 산양을 보러 갔지만 못 보고 온 기억이 떠올랐다. 산등성이의 바위에 우뚝 서 있는 산양도, 어딘가에 몸을 감추고 있어 몸의 일부만 드러난 산양도 보지 못했지만 대신 산밑에서 뭔가에 무척 화가 나 있는 당나귀를 봤고, 나는 그냥 지나치지 못하고 가까이 다가갔다. 화가 나 있는 당나귀를 시간을 갖고 좀더 잘 보기 위해 담배를 꺼내 물었고, 나대로는 당나귀가 화를 내는 데

방해되지 않게 조용히 피웠다. 나는 당나귀가 화를 내는 것을 보며 같이 화를 내지도 않았고, 혼자 웃지도 않았다. 우리는 울타리를 사이에 두고 가까운 거리에 있었고, 나는 소리가 나지 않도록 일부러 담배 연기를 코로 내뿜었다. 그런데 어찌된 일인지 당나귀는 내가 담배 연기를 코로 내뿜는 것을 보고는 화가 더 난 듯 발굽으로 연거푸 흙을 세게 차며, 거의 우스울 정도로 울부짖었다. 나는 마치 그곳에 내가 없는 것처럼 꼼짝 않고 서서, 무엇에 그렇게 화가 났건 당나귀 역시 내가 그곳에 없는 것처럼, 나는 상관하지 말고, 혼자, 화를 내야 하는 만큼, 아니면 필요 이상으로 마음껏 화를 내기를 진심으로 바랐지만 당나귀의 생각은 다른 것 같았다. 어찌된 노릇인지 당나귀는 내게 화풀이를 했다. 한편으로는 이해가 되기도 했다. 화가 무척 나 있는데 누군가가 옆에서 조용히 담배를 피우며 자신을 바라보고 있으면, 사람뿐만 아니라 당나귀 역시 정말 화가 치밀 수도 있을 것이었다. 나는 당나귀를 이해하려고 나름대로 노력했다. 재미있는 당나귀군, 하고 나는 생각했다. 그러자 당나귀는 한술 더 떠 급기야는 몸을 돌려, 커다란 엉덩이를 내 쪽으로 향한 채로, 좀더 높은 톤으로 울부짖으며, 발굽으로 흙을 파헤쳐 내 쪽으로 차기 시작했다. 당나귀가 내 앞에서 하는 짓까지 마음에 든다고 할 수는 없었지만 생긴 것은 마음에 들었는데, 어디로 보나 당나귀처럼 보였기 때문이었는데, 그렇다고 당나귀가 당나귀처럼 생긴 것을 떠나 마음에 든다고 하기는 어려웠다. 나는 작은 돌멩이가 내 쪽으로 날아오기를 기다렸다. 하지만 내 쪽으로 날아오는 작은 돌멩이는 없었다. 작은 돌멩이가 있었다면 내게까지 날아올 수도 있었을 테지만 아쉽게도 돌멩이는 없었다. 당나귀가 흙을 차면서 공중에 흙먼지가 자욱하게 일었다. 이상하게도 공중에 뿌옇게 이는 흙먼지 구름을 보고 있자 기분이 좋았다. 당나귀는 공중에 흙먼지를 자욱하게 일으키기 위해서 온갖 노고를 마다하지 않는 것 같았다. 그러더니 고개를 잠시 돌려 자신이 일으키고 있는 흙먼지를 보더니 부족하다고 생각한 듯 뒷발질을 더 거세게 해 더 큰 흙먼지 구름을 일으켰다. 이상하게도 나는 당나귀가 나를 위해 흙먼지 구름을 일으켜주는 것 같았고, 당나귀가 무척 고맙게 여겨졌다. 나는 수많은 말들이 경기장을 질주할 때처럼 흙먼지 구름이 거대하게 일기를 바랐지만, 당나귀 한 마리가 그런 흙먼지 구름을 일으키기에는 역부족이었고, 어느 이상으로 커지지는 않았다. 나는 나대로 고마움을 표현하는 차원에서 작은 흙먼지 구름이라도 일으킬까 하다가 그만두고, 몇 개의 작은 돌멩이를 발로 차 당나귀에게로 날려보낼까 했지만 역시 내 쪽에도 돌멩이는 없었다. 아쉽게도 우리는 아무도 모르게 인간과 짐승 사이의, 우리만의 작은 투석전은 할 수 없었다. 이상하게도 나는 당나귀가 차서 던지는 돌이라면 피하지 않을 수도 있을 것 같았고, 피하지 못해 맞아도 괜찮을 것 같았다. 한참을 흙을 찬 후 당나귀는 잠시 뒷발질을 멈추고, 내가 아직도 있는지 확인하듯 내 쪽으로 고개를 돌렸다. 무척 화는 나 있지만 용의주도한 데가 있는 당나귀 같았다. 물론 나는 딴 데로 가지 않고 아직 그대로 있었다. 당나귀가 등을 돌리고 있는데, 아니, 정확히는 엉덩이를 내 쪽으로 향하고 있는데, 당나귀 모르게 딴 데로 슬쩍 가버리는 건 도리가 아닌 것 같았다. 나는 가버리는 데 적당한 순간을 찾고 있었다. 당나귀는 이제 가는 게 좋을 거라는 듯 눈빛으로 나를 위협했고, 나는 그렇다면 가는 게 좋겠군, 하는 생각을 했지만 그대로 가지는 않았다. 그러자 당나귀는 새롭게 각오를 다진 듯 다시 발굽으로 흙을 세게 차기 시작했다. 그와 동시에 아주 기괴한 울음소리를 냈는데 그것은 그가 낼 수 있는 가장 기괴한 울음소리 같았다. 그만하면 됐다고, 나는 생각했다. 재미없기도 한 당나귀군, 하고 나는 생각했다. 그 울음소리는 이상하게도 듣고 있기 어려웠다. 그것은 나를 단번에, 무엇보다도 풀이 죽게 만들었고, 나는 결국 풀이 죽을 대로 죽어 쫓겨나듯 그곳을 떠나야 했는데, 이상하게도 홀가분한 심정이었다.

긴 계단을 내려오는데 왜 갑자기 당나귀에 대한 기억이 떠올랐는지를 알 수 있을 것 같았다. 쫓겨나는 것은 내가 어딘가를 벗어나는 데 얼마나 훌륭한 구실이 되는지, 얼마나 확실한 명분이 되는지 몰랐다. 나 스스로 결정을 못해 누군가가 나의 결정을 대신 해줘야 하는 때가 있었다. 타의에 의해서만 내가 움직여지는 때가 있었다. 하지만 거기까지 생각하고 보자 몰티즈의 주인의 집에서 쫓겨난 것이 당나귀와의 일화와 무슨 관련이 있다는 건지 분명치 않아졌다.

건물을 나와 길을 걸으며 이것으로 그녀의 몰티즈와도 몰티즈의 주인인 그녀와도 끝이라는 생각을 했는지는 분명치 않았다. 거의 생각이라고 하기도 어려울 정도로 희미하고도 막연하게 그런 생각을 한 것 같기도 했다. 그리고 끝이지만 또 보게 될지도 모른다는 생각을 한 것 같았다. 어떤 끝은 끝없이 계속될 수도 있으니까. 아무튼 그날 그녀와 거의 아무런 얘기도 나누지 않았다는 사실이 이상하게도 흐뭇했다. 누군가와 무슨 말을 해도, 말이 꼴이 말이 아닌 것 같은 날이 있었고, 말이 말이 아닌 말이 말도 말라고 말하니 무슨 말을 해야 좋을지 모르겠는 날들이 있었다.

결국 나는 그녀의 몰티즈가 어떻게 그녀의 집에 오게 되었는지는 알아내지 못했다. 길에서 주워온 것 같지도, 어디서 유괴해 온 것 같지도 않았다. 어쩌면 그녀는 그 이야기를 해주려 했지만 내가 몰티즈의 귀를 접었다 폈다 하는 일에 몰두하는 사이, 우리가 서로 마땅히 할말을 찾지 못하는 사이 이야기할 때를 놓쳤을 수도 있었다. 하지만 그전에, 자신의 집에 불쑥 와 자신의 개의 귀만 접었다 폈다 하는 사람에게는 자신의 개에 대해서는 아무것도 얘기해주고 싶지 않을 것이었다. 몰티즈가 어떻게 그녀의 집에 오게 되었는지는 결국 알아내지 못한 나는 그런 것은 얼마든지 몰라도 좋다고 생각했다. 몰라도 좋은 것들이 있었고, 굳이 알려고 하지 않아도 알게 되는 몰라도 좋은 것들이 지나치게 많았다.

나는 곧장 집으로 향하고 싶지 않았지만 곧장 향했다. 잠시 어딘가에 가 괜한 헛걸음이라도 하고 싶었지만 마땅한 곳이 떠오르지 않았는데 헛걸음을 하기에 마땅하지 않은 곳도 떠오르지 않았다. 헛걸음을 하기에 마땅한 곳도, 마땅하지 않은 곳도 떠오르지 않는 것이 괜히 약이 올랐지만 이미 집으로 가는 길이 헛걸음을 하고 있는 길 같았다. 근처에 있는, 한참 전 오랜만에 갔던, 거지들이 장악하고 있는, 거지 외에는 출입금지 구역이 된 듯한 공원에 다시 가 거지들의 멸시를 받으며 거의 쫓겨나다시피 하고 나올까 하는 생각을 했지만 그들의 멸시를 견디고 싶지 않았다.

그리고 집에서 조금 떨어진 곳에 있는 어떤 가게 앞에 두꺼비처럼 서서 나만 보면, 소리내 짖지는 않고, 위협하듯 이빨을 드러내고 보기에도 이상하게, 목구멍 안쪽에서 성대를 이용해 내는 것처럼 으르릉거리는 쪼그만 푸들 한 마리가 있었는데, 얼마 전 오랜만에 그 개를 일부러 찾아가 나를 위협하듯 이빨을 드러내고 이상하게 으르릉거릴 수 있게 해주었더니, 화를 내면서 웃는, 웃으면서 화를 내는 쉽지 않은 법을 익힌 듯—그 개 나름대로 그래야 할 이유가, 그래야 자신에게 좋거나 나쁠 이유가 있었겠지만, 그것은 살짝 오묘하게 여겨지기까지 했는데—, 마치 실제로는 이빨을 드러내고 웃고 있는 듯, 은근히 좋아하는 것 같았고—푸들은, 나는 너를 잘 알고 있지만 너는 나를 잘 모른다는, 그걸 모르겠냐는 듯한 표정으로 나를 보았고, 나는 내가 잘 모르기도 하는 그 개를 조금이라도 알고 싶은 마음으로, 이번에는 훔쳐 집에 데려가 딱 하루만 같이 지내며 그 개에 대해 더 모르게 된 후, 아무 일도 없던 것처럼 개를 있던 곳에 다시 갖다놓고 싶었는데, 그렇게 하면 그 개도 나에 대해 안다고 할 수 없게 할 수 있고, 그러면 우리가 서로에 대해 공평하게 모른다고 할 수 있을 것 같았다—, 그래서 그 개를 다시 찾아가 이빨을 드러내고 나를 위협하며 은근히 좋아하게 해주고 싶었지만, 그 상황이 그 개가 좋아하는 만큼 나도 좋지는 않았고, 게다가 그날은 이미 몰티즈에게 질린 상태였고, 또다른 개를 상대하고 싶지는 않았다.

하지만 집 근처에 와서는 바로 집으로 가지 않았다. 내 집을 염탐하는 사람처럼, 혹은 그 집에 사는 사람을 노리는 사람처럼 몇 번을 지나쳐 주위를 배회했다. 근처 사는 누군가가 나를 봤다면 무척 수상하게 생각했을 것이었다. 실제로 나는 내 집을 지나치며 삼층에 있는 그 집에 벽을 타고 오르기에 좋은 경로까지 확인을 했고, 그곳을 통해 집으로 침입해 들어갈까 하는 생각도 했다. 그렇게 해서 뭔가 집에 있는 것을 훔쳐 나올 수도 있을 것 같았지만 훔치고 싶은 것이 없었다. 내 집에 침입해 집에 있는 화분들에 물을 주고 침입한 경로로 다시 나올까 했지만 물을 준 지 며칠 되지 않은 상태였다.

그러다가 집 근처에서 프랑스 작가 조르주 페렉을 닮은 백인 노인과 마주쳤는데, 우리는 그전에도 몇 번 마주쳤지만 서로 인사를 나눈 적은 없었다. 그는 페렉과는 확실히 다른 점이 있었고, 환생한 페렉으로 여겨지지는 않았지만 페렉을 떠올리게 하는 데가 있었다. 나는 그를 볼 때마다, 페렉 씨, 요즘은 무슨 생각을 주로 하나요, 사물들 아니면 생각들에 대해 생각하나요, 하고 묻고 싶었지만 참았는데, 내가 묻는다 해도 그는 아무 말 없이 늙은 개의 목줄을 당기며 갈 길을 갈 것 같았다. 하지만 그의 옆에는 그와 함께 산책을 하는 늙은 개는 없었는데, 그럼에도 그는 눈에 보이지 않는 개와 산책하며 앞서가는 개에게서 눈을 떼지 않는 것처럼 앞쪽 길바닥만 보며 갔고, 지금도 앞으로도 누구와도 아무 얘기도 하고 싶지 않으니 내게 말을 걸 생각을 하지 말라는 듯 늘 골똘히 생각에 잠겨 있는 얼굴이었고, 길에서 눈에 띄는 그 무엇에도 관심이 없는 것 같았다.

한데 내 집 거실 창문이 보이는 곳을 지나치는데 새벽에 술에 취한 상태에서 술잔으로 쓴 빈 사발이 거실 창가의 탁자에서 바닥으로 떨어져 박살나는 소리를 차분하게 들은 것 같은 기억이 떠올랐는데, 그 소리는 수많은 소리들로 쪼개져 사방으로 흩어져, 공기보다 무거운 드라이아이스처럼 바닥으로 내려앉아, 바닥에 물기처럼 고이는 것만 같았고, 그 순간 비로소 모아둔 기억이 없는 소리들이 내 집의 구석구석에 모여 있다 어느 순간 소리를 내기도 하게 된 사유를 알게 되었다고, 하지만 그것은 말이 안 되는 소리라고, 그럼에도 동시에, 그런 일은 내 집에서는 흔히 일어나는 것이라고 생각한 것 같았는데, 실제로 그랬는지는 분명치 않았다. 그리고 내가 술김에 사발을 내던졌는지, 아니면 실수로 떨어뜨렸는지 분명치 않았을 뿐만 아니라 실제로 사발이 바닥에 떨어져 깨졌는지, 아니면 아직도, 어떤 무중력 공간에서처럼 아주 천천히 떨어지고 있는 중이라 아직 깨지지는 않았는지도 확실치 않았다. 그것을 확인하기 위해서라도 서둘러 집에 가봐야 할 것 같았다. 그럼에도 나는 좀더 내 집 주위를 배회했는데 마치 영영 잘못된 방향으로 가는 길을 찾고 있는 사람 같았다.

한데 집 근처 골목에서, 흐린 회색 하늘 아래에서 얼굴이 아주 노란 사람을 보았고, 나는 나도 모르게 그를 따라갔다. 얼굴이 아주 노란 사람을 보면 나도 모르게 따라가는 버릇이 있으니까, 이 버릇을 못 버리면 얼굴이 아주 노란 사람을 보면 또 따라가게 되겠지, 라는 생각을 하며 그를 따라갔는데, 이상하게도 나는 얼굴이 아주 노란 사람들을 보면 그들이 이 세상에 없어서는 안 되는데도 거의 사라져가고 있는 사람들로 여겨졌다. 하지만 중간에 발길을 돌렸는데 그건 얼굴이 아주 노란 그가 가는 어떤 곳에는 얼굴이 아주 노란 사람들이 모여 서로의 아주 노란 얼굴들을 조용히 바라보고 있어 그곳에서 나는 이상하게도 내 얼굴을 들 수도 없을 것 같아서는 아니었다. 그럼에도 나는, 물론 그곳에서는 얼굴이 가장 노란 사람이 수장으로 그는 얼굴이 아주 노란 사람에게 어울리는 낮고 슬픈 목소리로 얘기를 하고, 그보다는 덜 노랗지만 역시 얼굴이 노란 사람들이 조용히 그의, 얼굴이 노랗지 않은 사람은 알아들을 수 없는 얘기를 경청하고 있겠지, 어쩌면 그가 얘기를 마칠 때면, 너무도 노래져 이목구비도 사라진, 수장인 그의 얼굴은 마침내는 공중에 떠 있는 노란 풍선같이 되고, 그의 이야기를 듣는 사람들도 점점 더 노래져, 노란 이야기가 그들을 온통 노랗게 만들 테니까, 역시 마침내는 공중에 둥둥 떠 있는 노란 풍선같이 되어, 그 방에는 결국 몇 개의 노란 풍선들만 떠 있게 될지도 모르지, 하는 생각을 했다.

나는 어느 집의 빈방에 떠 있는 노란 풍선들을 상상하며 내 집에 들어갔는데 아니나 다를까 거실 바닥에는 사발 하나가 박살이 나 있었다. 나와 오랜 시간을 같이한 그 사발은 사발로서 파란만장한 삶을 살았다고까지는 할 수 없었지만 다소 우여곡절을 겪었다고 볼 수는 있었다. 언젠가 그 사발에 술을 따라 마셨는데, 그다음날 보니 멀쩡하던 사발의 이가 두 개나 빠져 있었는데, 아무래도 내가 술에 취해 이로 물어뜯어서 그렇게 된 것 같았다. 한데 내 이가 사발보다 더 단단한 것 같지 않은데 내 이는 멀쩡하고 사발은 멀쩡하지 않은 것이 내 이와 사발을 둘러싼 수수께끼 같았다. 사발을 왜 물어뜯었는지는 나도 알 수 없었는데, 사발을 물어뜯으면서 내가 물어뜯고 있는 것이 사발이라고 생각했는지 사발이 아닌 다른 무엇이라고 생각했는지도 알 수 없었고, 내 앞에 있는 사발은 그것에 대해 아무것도 말해주지 않았다. 그리고 사발을 둘러싼 수수께끼는 그것이 다가 아니었는데, 사발은 내가 술을 따라 마신 다음날이면 마치 그것이 몽유병자인 것처럼 소파나 침대 밑이나 옷장 속 같은 의외의 장소에서 발견되기도 했다. 그후 그 사발은 이가 하나 더 빠지게 되었는데, 그것 역시 나의 소행으로밖에는 돌릴 수가 없었다. 사발은 네가 술에 취해 내게 한 짓을 똑바로 보라는 듯 산산조각이 나 있었고, 나는 술에 취한 내게 사발이 어떤 짓을 당했는지를 똑똑히 보았다. 하지만 사발과 나, 나와 사발 사이에 정확히 무슨 일이 있었는지는 영원히 알 수 없었다. 어떤 식으로든 반성해야 마땅하다고 생각했고, 반성했지만, 대체로 나는 반성하는 것이 도움이 별로 안 되게 했고, 멀쩡한 상태에서는 반성 자체가 어려웠고, 주로는 술에 취해, 반성하는 모습을 보이는 정도로만 했다.

어느 날 밤에는 술집에서 만취해 남의 재킷을 입고 집에 온 적이 있었는데, 다음날 저녁에 외출하려고 준비를 하다가 내 재킷이 아니라는 것을 알아채고는, 일단 한번 그 재킷을 입어보았는데, 재킷 주인의 키가 아주 작아 내 상체를 재킷에 거의 끼워넣어야 했고, 다 끼워넣고 나자 팔의 소매 부분이 거의 다 드러났고, 조끼를 입은 것처럼 몸이 죄였고, 뭐가 이럴 수는 없다는 것인지는 분명치 않았지만, 이럴 수는 없다는 생각을 하며, 깊이 반성을 하는 차원에서 반성문을 작성해야겠다고 생각했다. 재킷은 내 옆자리에 앉은, 일행인 누군가가 벗어 의자 등받이에 걸어놓은 것이었는데, 내가 취해 먼저 일어나며 입고 왔고, 그 역시 술에 취해 그에게는 너무 큰 내 재킷을 입고 갔는지 아니면 추운 그날 밤 재킷도 없이 갔는지는 알 수 없었지만 연락이 없었고, 그다음날에야 연락이 와 만난 우리는 재킷들에게 서로의 주인들을 찾아주었는데, 물론 재킷들은 주인이 바뀐 것을 알지 못했고, 우리가 각자의 재킷을 입었을 때 아무 말도 하지 않았다.

다음날 밤에 다시 만취해 그 일에 대한, 맨정신으로는 쓸 수 없는 반성문을 작성하다 만 것을 발견했지만 반성의 기색이 전혀 보이지 않았고—누군가가 만취해 유기견을 자신의 집에 데려가 껴안고 함께 자기도 했다는 것에 비하면 내가 저지른 잘못은 아무것도 아닌 것 같다, 는 식의 얘기가 적혀 있었다—, 만취한 날 다시 작성해야겠다는 생각을 했고 실제로 그렇게 했고, 그후 취해서 다른 과오를 저지른 후 또다시 취해 반성문을 쓴 적도 있었다. 그렇게 해서 만취하면 반성문을 쓰는 버릇이 생긴 적도 있었지만 곧 그만두었는데 만취해서는 아무리 해도 반성의 기미가 보이는 글을 쓸 수 없었고, 맨정신으로는 아예 반성문 따위는 쓸 수가 없었다. 그런데 문제는 술에 취하면 점점 더 뭔가 일을 저지르곤 한다는 것이었다.

어느 날 밤에는 술에 취해, 내가 도저히 참아낼 수 없는, 아는 어떤 작가의, 작가가 사인을 해 보내준 소설을 읽다가 창밖으로 내던졌는데, 폭설이 내리고 있었고, 책장이 펼쳐져, 책등이 위로 향하게, 일종의 엎드린 자세로 골목에 떨어진 그 불행하고 불쌍한 책은 빠르게 폭설에 파묻혔고, 술에 취해 실제로 시간이 얼마나 경과했는지는 분명치 않지만, 나는 책이 어쩌면 삼십 분 정도 만에 눈에 완전히 뒤덮여 모습을 감추는 것을 창문 밖으로 얼굴을 내밀고 추위에 떨며, 이들이 뭔가에 심한 충격을 받아 실성한 캐스터네츠처럼 저절로 불규칙하게 딱딱 부딪치는 소리를 들으며, 넋을 잃고 볼 만한 것은 아니니 그러지는 말자, 라는 생각을 하면서도 넋을 잃은 것처럼 봤고, 그러자 정말 넋을 잃게 되는 것 같았고, 마침내는 정말로 넋을 잃고 그것을 지켜본 적도 있었다. 나는 짙은 안개 속 바다에서 커다란 범선 한 척이 안개 너머로 사라지는 것과 같은 굉장한 구경거리이기라도 한 것처럼 그것을 지켜보았는데 실제로 그것은 굉장한 구경거리였다. 바닥이 훤히 들여다보이는 수심 10미터가량의 물속을 들여다보는 것 같기도 했고, 나는 물속을 헤엄치는 골목의 물고기들을 상상했지만 물고기들은 이미 딴 데로 간 듯, 혹은 아직 오지 않은 듯 보이지 않았고, 대신 물속 바닥에는 폭설에 빠르게 파묻히고 있는 불행하고 불쌍한 책이 있었는데 마치 거대한 스노볼을 들여다보는 것 같았다. 그곳은 막다른 골목이었고, 그곳에 서 있다 어느 집에서 날아온 책에 맞은 사람은 없었다. 그날은 무엇이든 내던져 폭설에 뒤덮여 사라지는 것을 보고 싶었고, 내가 즐겨 입는 초록색 진바지나, 여름에 쓰는 파나마모자 같은 것을, 아니면 집안에 있는, 내던질 수 있는 모든 것을 내던져 그것들이 눈에 덮여 눈앞에서 사라지는 것을 보고 싶었지만 참았다. 그런데 그런 식으로 내가 술에 취해 창밖으로 책을 내던진 것은 그때가 처음은 아니었는데, 나는 동시대 문학을 감상주의적인 것으로 전락시키는 데 가장 큰 기여를 하고, 그 점에 있어 공로가 큰 작가들 중 한 명으로, 나로서는 안 싫어하기가 무척 어려운 작가인 무라카미 하루키의, 오래전에 샀지만 조금 읽다 말았고, 그해 여름 온갖 벌레들을 잡는 용도로 요긴하게 사용해, 많은 벌레들이 그 책에 억울하게 도살당한, 내가 버렸다고 생각했지만 집에서 눈에 띈 책 한 권과, 내가 좋아하는 작가의 책 한 권을 포함해 몇 권의 책을 공중으로 날려보냈고, 그 책들이 어두운 골목에서 쓸쓸하게 비에 젖거나 바람에 책장이 펄럭이는 것을 지켜보았다. 그런데 너무 취한 나머지 내가 던진 책이 무슨 책이었는지 기억이 나지 않아, 나중에 보니 분명히 던진 것 같은데 던지지 않은 책도 있었고, 던지지 않은 것 같은데 던진 책도 있었다. 나는 심지어 술에 취해 아는 어떤 여자에게 전화해 그녀의 집에 있는 내 책을 창밖으로 집어던져달라고 했는데, 그녀가 그럴 수는 없다고 해, 책을 찾아 내던지기만 하면 되는 그 작은 부탁도 들어주지 않는 것에 약간 신경질을 부린 적도 있었다. 책을 내던질 때 함께 내던지고 싶은 것들이 있었지만 책만 내던졌고, 그래서 책과 함께 공중으로 날아간 양배추도 오이도 화분도 술병도 사발도 없었다. 책을 내던지고 가장 기분이 좋았던 건 어느 따스한 봄날 밤, 열어 놓은 창문으로 들어오는, 절정에 이른 라일락꽃 향기와 술에 취해, 다른 무엇보다도 나 자신을 창밖으로 내던지고 싶었지만 내가 나를 들어 던질 수는 없어 나 대신 내 소설책을 내던졌을 때였는데, 그로 인해 내 책이 나를 살린 꼴이 된 건지 아닌지는 분명치 않았다.

그리고 한번은 술에 취해 내가 키우던 잡초에게 일종의 만행을 저지른 일도 있었다. 누군가가 화분을 선물했는데, 화초의 모습이 너무 별로였고, 볼수록 외면하게 되었고, 눈길이 잘 가지 않는 곳에 두었지만 그래도 눈에 띄었고, 그래서 그 화초를 볼 때면, 저 화초는 뽑아버리고 차라리 잡초를 기르는 게 더 낫겠군, 어디 가 잡초를 캐와 심을까, 하고 생각했는데, 말이 씨가 된 것처럼, 어떤 기적처럼, 거짓말처럼, 어느 날 그 화분에 잡초가 자라났는데, 어떻게 해서 화분에 있게 된 잡초의 씨가 싹을 틔운 것 같았고, 나는 화초와 잡초를 차별하지 않았고, 그중 어느 편도 들어주지 않고 중립적인 입장을 취했고, 다시 말해 화초를 위해 잡초를 뽑아주지도, 잡초를 위해 화초를 뽑아주지도 않고 그냥 두었는데, 한동안 화초와 잡초는 사이좋게 같이 자라는 듯했지만 잡초는 잡초가 아닌 것들과 같이 자라는 것을 싫어했고, 화초를 용납하지 않았고, 그에 따라 화초는 점점 시들어가더니 결국에는 죽어버렸고, 반면 잡초는 우습게도 잘 자랐고, 말이 씨가 된 것처럼, 어떤 기적처럼, 거짓말처럼 자라난 잡초가 약간 기특하게 여겨졌지만 각별히 소중하게 키우지는 않았고, 물만 어쩌다가 주었는데 무성하게 자랐고, 그래서 본의 아니게 잡초를 키우게 되었고, 잡초를 볼 때마다, 역시 잡초 아니랄까 봐 잘 자라고 있군, 조건만 되면 무섭게 번식하는 잡초를, 집안에 흙을 깔아줘 무섭게 번식시켜 집안을 온통 잡초로 뒤덮어버릴까, 잡초 속에서 서식하는, 숲과 들판에 사는 것들을, 주로 벌레들을 일부러 찾아오게 하거나 데려오지는 말고, 하지만 일부러 찾아온 그것들을 일부러 숲과 들판으로 되돌려 보내지는 말고, 잡초들이 에워싸고 있는 침대에서 잠을 자고, 거실 소파에 앉아 술을 마시면 기분이 이상하면서도 괜찮지 않을까(잡초를 위해서라면 잡초가 자라는 데 방해가 되는 침대와 소파는 얼마든지 없애고, 잡초 위에서 자거나 앉아 있을 수도 있었고, 점점 집안을 잠식해가는 잡초는 나의 메마른 생활에 변화를 가져올 수도 있었고, 잡초들이 집안을 온통 뒤덮게 되면 잡초들을 모두 뽑아 집안을 쑥대밭으로 만들거나 마른 잡초들에, 작은 들불처럼 불을 지른 후 가출을 해도 좋을 것이었는데, 그렇게 한다면 아무런 쓸모가 없을 것 같은 잡초도 뭔가에 쓸모가 있게 될 것이었다), 집에 양이나 염소 같은 초식동물이나 칠면조(사람들 가운데도, 동물들

가운데도 특별히 친해지고 싶은 누군가는 없었지만, 그래도 누군가와 친해져야 한다면, 거기에 특별한 이유는 없었지만, 칠면조와 친하게 지내고 싶었고, 칠면조와 함께라면 뭐든 함께할 수는 없을 테지만 다른 누구도 아닌 칠면조와 함께라면 뭐든 함께하지 않아도 괜찮을 것 같았고, 칠면조에게라면 못할 말이 없고, 칠면조는 내가 하는 모든 말을 한 귀로 듣고 한 귀로 흘리며 다 들어줄 것이고, 나는 칠면조가 하는 모든 말에 수긍하며, 수긍의 표시로 칠면조의 작은 눈에 내 눈을 마주치게 할 수도, 칠면조가 내 눈을 피하면 억지로라도 마주치게 할 수도 있었지만, 칠면조와도 사이가 계속 좋을 수만은 없을 테고, 어쩌면 사이가 회복 불가능하게 나빠져 함께하는 것이 칠면조만 아니라면 좋을 것 같은 때가 올 수도 있을 테지만 그건 그때 가서 생각해보면 될 것 같았고, 칠면조와 역할을 바꿔 칠면조가 내 주인 행세를 하게 할 수도 있었고, 칠면조는 알을 오십 개까지도 낳는 걸로 알고 있었는데, 그것이 사실이라면 칠면조 알만 먹고도 살 수 있을 테지만, 그건 일 년에 걸쳐 낳는 숫자였고, 일 년간 칠면조 알 오십 개만 먹고 살기는 어려웠지만 일종의 칠면조 알 다이어트를 하면 될 것이었고, 일 년에 알을 오십 개까지도 낳는 칠면조가 밤에 자고 있는 것을 보면 어쩌면 잠이 드는 데 도움이 될 수도 있을 것이었고, 칠면조 고기는 잠이 오게 한다지만 잠을 자려고 칠면조를 잡아먹는 일은 없을 터였는데 그것은 동거인에 대한 예의가 아닐 것이었다)를, 아니면, 언젠가 시골의 숲속에서, 파초의 붉은 꽃을 보러 간 것은 아니지만 파초의 붉은 꽃과 함께 보았고, 그 선연한 초록에 매혹되어, 이렇게 선연한 초록에, 그리고 지그재그로 움직이고 있는 초록에 마음을 온통 뺏기지 않는 건 마음의 도리가 아니라는 생각을 했고, 그래서 마음을 온통 뺏긴 채로, 마치 같이 산책을 하는 것처럼, 잠시 나도 모르게 따라갔던, 그후로 여러 번 눈에 밟혔던 작은 초록 뱀과 같은 뱀을, 상대가 누구건 지나치게 의지하는 것은 서로에게 좋지 않으니, 반만 의지하며, 그래서 나머지 반은 의지할 데가 없이, 한 마리 기를 수도 있지 않을까, 그렇게 하면 자신의 집에서 버섯을 기르며 사는 페렐만을 다 이해할 수는 없겠지만 조금은 이해할 수도 있지 않을까, 무섭게 자라지만 시시각각 무섭게 자라는 것을 눈으로 볼 수는 없는 잡초를, 잡초들이 이룬 수풀 속에서 바라보며 밤을 새울 수도 있지 않을까, 잠을 이루지 못하는, 모든 것이 어려운 밤에 잡초 수풀 속에서 잡초들을 모두 베어버릴 것처럼 날이 시퍼런 낫을 든 채로, 하지만 베지는 않고 가만히 서 있을 수도 있지 않을까, 혹은 잡초와는 무관하게, 망치와 낫이 소비에트의 상징인 것처럼 마치 낫이 냉소주의의 상징인 것처럼 낫을 들고 냉소주의를 극복하는 일이 없이 꿋꿋하게,

흔들림 없이 냉소주의자의 길을 끝까지 갈 거라는 다짐을 할 수도 있지 않을까, 무섭게 자라는 잡초들을 우스워하며 보며 어떤 새로운 글을 쓸 수도 있지 않을까, 집안에 넘쳐나는 잡초를 원하거나 필요로 하는 사람들에게 원하거나 필요로 하는 만큼 나눠줄 수도 있지 않을까, 잡초 속에서 살면 정말로 나의 생활에, 일과에, 좋은 쪽으로일지 장담할 수는 없지만, 어쨌든 크고 작은 변화가 있지 않을까(나는 되도록 내 머리를 집에서 직접 자르고 싶었는데, 집에 미용 가위는 없었지만 어떻게 해서 정원용 가위는 있었고, 하지만 정원용 가위로 머리를 자르는 건 정원에서 해야 할 것 같았는데, 정원이 없던 내게 실내 잡초 정원이 생기면 그곳에서 정원용 가위로 머리를 자를 수 있고, 실내 잡초 정원에서는 자른 머리칼을 일부러 치울 필요도 없을 것이었다), 심사가 뒤틀릴 때면 쓰다듬어주는 것을 별로 상관하지 않을, 어쨌든 거기에 대해 아무 내색도 하지 않을 잡초들을 쓰다듬어주거나 쓰다듬어주는 척하며—잡초들을 쓰다듬어주거나 쓰다듬어주는 척하는 것은 공연한 짓이니 공연한 짓을 하며—, 뒤틀리는 심사를 뒤틀릴 대로 뒤틀리게 내버려둘 수도 있지 않을까, 하는 생각을 하면서도 그렇게 하지는 않았고, 때로 술에 취하면 문득 우습게도 잘 자라고 있는 잡초를 모두 뽑아버리고 싶은 충동이 굉장히 크게 일었지만(잡초는 술에 취해 볼 때마다 그 충동이 일게 했다), 아직 때가 아니라는 생각을 하며 참았고, 어느 날 잠에서 깨어 내 머리에서 잡초가 새싹을 틔운 것을 보게 되기라도 한다면 기쁨에 소리를 지를 수도 있을 거야, 머리에서 틔워진 잡초의 새싹은 거의 소중하게 여겨져, 저절로 뽑히지 않는 한 내 손으로 뽑지는 못할 수도 있겠지, 하는 생각을 하며 또 참았고, 또다시 술에 취하면 어느 날 술김에 모두 뽑아버려야지, 하는 다짐을 했고, 다짐을 했으니 반드시 실행에 옮겨야 할 건 없지만 경우에 따라 그럴 수도 있겠지, 그때까지는 잘 키워야지, 하는 생각을 했고, 그러다가 정말 어느 날 어마어마하게 만취한 상태에서 잡초를 모두 뽑아버린 후, 키우던 화초가 죽었던 때와는 또 다르게 가슴 아파한 일도 있었다.

박살난 사발 조각들이 계속해서 눈에 들어왔지만 치우지 않고 그냥 두었다. 사발 하나를 더 내던져 사발이 박살나는 소리가 듣고 싶었지만 참았다. 맨정신이 아닌, 술을 마셔 취한 상태에서 나도 모르게 깨지는 사발 소리를 들었는지 분명치 않게 듣고 싶었다. 배가 고팠지만 식사를 하는 대신 나는 작은 종이봉지에 든 정체불명의 흰색 가루약을 먹었다. 며칠 전 누군가의 소개로 찾아간 작고 낡은, 간판도 없고 무허가로 하는 것 같은 개인병원의 늙을 대로 늙은 의사가 내 눈을 뚫어져라 보며 혓바닥과 손바닥을 내밀게 하며, 뭐라, 뭐라

하며 처방해준 약이었다. 그는 뭐라는지 잘 알아들을 수 없는 얘기를 잔뜩 했고, 나는 뭐라고요, 라는 말을 반복해야 했다. 약은 아무 효과도 없는 것 같았지만 나는 빼먹지 않고 먹었다. 그는 그 약을 빼먹지 않고 모두 먹으면 내 지병이 나을 거라고 했다. 아무도 오지 않을 것 같은 병원에는 환자가 나밖에 없었고, 시간이 아주 남아도는지 의사는 거의 나를 못 가게 하며 사주도 봐주겠다고 해 보았는데 내 사주에 물이 없다며 검정색을 가까이하고, 검은 옷을 입고 다니라고 했는데, 나는 언젠가 이후로 거의 검은 옷만 입고 다니고 있었고, 그날도 아래위로 모두 검은 옷 차림이었다. 심지어 그는 진료실을 나서려는 나를 막고 간이침대에 엎드리게 한 후, 어디에서 그런 힘이 나오는지 알 수 없는 힘으로, 그의 말에 따르면 모두 어긋나 있는 내 뼈들을, 발끝에서부터 머리끝까지 모두 맞추기까지 했고, 무슨 뜻으로 하는 말인지는 알 수 없었지만, 웃으면서 내 골반이 여자 골반 같다고, 그래서 남자로 살아가는 것이 힘들 거라고 했다. 아무래도 그는 제정신이 아닌 것 같았는데, 그럼에도 내 골반이 여자 골반 같다는 말은 그가 한 어떤 이야기보다도 기운이 나게 했고, 실제로 늘 남자로 살아가는 것이 힘들다고 느끼고 있었던 나는 골반 때문인지는 알 수 없었지만 남자로만 일생을 사는 것은 치 떨리는 일로 여겨졌고, 나 자신이 여자에 가깝다고 느끼는 경우가 있었고, 그 한 예로, 스타킹을 신고 다니고 싶었지만 여자가 아니니 스타킹을 신어서는 안 된다는 생각에서는 아니었지만 여자들이 신는 스타킹을 신고 치마를 입지는 않았고, 그래서 여자처럼 하고 다니지는 않았지만 아무튼 스타킹을 신는 것 같은 느낌으로 무릎까지 올라오는 긴 양말을 신어야 마음이 편하던 때가 있었지만, 무릎까지 올라오는 긴 양말로는 스타킹의 느낌이 부족했고, 허벅지까지 올라오는 양말을 구하려 했지만, 양말과 스타킹이 무릎을 기준으로 갈리는지, 무릎 아래와 위로 제 갈 길을 가는지는 분명치 않았지만, 그것은 더이상 양말이 아닌 스타킹이나 레깅스인 것 같았고, 레깅스를 입을 수도 있었지만 레깅스는 스타킹과는 결정적으로 달랐고—여기에 내가 근거 없는 반감을 갖고 있는 레깅스가 낄 자리는 없는 것 같았고—, 그래서 스타킹을 신고 다닌 적은 없지만 죽게 되면 킬힐과 가터벨트를 부장품으로 넣어달라는 유언을 남기고 싶었는데, 그렇게 하면 여자로 살지 못한 한을 조금은 풀 수도 있을 것 같았다.

늙은 의사에 대한 생각을 하자 언젠가 찾아간 진짜 사주쟁이 생각이 났다. 일행 둘과 사주를 보러 갔는데, 둘이 먼저 사주를 보는데 너무 신통치 않게 보는 것 같아, 내 차례가 되었을 때, 갑자기 생각이 바뀌었고, 앞날이 하나도 안 궁금해졌고, 그래서 안 보겠다고 했더니 사주쟁이는 그런 일은 처음인 듯, 화가 나 어쩔 줄 몰라하면서도 그것을 어떻게든 드러내지 않으려 애를 썼는데 얼굴이 벌게져 다 드러나 보였고, 그것을 보고 있자 무척 흐뭇했다. 유명하다고 해 찾아간 그는 너무 빤한 얘기만 늘어놓았고, 그래서 말하자면, 나는 물을 먹어버렸는데 그는 너무 약이 올랐는지 순식간에 전신이 벌게졌다. 그는 눈이 기이할 정도로 컸고(눈이 너무 크면 가급적 다 뜨지 말고 반만 뜨거나 해야 하는데도 그는 있는 그대로의 눈을 더 크게 떴다), 말하는데 목소리에서 쉰 소리가 났고, 무엇보다도 목소리가 너무 커 듣고 있기가 괴로웠는데, 그 역시 제정신이 아닌 것 같았는데, 나는 미래를 내다본다고 하는 사람들이 제정신이 아닌 것도 당연하다고 생각했다.

나는 나의 미래에 대해서는 별로 궁금하지 않았지만, 어느 해 초여름, 내가 오래가지 못할 것 같았고, 실제로 몸이 무척 안 좋아, 그해를 넘기지 못할 것 같았고, 그전에 그해 여름을 넘기지 못할 것 같았고, 그래서 언제쯤 죽을지는 약간 궁금했고, 그래서 내가 아는 누군가의 이십대 초반 여자 조카가 친구 여자와 함께 점을 보러 갔는데, 여자 조카에게는 일반적인 얘기를 한 후 친구 여자에게는 다른 얘기는 하지 않고, 무슨 과일을 제일 좋아하는지만 물었고, 친구 여자가 사과를 제일 좋아한다고 하자, 그럼 사과를 많이 먹으라고 했고, 그로부터 일주일 후 친구 여자가 아무런 이유 없이 급사해, 일명 사과도사라는 별명을 얻게 된 점쟁이에게 내가 아는 누군가와 점을 보러 갔는데, 나는 내게 무슨 과일을 제일 좋아하는지 물으면 포도라고, 손을 번쩍 들며 초등생처럼 답할 만반의 준비가 되어 있었지만 여자 점쟁이는 묻지 않았고, 내가 언제쯤 죽을 것 같냐고 집요하게 묻자, 내가 거의 따지고 들자 마지못해(점쟁이들은 누군가가 언제쯤 죽을지 묻는 것을 가장 싫어한다), 나더러 그만하면 살 만큼 살지 않았냐고 했다. 젊고 귀여운 구석이 있고, 심지어는 최근에, 자신이 모시는 신에게 더 잘 보이려고 코 성형수술을 했는데 어떤지 말해달라고까지 하며 코를 자랑하고 싶어했지만 성형수술 전 그녀의 코가 어땠는지, 수술 후 코가 어떻게 달라졌는지 알 수 없었고, 그녀가 자랑하는 코가 그렇게 예뻐 보이지는 않았지만 예쁘다고 말해주었고, 유방 확대 수술도 했는지 묻고 싶었지만, 먼저 자랑하지 않는 걸로 봐서는 그 수술은 하지 않은 것 같은 이 점쟁이도 신통치 않기는 마찬가지였고, 그녀 스스로도 신기가 거의 바닥난 상태라고 고백을 했는데, 나로 말할 것 같으면 죽을 때가 가까워져서인지 이전에 보이지 않던 것들이 보이고, 내가 어떻게 될지는 알 수 없었지만, 내가 어떻게 될지 잘 모르는 것 같은 점쟁이의 앞날을 마음만 먹으면 볼 수도 있을 것 같은, 거의 신기 같은 게 귀찮게 자꾸 생기려고 해 미칠 것 같은 상태에 이르기는커녕 아무것도 내다볼 수 없었고, 내 한 치 앞도 보이지 않았다. 그후, 비록 신통치 않은 점쟁이였지만 내게 그만하면 살 만큼 살지 않았냐고 해 나는 언제든 죽을 수도 있다는 생각으로 얼마간을 지냈는데, 그 점을 본 것은 몇 년 전 일이었고, 물론 나는 아직 죽지 않고 살아 있었고, 이제 죽음은 그때에 비해 오히려 좀더 멀어진 것 같았고, 죽을 것같이 하면서도 쉽게 죽지 않을 것 같았지만, 설사 내가 언제쯤 죽게 될지 알게 된다 하더라도 남은 시간을 내가 언제쯤 죽게 될지 모를 때와 다르게 보내거나 하지는 않을 것이었다.

어린 몰티즈의 주인에게 준 것과는 다른 오래된 차를 만들었다. 본래 꽤 좋은 차였지만 너무도 오래되어 거의 아무 맛도 나지 않는 것이었다. 집에 있는 차들이 모두 오래되었고, 오래될수록 좋은 차도 있었지만 그것은 너무 오래되어 곰팡이가 피려 하고 있었고, 차를 만든 것이 그나마 덜 오래된 것일수록 나은 것 중에 나은 것이었다. 한 모금 마셨는데 너무도 맛이 나지 않았고, 지금 마시고 있는 게 차라는 생각을 정신을 가다듬고 단단히 하지 않으면 차라는 것도 모를 만한 맛이군, 하는 생각이 들었다. 이것이 차라는 믿음을 잃지 않는 게 필요한 것 같았고, 그 믿음을 잃는 순간 차는 차가 아닌 게 될 것 같았다. 하지만 다시 한 모금을 마시고 나자 그 믿음 또한 사라져버렸다. 차이지만 차가 아닌 것을 마시고 있는 것 같았다. 이게 차라니, 차라리 그냥 물을 마시는 게 낫겠군, 하고 생각했지만 물을 마시지는 않았다. 나는 그냥 물이 아닌 차를 마시고 싶었다. 그럼에도, 무슨 생각에서인지 남은 차를 마저 마셨고, 그런 다음 입안에 남아 있는, 아주 희미한 차의 맛을, 뒷느낌을 물로 헹궈 넘겼는데 영 뒤끝이 안 좋은 뭔가를 한 것 같았다. 어쩐지 앞뒤가 맞지 않는 짓을 했다는 생각은 들지 않았는데, 앞뒤가 맞지 않는 짓을 한 것 같지는 않다고 나름 결론을 내렸다. 하지만 입안에 남아 있던 희미한 차의 맛도 사라지고 나자 그 사실도 분명치 않게 여겨졌다.

오래되어 버리려고 냉장고에서 꺼내 부엌 식탁에 놓아둔 것을 잊어버린, 먹다 남은 작은 당근케이크가 눈에 띄었고, 박스에서 꺼내보니 개미들이 산사태가 나 한쪽이 무너진 것 같은 케이크의 협곡 같은 데서 우왕좌왕하고 있는 것이 보였고, 그런 거라면 그냥 넘어갈 도리가 없었기에 식탁 의자에 자리를 잡고 앉아 개미들을 지켜보았다. 개미들은 놀란 듯 우왕좌왕하고 갈팡질팡했다. 잠시 케이크가 흔들려 우왕좌왕하고 갈팡질팡했던 개미들은 조금 후 정신을 수습하고 그들이 하던 일로 다시 돌아갔고, 케이크로 된 작은 산을 옮길 것처럼 케이크를 파기 시작했다.

개미들은 노천광산에서 노다지를 캐는 광부들 같았고, 케이크로 된, 가파른 작은 산은 언제든 산사태가 날 것처럼 위태로워 보였고, 산사태가 나 개미들이 매몰되면 구조의 손길이 내게서 가거나 안 갈 수도 있겠군, 하고 생각했다. 하지만 좀더 자세히 들여다보자 케이크에 산사태가 날 일은 없을 것 같았고, 그래서 우공이산의 전설을 입증하듯, 개미들이라면 작은 산을 옮길 수도 있겠지, 하는 생각을 하며 세어보니 모두 다섯 마리였다. 줄을 지어 케이크를 나르고 있는 개미들이 있을 걸로 생각했는데 없었고, 잠시 기다렸지만, 아니나 다를까 하고 나타나는 개미들도 없었다. 한데 개미들은 늘 분주했고, 쉬거나 노는 것을 보지 못했고, 개미들이 쉬거나 노는 것을 보고 싶었지만 개미들을 강제로 쉬거나 놀게 할 수는 없었고, 언제나 열심히 일하는 것만 볼 수밖에 없는 개미들은 자신들이 좋아서 하는 일을 하고 있을 수도 있었지만, 그럼에도 일만 하는 것을 보는 것은 안타까웠는데, 그것은 내가 상관할 바가 아닌 것 같았고, 개미들 나름대로 휴식과 놀이의 시간을 갖는지도 몰랐다. 어쩌면 안전한 굴속에 모두 모여 자신들이 힘들게 비축한 것들을 바라보며 그것에 대해 얘기를 나누는 등의 휴식시간을 갖고, 개미 한 마리가 나르기에는 너무 무거운 뭔가를 나르는, 일종의 짐 빨리 나르기 시합을 포함해 그들만의 놀이도 하는지도 몰랐다. 아니면 일하는 걸 너무 좋아해, 휴식이나 놀이보다도 더 좋아해 휴식이나 놀이 같은 것은 싫어하는지도, 휴식이나 놀이에 대한 생각만으로도 치를 떠는지도 몰랐다.

다섯 마리 개미들은 일종의 척후병들로 일단 노다지의 맛을 보고 있거나, 자신들의 배를 채우고 있는 중인 듯했는데, 언제든 더 많은 개미들이 나타날 것 같았고, 일대의, 올 수 있는 모든 개미들을 초청해 잔치를 벌이게 하고, 아주 긴 개미 행렬을 시간 가는 줄 모르고 구경할까 하다가, 그보다 더 나은 것으로 볼 수 있는지는 분명치 않았지만 좀 색다른 방안을 생각해냈다. 개미 열두 마리가 모일 때까지 기다렸다가 열두 명의 개미 사도들과 최초의 만찬을 함께할 수도 있겠다는 생각을 했고, 그것을 어떻게 할지 생각하고 있는데 전화가 왔지만 받지 않았다. 열두 명의 개미 사도들과 최초의 만찬을 어떻게 함께할지 생각하고 있는데 그 무엇에도 방해를 받을 수는 없었다. 조금 있자 아니나 다를까 개미들이 띄엄띄엄 더 나타났고, 정확히 모두 열두 마리가 되었을 때 열린 창문 사이로 난 길을 창문을 닫아 막아 더이상 들어오지 못하게 했다. 곧 케이크에는 개미가 정확히 열두 마리 모였고, 열두 명의 개미 사도들과 최초의 만찬을 할 준비가 된 것 같았다.

열두 명의 개미 사도들이 분주히 움직이고 있는 케이크는 이제는 작은 산이라기보다는 작은 언덕 같았고, 마치 골고다 언덕 같았고, 케이크 정상에 작은 십자가를 꽂아놓으면 잘 어울릴 것 같았다. 만약 내가 케이크를 손바닥에 올려 공중으로 들어올리게 되면 개미들은 아직 나무들이 심어지지 않은 공중 정원에서 흙을 일구고 있는 정원사들로 탈바꿈하게 될 것 같았고, 정원사 개미들을 보고 싶었지만 또다시 개미들을 놀라게 하고 싶지 않았다. 열두 명의 개미 사도들과 최초의 만찬을 하는 대신 최후의 만찬을 해도 좋을 것 같았고, 최초의 만찬을 할지, 아니면 최후의 만찬을 할지 쉽게 결정할 수 없었지만 열두 명의 개미 사도들과 최초나 최후의 만찬을 한 사람은 없을 것 같았고, 내가 그것을 하게 되면 나로서도 그것이 최초일 뿐만 아니라 인류 최초일 것 같았고, 그건 실제로 열두 명의 사람 사도들과 최후의 만찬을 함께하고 죽은 사람이 한 것 못지않게 역사적인 일 같았고(어떤 점에서 그렇다는 거지, 라는 질문이 떠올랐지만 그런 것에 내가 답할 입장은 아닌 것 같았다), 그런 것이라면 하지 않을 수가 없다는 생각이 들었고, 그래서 작은 포크를 꺼내들고 케이크 앞에 앉았는데, 정말로 만찬을 같이할 생각으로 거기까진 했는데, 아무리 포크를 들고 있어도, 나 자신이 정말로 개미 사도들과 만찬을 같이하자는 건지 말자는 건지 알 수 없었고, 그럼에도 계속해서 포크를 든 채로 개미들을 보고 있자, 그 열두 명의 개미 사도들 가운데 배반자가 있는 것 같았고, 있어야 마땅한 것 같았지만, 배반자가 어떤 식으로 나를 배반하게 될지 알 수 없었고, 배반자를 찾는다 해도 어떻게 할지 알 수 없었고, 그전에 배반자가 누군지 가릴 수 없었고, 그래서 똑같이 생긴 모두가 배반자들 같았고, 배반자가 아닌 개미들이 없는 것 같았고, 배반자들에게 어떤 무서운 복수를 할지, 아니면 어떤 무서운 용서를 할지—개미들에게 그렇게 할 권리는 내게 전혀 없으니 무단으로 권리 아닌 권리를 행사해—, 생각하기가 무섭게 그냥 넘어가기로 했고, 그사이에도 배반자들은, 일부는 케이크에 파묻힌 채로 열심히 케이크를 팠고, 일부는 이제 케이크를 열심히 나르기 시작했는데, 그들이 쉬지 않고 열심히 일하는 모습을 보자 거의 비슷하게 기운이 나는 동시에 빠졌는데, 그렇다면 기운은 거의 그대로여야 마땅했는데 좀더 빠진 쪽으로 좀더 기운 것 같았고, 그래서 들고 있던 포크를 기운이 빠진 정도로 여겨지는 정도로 좀더 떨궈 계속해서 들고 있는데 전화가 또다시 여러 번 왔고, 결국 열두 명의 개미 사도들과 최초나 최후의 만찬을 하는 것을 결정적으로 방해받은 것 같았고, 그래서 그것을 나중으로 미룰까 하다가 나중에 가면 만찬에 대한 열의가 살아날 것 같지 않았고, 그래서 그것은 없었던 일로 하고, 케이크를 베란다에 내어놓아 개미 군단과, 다리가 여러 개인 온갖 벌레들과 새들까지 몰려와 케이크를 모두 먹어치우기를 바라며 전화를 받았다.

소설을 쓰고 싶어하는 조카였는데, 소설을 쓰고 싶어하는 또다른 친구와 며칠 내로 나를 찾아오겠다고 해, 오지 말라고, 오면 가만두지 않겠다고 했는데도 오겠다고 해, 전화를 끊어버린 후, 오면 어떻게 가만두지 않을지를 고민하는데 마땅한 방법이 떠오르지 않았고, 그런 고민을 다 해야 하는 게 기가 차, 뭐 이런 경우가 다 있지, 하고 있는데, 그가 다시 전화를 해, 안 오겠다고 했고, 그래서, 잘 생각했다고 한 후 전화를 끊고 나자 그들이 안 오기로 한 것이 천만다행으로 여겨졌는데, 별게 다 천만다행인 것 같았다. 조카였지만 별로 친하지 않았고, 그는 나를 잘 몰랐고, 그들은 내게서 소설 쓰기와 관련해 뭔가 조언을 구하고 싶어하는 것 같았는데, 그런 일로 나를 찾아와서는 안 된다는 것을 모르고 있었다.

나 자신으로 말할 것 같으면 갈수록 소설을 쓰는 게 거의 불가능하게 여겨졌는데 이제는 거의 소설이 써질 수 없게 구상하기를 반복하고 있었다. 플롯이나 서사나 배경이 없는 것은 물론이고 인물조차 등장하지 않는, 등장한다 해도 인물이 아무것도 할 생각이 없어 아무것도 하지 않고, 계속해서 아무것도 하지 않고, 끝내 아무것도 하지 않아 아무 일도 일어나지 않고, 그래서 소설 속에서 펼쳐지는 것이 아무것도 없는 소설만을 반복적으로 생각하고 있었고, 그러니 소설이 써질 리가 없었는데, 인물뿐만 아니라 사물조차도, 아무것도 등장시키고 싶지 않았다. 물론 그런 소설을 쓰는 것은 불가능했는데, 내가 정말 쓰고 싶은 것은 쓰는 것이 불가능한, 불가능한 소설이었다.

거실 탁자 위에 향을 피웠고, 피운 향에서 가느다란 한줄기 연기가 고리타분하게, 거의 일직선을 이루며 피어오르며 위쪽에서 맥없이 흐트러지며 모든 것을 고리타분하게 만드는 저녁이 되고 있었고, 나의 우울이라기보다는 저녁의 우울 혹은 거실의 우울 혹은 저녁과 거실의 우울 혹은 저녁 거실의 우울이라고 부르고 싶은 우울이 자신의 영역을 만들며 저녁의 거실에, 내가 초대했지만 존재를 잊고 있던 손님처럼, 혹은 초대하지 않았지만 와서는 가지 않고 있는 손님처럼 자리하고 있는 것 같았지만, 저녁이나 거실과 싸워 이길 수 없는 것처럼 싸워 이길 수 없는 그 우울과는 아직 마주하고 싶지 않았고, 그래서 우울은 저녁의 거실 구석에 혼자 있게 내버려두었다. 어려운 저녁이었고, 모든 것이 어려운, 어려운 저녁이었다.

때로 하루의 마지막 햇빛이 거실 한쪽 벽에서 꼬리를 감추듯 거의 얄밉게 사라지는 것을 보기를 좋아했지만 날이 흐려 햇빛을 볼 수 없었다. 저녁식사 때가 되었지만, 그리고 그날 먹은 게 거의 없었지만 배가 고프지 않았고, 안 먹어도 고프지 않은 배를 먹어도 고픈 배보다 나은 배로 볼 수 있는지 생각했지만 잘 알 수 없었고, 그럼에도 전자의 배에게 페널티로 맥주나 줄까 하다가 아직 너무 이른 시각인 것 같았고, 저녁을 먹을 생각은 하지 않고 있는데, 그 생각이 저녁은 안 먹을 생각으로 점점 바뀌어가고 있었고(8월이 시작된 지 사흘째였는데, 나는 7월의 마지막날 잠에서 깨면서 어떤 계시처럼 멜론과 워터멜론을 생각했고, 그날 하루종일 멜론과 워터멜론만 생각한 것은 아니었지만, 잠이 들면서 역시 멜론과 워터멜론을 생각했는데, 내가 생각한 멜론과 워터멜론은 먹을 것이라기보다는 어떤 문장이나 비유에 가까운 것이었고, 문장이나 비유는 먹을 수 없었지만 멜론과 워터멜론은 먹을 수 있었고, 8월의 첫날 약 열 사람이 먹을 수 있는 양의 멜론과 워터멜론을 사왔고, 8월 한 달은 멜론과 워터멜론을 주식으로, 후식은 멜랑콜리아로, 간식은 망상으로, 하는 아주 단순하면서도, 물질적인 것과 정서적인 것과 정신적인 것이 나름대로 균형을 이루도록 한, 하지만 건강하지 않은 식단을 짠 상태였고, 지난 사흘간은 그 식단을 비교적 잘 지켰는데, 멜론과 워터멜론은 사각으로 썰어 육면체로 만들어 먹었고, 그래서 많은 육면체들을 먹었고, 멜랑콜리아와 망상 역시 사각으로 썰어 육면체로 만들어 먹고 싶었지만 그것들은 어떤 모양으로도 만들어지지 않아 형태가 없는 채로 먹었고, 그래서 멜랑콜리아와 망상은 별로 먹은 것 같지 않았고, 거의 수분으로 이루어진 식단 덕분에 신진대사의 균형이 깨지면서

육체적인 고통이 커지고 있었는데, 육체적인 고통을 견디면서 멜론과 워터멜론만 사흘을 더 먹게 되면 멜론과 워터멜론이 등장하는, 하지만 멜론과 워터멜론이 공모해, 그것들만 알 수 있는 이유로 다른 것은 등장하지 못하게 해 멜론과 워터멜론밖에 등장하지 않는, 멜론과 워터멜론이 서로를 배신하고, 화해하고, 다시 서로를 함정에 빠뜨리기도 하지만 서로에 대한 애정을 어쩌지 못하는, 그럼에도 환상적인 환상에 시달릴 수도 있을 것 같았다), 그 생각이 다시, 그래도 굶을 수는 없지, 하는 생각으로 점점 바뀌지는 않았고, 이상할 정도로 머리가 맑아 아스피린을 입에 물고(물론 아스피린으로 저녁을 대신한 것은 아니었고—아스피린으로 저녁을 대신한 적이 없지 않았지만—, 나는 걸핏하면 아스피린을 입에 물고 있곤 했는데, 그 씁쓸한 맛이 좋아서는 아니었고, 주로는 냉소를 입에 머금어야 할 때나, 마음이 너무 씁쓸할 때나, 나를 시달리게 하는 그 생각들에 빠지게 되면 달리 할 수 있는 게 없어 계속 시달리다 말게 되는 생각들에 빠질 때나, 이 삶이 불가능한 것으로 여겨질 때 물고 있었는데, 아직까지 기분이 너무 좋은 나머지 아스피린을 입에 물고 있던 적은 없었고, 그래서 기분이 너무 좋은 나머지 아스피린을 입에 물고 있게 되는 일이 일어나는 것이 나의 한 가지 소망이라면 소망이었다) 마지막 연애 같은 것 등을 상상하다가 급기야는 마지막 연애에 대한 상상을 했는데, 어쩌면 앞으로 마지막이 될 연애를 한 번쯤은 더 할 수도 있을 것 같았고, 마지막으로 한 번쯤 더 연애를 하고 나면, 그것으로 더이상의 연애 같은 것은 하지 않을 수 있을 것 같았고, 그러자면 마지막의 결정적인 연애를 해야 할 것 같았고, 그러자 연애가 할 만한 어떤 것으로 생각되었지만, 연애의 시작과 과정과 끝을 생각하자 본래 없던 두통이 생겨났고, 마치 연애로 인한 골치를 앓는 것처럼 머리가 점점 뜨거워지는 것 같았고, 연애는 그 상상만으로도 두통을 안겨주는 것 같았다. 그리고 무엇보다도 이제 연애도 우스운 것이 되었고, 그래서 연애를 한다 해도 우스움을 무릅쓰고 투쟁하듯 해야 할 것 같았다.

언젠가 연애를 시작해 연애로 인한 두통을 앓으며 아스피린을 입에 물고 있는 것을 상상하자, 마지막 연애 같은 것은 하고 싶지 않아졌고—애정 행각이라는 단어가 주는 부정적이고도 우스운 느낌을 생각하면 연애보다는 가벼운 애정 행각이나 벌이다 마는 것이 나을 것 같았다—, 대신 종종 그믐달이 뜬 여름밤에 칼을 입에 물고, 칼을 물었으니 원한도 품고, 하지만 누구도, 무엇도 향하지 않은, 원한을 위한 원한을 품고 넓고 깊고 검고 쓸쓸한 호수를 헤엄쳐 건너고 싶었던 마음이 칼 대신 아스피린을 입에 물고 건너고 싶은 마음으로 바뀌었고, 그러자 이미 아스피린을 입에 물고 그믐달이 뜬 밤에 넓고 깊고 검고 쓸쓸한 호수를 헤엄쳐 건너고 있는 것 같았고, 앞으로도 혼자서 쓸쓸히, 되도록 쓸쓸히 살아가게 될 게 틀림없는 것 같았고, 그러자 아주 쓸쓸했고, 그와 동시에 모든 것이 다 그저 그렇고 그러니 모든 것이 다 더욱더 그저 그렇고 그렇게 될 테고, 모든 것이 다 더이상 그저 그렇고 그렇게 될 수 없을 때까지 그저 그렇고 그렇게 되겠지, 라는 생각을 하며 술을 마시기 시작했다. 오래전부터 모든 것이 아무래도 좋은, 아무런 필연성이 없는 세계 속에 살고 있는 것 같았고, 그 필연성이 없는 세계는 궁극적으로, 모든 것이 일어나도 그만, 일어나지 않아도 그만, 뭔가가 어떤 식으로 일어나도 그만, 다른 식으로 일어나도 그만인, 아무런 원리가 없는 세계였다. 이 세계에 반드시 일어나야 하는 일 같은 것은 없었다.

다시 전화가 왔고, 오지 않는다고 했던, 소설을 쓰고 싶어하는 그들이 다시 온다고 하면 어쩌나 하며 전화를 받았는데, 아는 어떤 영화감독이었고, 그는 자신이 새로 영화를 만들려고 하는데 내게 조연으로 출연하지 않겠냐고 했다. 내 역할은 아주 미미해 연기를 해본 적 없는 나도 할 수 있을 거라고 했는데, 그건 이해하겠는데, 왜 하필이면 그 미미한 역할을 내가 하기를 바라는지는 이해할 수 없었는데, 그는 그 이유는 말하지 않았다. 나는 그가 만들려는 영화의 내용은 하나도 궁금하지 않았고, 그래서 내용은 묻지 않고, 내게도 베드신이 있는지 묻자 없다고, 베드신은 주연에게만 있다고 했고, 미미한 역할의 조연에게도 베드신을 하나 달라고 하자 그럴 수는 없다고 했고, 그럼 안 하겠다고 하자, 좋은 기회를 놓치는 거라고 했고, 그래서 좋은 기회를 놓치고 싶다고 했다. 나는 그의 영화들을 좋아하지 않았고, 내게 베드신이 주어진다고 해도 안 하겠다고 했을 것이었다. 한데 내가 생각한 베드신은 혼자서, 혹은 누군가와 침대 위에서 아무것도 하지 않고, 아스피린이나 버섯이나 포도알, 아니면 어렵지 않게 입에 물고 있을 수 있거나 입에 물고 있기 어려운 다른 무엇을 입에 물고 가만히 누워 있거나, 침대 끝에 석상처럼 꼼짝 않고 앉아 있거나, 눈을 뜬 채로 미동도 없이 누워 눈도 감지 못하고 죽은 사람을 실감나게 연기하거나, 서로를 노려보는 사이 영원이 지나갈 것처럼 노려보는 것이었다.

나는 그가 흥행도 되지 않는, 그렇다고 예술적이지도, 독창적이지도 않은 영화를 계속해서 만드는 것이 놀라웠다. 언젠가 나는 술을 마시다가 아무 생각 없이 튼 TV에서 그의 영화를 보게 되었는데 너무 짜증이 났고, 거의 이를 악물며 끝까지 보려 했지만 결국 끝까지 보지 못했고, 어느 순간 더이상 견딜 수가 없어 맥주 페트병을 스크린을 향해 집어던졌는데 다행히 빈병이어서 TV가 박살나거나 하지는 않았다. 그 이야기를 그에게 꼭 해주고 싶었지만 그는 상처를 받을 것이었고, 그래서 간신히 참고 있었는데, 그가 상처를 받더라도 그 이야기는 언젠가 꼭 해주고 싶었다.

나는 그에게 전화해, 내가 그의 영화에 많은 양의 잡초들과 칠면조 한 마리와 함께 출연할 수는 없는지 묻고 싶었지만, 그것만으로도 그의 영화를 빛나게 할 수 있을 것 같았지만, 그의 영화에는 어떤 식으로도 출연하고 싶지 않았다. 그럼에도, 연기를 해본 적 없는 나는 빼고, 이미 그들 스스로 어떤 역할도 완벽하게 소화할 수 있는 연기력을 갖춘 많은 양의 잡초들과 칠면조 한 마리가 출연할 수는 없는지 묻고 싶었지만, 그것들에게 그 영화감독에 대해 얘기를 해주면 그것들 역시 출연을 마다할 것 같았고, 자신들을 그런 감독의 영화에 출연시킬 생각을 한 나를 원망할 것 같았다.

취기가 올랐고, 뜬금없이, 세상이 좀더 문란해졌으면, 하는 생각이 들었다. 연애관계를 포함해, 한 상대에게 충실해야 한다는 것을 전제로 하는 일부일처제라는 제도가, 관습이 터무니없게 여겨졌다. 일부일처제만큼 웃기는 것도 없었지만 그보다 더 웃기는 건 그 웃기는 것을 고수하는 사람들인 것 같았고, 그보다 더 웃기는 건 사람들이 인간의 본성에 반하는 그것이 얼마나 웃기는 것인지를 모르지 않음에도 그 사실을 인정하지 않으려 드는 것 같았고, 어쩌면 세상이 좀더 문란해지면 좀더 평화로워질 수 있을지도 몰랐는데, 삼십만이 조금 넘는 인구 중 그 절반이 혼외정사로 태어난 아이슬란드가 세상에서 가장 평화로운 나라라는 사실은 그 점에 대해 시사하는 바가 많은 것 같았다. 하지만 그런 것은 아무래도 상관없었다.

그럼에도 더 쓸쓸해졌고, 문득 언젠가 밤중에, 가까운 친구가 준, 약초를 넣어 담근 술을 조금 마신 후 극심한 복통이 찾아와 119에 전화해 구급차에 실려 응급실에 가 조처를 받고 한밤중에 산길을 걸어 집에 오면서, 약초 술을 준 친구가 나를 독살하려고 한 게 분명하다고, 하지만 내가 치사량에 못 미치게 마셔 목숨을 잃지는 않았다고, 한데 나를 독살해 무슨 이득이 그녀에게 있을지 궁금해하며, 내게 말 못할 그녀 나름의 이유가 있을 거라고 짐작하며, 하지만 독살당할 뻔한 것에 기분이 상하기는커녕 유쾌해져, 그 계절에 절정이던 어떤 흰 꽃 한 송이를 꺾어, 구급차에 실려 응급실에 간 것과 죽을 뻔한 것을 혼자 나름대로 기념하며 꽃잎을 하나씩 뜯어 공중에 날려보내는데 눈물이 흐르지는 않았지만 거의 나려 한 적이 있었던 기억이 떠올랐고, 또다시 구급차에 실려 응급실에 가고 싶었지만 위급 상황이 아니었고, 구급차를 부를 수 없었다.

그후에 그녀를 만났을 때 그녀는 자신이 준 술이 어땠는지 물었고, 나는 좋은 술 같고, 그래서 아껴 마시고 있다고 했다. 그녀는 내가 안 죽고 있는 것에 초조해하는 것 같았다. 어쨌든 나는 그렇게 생각했다. 그녀는 다 마시면 또 줄 수도 있으니 아끼지 말고 마시라고 했다. 나를 독살하려는 게 확실했다. 그렇지 않다면 그렇게 말할 수는 없는 노릇이라고, 나를 두 번 죽이려 하고 있다고, 나는 생각했다. 나는 그렇게 하겠다고, 고맙다고 했다. 그러자 나를 독살하려는 그녀의 음모에 내가 가담하고 있는 것 같았다. 나는 그녀가 나를 생각해 준, 마시고 죽을 수도 있을 것 같은 술을 마시고 죽을까, 하는 생각도 했지만 모두 버린 상태였는데, 그 극심한 복통을 다시 겪고 싶지는 않기 때문이었다. 나는 우리의 음모의 결과가 어떻게 될지 궁금했고, 그녀를 초조하게 만들며 안 죽고 있는 내가 재미있었다. 그후로도 그녀는 내가 아직 안 죽었는지 확인하듯 연락을 해왔고, 나는 내가 죽은 것으로 꾸미는 것에 대해서도 생각했었다.

그 일을 생각하고 있는데 갑자기 마치 그녀가 준 약초 술을 마신 것처럼 배가 아프기 시작했고, 볼일을 보러 화장실에 가 거울을 봤는데 약간 흠칫할 정도로 인상이 험악한 사람이 거울에 비쳤고, 그 모습을 보자 볼일을 보고 싶은 마음까지 사라지며, 아픈 배까지 나아버린 것 같았다. 수염은 아무렇게나 자라 있었고, 긴 머리 역시 아주 어수선해 보였는데, 머리에 잡초가 자라고 있는 것 같았다. 동굴에 살다 나온 사람 같았고, 그런 모습으로는 식료품점에서 사온 것이 아니라 뭔가 야생에서 잡은 것을 먹어야 할 것 같았다. 순간적으로 뒷산에 사는 꿩들이 떠올랐는데, 가끔 내 집에서도 울음소리를 들을 수 있는 꽤 많은 숫자의 꿩들은 내게는 무엇보다도 나를 잡아먹을 수 있으면 잡아먹으라고 우는 것같이 느껴졌지만, 경계심이 많았고, 가까이 가면 민첩하게 달아났고, 무엇보다도 교활한 구석이 있어 쉽게 잡을 수 없었고 잡아먹은 적도 없었다.

큰 절이 있는 뒷산에는 그 절이 속한 종파와 다른 종파 사이에 산의 소유권을 둘러싼 분쟁이 있다고 적힌 팻말이 오래전부터 있었는데 내게는 그 모든 게 꿩들을 차지하기 위한, 꿩들을 둘러싼 분쟁같이 여겨졌다. 꿩들을 둘러싼 분쟁같이 여겨졌지만 두 종파는 양보 없는 싸움을 이어갔고, 해결의 기미는 보이지 않는 것 같았다. 사람들은 인정하지 않겠지만 뒷산에서 누구보다도 많은 시간을 보냈고, 누구보다도 많이 꿩들의 울음소리를 들었고, 누구보다도 많이 뒷산의 바위들에 앉아 꿩들에 대해 생각했고, 심지어는 꿩들이 덜 교활하기만 해도 잡을 수 있을 거라는 생각까지 한 나는 나 역시 그 분쟁의 당사자라고 생각하고 있었지만, 소유권을 주장하지는 않았지만 분쟁을 해결할 쉽고도 확실한 방안을 갖고 있었다. 펑들을 대표하는 펑 대표를 포함해 분쟁의 모든 당사자들이 참석한 회의에서 그 산의 소유권을 펑들에게 넘겨주어 그 산을 펑들의 소유로 남겨놓는 것으로 분쟁을 해결하는 것이 마땅한 것 같았고, 그것이 최상의 해결책처럼 여겨졌다. 물론 분쟁의 당사자이지만 소유권을 주장하지는 않을 나로서는 두 종파가 계속 다투고, 펑들은 그 사실도 모르고 살아가고, 나는 때로 무엇보다도 나를 잡아먹을 수 있으면 잡아먹으라고 우는 것 같은, 언젠가부터 내게 너무도 그렇게 각인되어버려, 나로서는 구별되지 않는 울음소리들이 다른 의미로는 해석하기 어려워진 펑들의 울음소리를 들으며 펑들은 무엇보다도 교활한 구석이 있어 쉽게 잡아먹을 수는 없다는 생각을 할 수만 있으면 되었다.

거울에 비친 사람의 인상이 어찌나 안 좋은지 나로서도 약간 소스라쳐졌다. 나를 모르는, 나를 처음 보는 사람도, 나를 아는 사람도 겁을 먹을 만했다. 잘됐군, 하고 생각했다. 내가 원하던 바였다. 며칠 전 아는 누군가가 전화로, 자신이 어떤 사건에 연루되었는데 법적으로는 해결이 어렵고 사람을 써 상대에게 겁을 주는 게 제일 빠를 것 같은 상황인데 나라면 그 일을 할 수 있을 것 같다는 생각이 들어 연락을 했다고 해, 그 일을 하겠다고 했고, 며칠 내로 다시 연락을 주겠다고 했는데, 그녀가 무슨 생각으로 그런 일에 내가 적합하리라 생각했는지 알 수 없었고, 내가 왜 망설임 없이 그 일을 수락했는지도 알 수 없었다. 그럼에도 그사이 나름 인상을 험악하게 만들고 있는 중이었는데 생각 이상으로 잘되어가고 있는 것 같았다. 이대로도 험악하지만 더 험악하게 보이게 할 수도 있을 것 같았다.

하지만 화장실을 나오자 내가 그런 일을 하는 데 적임자 같지는 않았다. 아니, 어떤 점에서는 나만한 적임자도 없는 것 같았다. 나도 모르는, 나의 어두운 면모에서 나온 무서운 면모가 빛을 발할 수도 있을 것 같았다. 겁을 줘야 하는 사람을 만나게 되면 나의 아주 이상한 면모를 보이고 약간 정신 나간 얘기를 하기만 해도 될 것 같았다. 그것이 협박을 하는 것보다 더 효과적일 수도 있었다. 집안에서 잡초를 길러본 적이 있는지, 한밤중에 바짝 말린 프리지어나 장미를 불에 태워본 적이 있는지 물을 수도 있을 것이었다. 말린 장미 한 송이를 준비해가 상대가 보는 앞에서 태연하게 불을 붙여 태울 수도 있을 것이었다. 상대에게 내가 얼마나 정신 나간 사람인지, 그리고 정신 나간 사람은 어떤 짓도 할 수 있다는 것을 알게 해주기만 해도 될지도 몰랐다. 그 일에는 약간의 연기력만 있으면 될 것 같았다. 일의 성격상 어떤 사건에 휘말릴 수도 있었는데, 그렇게 되면 지금껏 몰랐던 나의 또다른 모습을 보게 될 수도 있었다. 하지만 그 모든 생각을 하나도 진지하지 않게 했는데, 나로서는 그 어떤 생각도 진지하게 할 수가 없었다.

그 무엇에도 진지해질 수 없는 것이 나의 고질적인 문제로 나의 삶의 가장 큰 어려움 중 하나였다. 오래전 겨울의 어느 날 저녁 뒷산을 산책하다가, 작은 오솔길에서, 어떻게 해서 그렇게 되었는지는 알 수 없었지만, 다른 곳의 낙엽들과는 달리, 마치 불에 탄 용의 비늘같이 검게 된 낙엽들이 길을 뒤덮고 있는 것을 발견하고, 어딘가에서 쓰러져 피를 흘리며 죽어가고 있을 수도 있는 용을 찾기라도 하는 것처럼 숲속을 한참 헤매다 눈이 얼어붙은 곳에서 미끄러져 가파른 비탈 아래로 굴러떨어지며 바위에 머리를 부딪혀 의식을 잃었다가 깨어난 적이 있었다. 얼마 동안이나 의식을 잃었는지 확실치 않았고, 깼을 때 주위는 깜깜했고, 정신은 아주 천천히 돌아왔고, 한동안 몸을 움직일 수 없었고, 그 시간이 길게 느껴지는 동안 어떤 정신은 있는데 어떤 정신은 없고, 어떤 기억은 있는데 어떤 기억은 없는 상태로 추위에 떨며 있었다. 내가 누구인지도 반만 알 것 같았는데, 내 이름은 떠올랐지만 나이는 정확지 않았는데, 생일은 생각났고, 내가 사는 동네는 떠올랐지만 내가 사는 집을 그 동네의 약도에 그려넣을 수가 없었다. 본래 인적이 드문 곳이었고, 어둠이 깃들며 지나가는 사람이 아무도 없었고, 도움을 청할 수도 없었다. 몸의 어딘가가 부러진 것 같지는 않았지만 머리에서 피가 많은 양은 아니지만 흘러내리고 있었고, 피가 아직 흐르고 있는 것을 보면 의식을 잃은 시간이 오래되지는 않은 것 같았다. 아직 굳지 않아 끈적거리는 피를 손가락으로 만져보았는데, 별다른 느낌은 없었고, 피가 아니라 끈적거리는 느낌을 만지는 것 같았다. 다리는 완전히 풀려 있었고, 상체는 어느 정도 움직일 수 있었지만, 당연한 일이지만 상체만으로는 몸을 일으킬 수가 없었다.

나는 수풀 속에 쓰러져 있었는데, 옷이 찢어져 있었고, 나뭇가지들이 나를 찌르고 있었고, 살갗에 가시들이 몇 개 박혀 있었다. 영하의 날씨였고, 몸이 점점 얼고 있었고, 몸의 감각이 일부는 돌아오고 있었고, 일부는 추위로 인해 마비되어 가고 있었고, 이렇게 있다가는 동사할 수도 있을 것 같았다. 하지만 아무래도 상관없는 것 같았고, 그 사실을 보여주기라도 하듯 어떤 가시들은 몸에서 빼 내던졌고, 어떤 가시들은 빼서는 재미로, 몸에, 정수리 같은 다른 곳에 박을까 하다가 제자리에 다시 박았고, 가시 하나는 삼킬까 했지만 생선 가시도 아닌 가시가 목에 걸릴 수도 있을 것 같았고, 그것은 괴로운 일일 것이었고, 그래서 그냥 물고 있을까 하다가, 물고 있다보면 나도 모르게 삼키다가 목에 걸릴 수도 있을 것 같아 말았고, 오늘밤 기온이 영하 아래로 많이 내려가면, 온몸이, 아마도 바깥에서 안쪽으로 서서히 얼음처럼 얼어 완전히 열 수도 있겠지, 하고 생각했고, 온몸이 얼음이 된 내 몸을 떠올리자, 마치 얼음이 우스운 것이기라도 한 것처럼 우스웠다. 까마귀 한 마리가 날아와 뻗어 있는 나를, 처박혀 있는 물체를 신기한 듯 바라보면 좋을 거라고, 그러면 아주 우스울 거라고 생각했지만 어떤 새도 날아오지 않았다. 지난 일들이 두서없이 기억났고, 왜 이런 순간에 그런 지난 일들이 기억나야 하는지 생각했고, 약간 짜증이 났고, 하는 수 없이, 그 일들과 관련한 어떤 기억을 하려고 했지만 기억나지 않는 것들도 있었고, 실제로 내게 일어났었던 일인지 알 수 없는, 기억에도 없는 기억 같은, 기억인지 상상인지 알 수 없는 어떤 것들이 떠오르기도 했다.

어릴 적 눈 내리는 날 산토끼를 잡으러 산에 갔던, 어린 사냥꾼 시절의 기억도 떠올랐다. 올가미나 몽둥이를 들고 혼자서 아니면 친구들과 갔는데, 혼자서 아니면 친구들과 동요와 군가를 섞어 부르기도 했다. 혼자서 아니면 친구들과 부른 노래 중에는 여자아이들이 고무줄넘기를 할 때 부르곤 하던, 6·25전쟁의 비극을 노래한, "전우의 시체를 넘고 넘어 앞으로 앞으로, 낙동강아 잘 있거라 우리는 전진한다, 원한이야 피에 맺힌 적군을 무찌르고서, 꽃잎처럼 떨어져간 전우야 잘 자라"라는 가사의 군가도 있었는데, 여자아이들이 고무줄넘기를 할 때 그 노래를 너무 불러 그 노래는 토끼를 잡으러 갈 때보다는 고무줄넘기를 할 때 부르기에 더 어울리는 것 같았지만, 그럼에도 불렀다. 산토끼 몰이를 할 때에는 산 위에서 아래로 해야 했다. 그래야 앞발이 짧은 산토끼가 비탈에서 구르고 굴러 정신을 못 차릴 때 몽둥이로 내려칠 수 있었다. 혼자서 아니면 친구들과 하러 간 산토끼 사냥에서 우리는 대체로 빈손으로 내려왔지만 몽둥이에 맞아 실신한 토끼의 귀를 쥐고 산을 내려온 날도 있었다.

근처 어딘가에서 쓰러져 피를 흘리며 죽어가고 있을 수도 있는 용을 생각했고, 내가 이렇게 된 건 용 때문이라고 생각하지 않았고, 그래서 용을 원망하지 않았고, 용이 아직 죽지 않았다면 너무 고통스러운 죽음을 맞이하지는 않기를 바랐고, 가능하면 용과, 그것을 찾다가 이렇게 된 내가 동시에 죽음을 맞이할 수 있기를 바랐다. 무거운 정적이, 무거운 정적이라는 식상한 표현이 주위를 뒤덮고 있는 것 같았다. 무거운 정적에, 무거운 정적이라는 식상한 표현에 파열을 일으키는 어떤 소리도 들리지 않았다. 가본 적은 없지만 미국 미네소타의 겨울밤 같았다. 아이가 얼어죽는, 미네소타의 겨울밤이 나오는 영화가 떠올라서인 듯했다. 미국에서도 아주 추운 미네소타는 겨울 하면 떠오르는 곳 중 하나였다. 그 영화의 제목이 계속 기억이 안 났었는데 '아이스 스톰'이라는 것이 떠올랐다. 한데 〈아이스 스톰〉의 배경이 미네소타가 맞는지는 분명치 않았다.

하지만 그 모든 것들이 무엇보다도 아무렇지 않게 다가왔고, 멍이 들고 할퀴인 곳들에 조금씩 통증이 느껴졌지만 너무도 평온했는데, 그러한 평온은 살면서 거의 맛보지 못한 평온이었다. 이대로 죽을 수도, 그래서 모든 것이 이대로 끝날 수도 있을 것 같았고, 거의 간절하게 모든 것이 이대로 끝났으면 하는 마음이 들었다. 언젠가부터 내가 죽게 된다면 동사하거나 익사하기를 바랐는데, 뚜렷한 이유는 없었다. 막연하게, 다른 죽음들보다는 동사하거나 익사하는 것에 더 끌렸다. 가뭄에 말라 죽는 식물처럼 말라 죽는 것도 나쁘지 않다고 생각했었다. 하지만 말라 죽는 것과 크게 다르지 않았지만 아사하고 싶지는 않았다. 그렇게 된다 해도 어쩔 수 없는 일이었지만 병사하거나 돌연사하거나 살해당하고 싶지도 않았다. 집에서 평온하게 눈을 감고 싶지도 않았다. 사고처럼 보이는 죽음을 맞고 싶었다. 동사냐, 익사냐, 그것이 문제로군, 하고 생각했다. 하지만 그 두 가지를 동시에 하는 방법도 있었다. 하지만 내 상태로는 물에 갈 수 없었고, 익사하는 동시에 동사할 수는 없었다. 대체로 한 가지 죽음밖에 가능하지 않은데 두 개의 죽음을 동시에 맞이하는 것은 행운 같았다. 아쉽긴 하지만 동사는 가능했다.

비록 겨울이 아닌 계절에 태어났고, 그건 어떻게 할 수 없었지만, 그리고 겨울이 다른 계절에 비해 특별히 죽기에 좋은 계절로 여겨지지는 않았지만, 죽게 된다면 겨울에 죽기를 바란 터였고, 바람대로 되려 하고 있는 것 같았다. 그러자 동사할 수도 있다는 사실이 두렵기는커녕 어떤 강렬한 기대감을 갖게 했고, 실제로 어떤 강렬한 기대감을 가졌고, 동시에 어떤 희열을 느꼈다. 곧 마지막 순간이 오게 되면 마지막이 될, 단 한 번 마지막으로 할 수 있는 것들이 있었다. 마지막으로 손가락들을 움직여보고, 마지막으로 그 손가락들을 눈으로 보고, 마지막으로 손가락 하나를 입술에 대 조용히 하라는 제스처를 할 수 있고, 마지막으로 눈을 감을 수도 있었다. 그런 다음 마지막을 마친 손가락들, 입술, 눈에 대해 생각할 수도 있을 거였다. 하지만 그것으로 눈을 감지 못한다면 다시 한번 마지막으로 그것들을 되풀이할 수도, 아니면 마지막이 될 다른 뭔가를 할 수도 있을 것이었다. 마지막의 생각, 마지막의 느낌, 마지막의 목소리, 마지막의 시선 등을.

그리고 마지막 순간에 어떤 표정이 어울릴지까지 생각했는데, 그건 좀 어려운 문제 같았다. 지을 수 있는 너무 많은 표정들이 있었다. 평온한 표정을 짓거나 꺼져가는 불꽃 같은 희미한 미소를 머금는 것도 나쁘지 않을 것 같았지만 굳이 어떤 표정을 일부러 짓지 않아도 될 것 같았다. 이미 죽은 척하며 죽음을 기다리다보면 마지막 순간에 저절로 떠오르는 표정이 있을 것이었다. 가능하면 지을 수 없는 표정을 마지막으로 지을 수 있었으면 했지만 그건 가능하지 않았고, 그것도 아쉬웠다.

여기서 이대로 끝날 수도 있는 지금까지의 삶이, 혹은 살아나 앞으로 다시 이어지더라도 언제든 끝날 수 있고, 언젠가는 틀림없이 끝날 삶이 너무도 아무것도 아닌 것처럼 여겨졌고, 몸을 일으킬 수는 없었지만, 몸을 비스듬히 한 채로 수풀에 기대어, 눈에 띄는, 아직 몸에 박혀 있는 가시들을 뽑으며, 얼굴로 흘러내려 굳어진 피딱지를 떼어내며, 다시는 삶의 그 무엇에도 진지해질 수 없을 거라고, 결심이기보다는 체념에 가까운 어떤 생각을 했는데, 그토록 아무것도 아닌 어떤 것에 진지할 수는 없는 노릇이기 때문이었다. 그와 더불어 모든 것에 대해 사실상 아무런 느낌도 없게 된 것이 그 일이 있은 후는 아니었지만 그 일로 인해 더욱더 그렇게 된 건 사실이었다. 한데 삶의 그 무엇에도 진지해질 수 없게 되면서 진심이라는 성가시고 거추장스런 놈도, 마치 어디로 달아나버린 것처럼, 내게서 사라진 것 같았고, 그것은 경축할 일인 것 같았는데, 진심으로 인해 진심으로 불편했던 순간들을 생각하면, 그놈에게 시달린 것을 생각하면 더더욱 그렇게 여겨졌는데, 그와 동시에 진지하고 심각하기만 한 것들을 견딜 수 있는 여력 또한 사라진 것 같았고, 그 점은 삶을 더 어럽게 만드는 것 중 하나였고, 그래서 진심이라는 놈이 사라진 것이 그렇게 경축할 일만은 아니었다. 하지만 그 모든 것에 대해서 확신이 서지 않았고—내게는 어떤 확신도 질기도록 서지 않았으니까, 그리고 질기게도 서지 않게 했으니까—, 확신이 서지 않았다는 것을 보여줄 수 있는 여러 가지 방법이 있었지만 그중에서 가장 확실하고도 간단한 방법은 가만히 있는 것이었고, 그래서 가만히 있었다.

그사이 참으로 고리타분하고도 흐지부지한 저녁이 마찬가지이거나 더한 밤으로 바뀌어 있었고, 내가 삼킨 포도가 내 안에서 멍이 들거나 터지도록 한 알을 삼킬 때마다 비명을 지르며 다량의 포도를 먹어, 다량의 포도 때문인지, 포도 한 알을 삼킬 때마다 지른 비명 때문인지는 알 수 없지만 혼이 나가, 혼이 나간 채로 있고 싶었지만 집에 포도는 없었다. 하지만 멜론이나 워터멜론을 먹으며 비명을 지를 수는 없다고 생각했고, 거실 소파에 앉아 회반죽처럼 물렁한 어떤 무감각 상태에서, 거실의 다른 화분의 화초를 뽑아버리고 한 발을 흙속에 파묻은 채로 술을 마시면 기분이 적당하게 이상할까, 적당하지 않게 이상할까, 적당하지 않게 이상하지 않을까, 하는 생각을 했지만, 거실 화분의 화초를 뽑아버리고 한 발을 흙속에 파묻지는 않은 채로 술을 마셨고, 단단하고 각진, 석관 같은 무감각과 회반죽처럼 물렁한 무감각, 그리고 손으로 만지는 순간 부스러져버릴 것 같은 푸석한 무감각에 이르기까지, 내가 거의 늘 빠져 있는 다양한 형태 내지 양상의 무감각을 생각했지만, 머리가 어지러웠고, 주위의 보이는 사물들도 마찬가지로 어지러워하는 듯했고, 나 자신이 몽롱하고 희미한 사물이 되어가는 것 같았다.

나 자신이 너무도 실체가 없게 느껴졌고, 유령 같았고, 언제나 내 가까이 있다고 느끼는 유령들을 떠올렸고, 유령들에게 가장 중요한 일과는 무엇일지 생각했다. 그림자처럼 배회하는 것일까, 조용히 응시하는 것일까, 산 사람들을 조용히 비웃는 것일까, 유령마다 다를까? 알 수 없었다. 나는 유령들이 존재한다 해도 이승의 사람들과 크게 다르지 않을 거라고 생각했는데, 그럴 때면 슬펐다. 저승에서의 삶이 이승에서의 삶의 연장에 지나지 않는다면 그것은 생각만 해도 끔찍한 일이었다. 나는 눈에 보이지 않는 유령과 마주하고 있는 사람처럼 공중의 한곳을 응시했고, 유령이 내게 먼저 말을 걸기를 기다리는 것처럼 가만히 있었다. 물론 어떤 유령도 내게 먼저 말을 걸지 않았다. 나는 아직까지 유령을 본 적이 없었고, 유령을 보았다고 하는 사람들의 말을 믿지 않았고, 정말로 유령이 있다면 모습을 드러내고, 내게 말을 걸어주기를 바랐는데, 아직까지 그 어떤 유령도 그렇게 하지 않았고, 그것은 안타깝고 실망스런 일이었다.

유령이 사후의 삶을 사는 존재들이라면, 그리고 그들이 살아 있을 때 쓴 것과 다른 언어를 쓰지 않는다면 살아 있는 사람과도 서로 못할 말이 있을 거라고 생각하기는 어려웠다. 하지만 이승의 사람들이 유령들의 세계를 넘볼 수 없는 것처럼 유령들 역시 이승의 세계에 관여해서는 안 되는 어떤 이유가 있는지도 몰랐다. 어쩌면 유령들은 내가 생각한, 얼굴이 아주 노란 사람들이 그러는 것처럼, 그들에게 어울리는 낮고 슬픈, 어쩌면 검은 목소리로 서로 얘기를 나누는지도 몰랐다. 하지만 유령은 어디에도 없는지도 몰랐다. 나는 비록 유령의 존재를 믿지 않았지만 살아 있던 존재들이, 한때는 그토록 살아 있던 그토록 많은 존재들이 죽게 되면서 더 이상 어떤 식으로도 존재하지 않는다면, 그래서 이 세계가 오로지 살아 있는 존재들의 세계일 뿐이라면 그것은 어쩐지 반쪽짜리 세계 같았고, 유령들이 없는 이 반쪽의 세계는 무척 쓸쓸한 세계인 게 분명했다.

쓸쓸하면서도 동시에, 아무런 느낌도 없는, 아무런 느낌도 없는 느낌만 강렬하게 있는 것 같은, 내게 가장 지배적인 느낌에 빠져들었다. 거실 탁자 위에 어디에서 나타난 것인지 알 수 없는, 어느 사과나무에서 떨어진 것 같은, 완전히 썩은 사과 하나가 있기라도 한다면, 물론 그것을 먹을 수는 없고 먹지는 않을 테지만 그것이 그 순간 내가 필요로 하는 전부이기라도 한 것처럼 그것에서 눈을 떼지 않고 바라볼 수도, 심지어는 그것의 부패한 냄새를 맡을 수도 있을 것 같았다.

술을 더 마셨고, 좀더 취했고, 거실 탁자 위에 있는, 내가 주로 술에 취하면 글을 끄적이는 수첩에 손길이 갔고, 수첩을 펼치지는 않았지만 거기에 적힌 글들을 떠올릴 수 있었다.

"하루를 매장하고 마음속으로 작은 조종을 조용히 울렸다. 성호는 긋다 말았다. 긋다 만 성호는 단단한 십자가가 되지 못했으므로 나무 십자가처럼 벽에 걸어놓을 수가 없었고, 그냥 버려야 했다. 조문객은 받지 않았다. 조종은 실은 쥐방울만한 작은 방울이었는데 하루의 매장이 끝난 후 조용히 울려퍼지는 조종 소리는 소름 끼쳤다…… 조종 또한 매장하고 나서야 긋다 만 성호를 마저 그을 수 있었다…… 하루를 매장하면서 성호를 긋는 나쁜 버릇이 생겼다. 이 나쁜 버릇이 하루를 보내는 것을 더욱 어렵게 만들 것이 분명하다…… 마저 그은 성호마저 매장한 후에도 하루의 장례식은 끝나지 않았다. 하루의 장례식은 하루로는 모자랐다…… 그후 성호를 긋는 나쁜 버릇은 간신히 버렸다. 사실 시도 때도 없이 성호를 긋는 것은 나쁜 버릇으로는 성에 차지 않는 것이었다. 성호를 긋는 것보다도 더 나쁜 다른 어떤 버릇이 필요하다, 하루를 보내는 데는. 이를테면…… 가슴에 손을 얹는 버릇이 생겼다. 성호를 긋는 것만큼이나 나쁜 버릇이다. 가슴으로 간 한 손을 다른 손이 치우느라 양손이 바쁜 하루하루를 보내고 있다."

"나는 생각할 수 있는 모든 것을 판매하는 곳을 어렵게 알아내 동굴을 하나 주문했다(물론 동굴은 그 안에 들어가 나오지 않고 살 곳이었다). 며칠 후 동굴 하나가 왔지만 동굴로서 결함이 있는 것이었다. 그것은 커다란 구 모양의 바윗덩어리로, 크기가 적당했지만 결정적으로 입구를 찾을 수 없었다. 입구가 없었고, 그에 따라 입구이자 출구인 출구도, 입구와는 별개로 있는 출구도 없었다. 그래서 출구를 통해 그 안에 들어갈 수도 없었다. 그 안에 들어갈 수 없다면 그것은 동굴로 보기 어려웠다. 불량품이 틀림없었다. 사용 설명서도 없었다. 어쩌면 사용자가 알아서 그 커다란 바위에 원하는 크기와 모양의 구멍을 내 동굴로 사용하라는 것인지도 몰랐다. 나는 하는 수 없이 동굴이 아닌 바윗덩어리는 반품하고, 폭은 좁지만 바닥이 없는 늪을 하나 다시 주문했다(물론 늪은 그 안에 들어가 나오지 않고 살 곳은 아니었다. 정신 나간 사람이 아니고는 늪에서 살 사람은 없을 것이었다. 무엇보다도 늪에서 살 수는 없었다. 물론 늪을 주문해 그곳에서 나오지 않고 사는 정신 나간 사람들을 본 적은 없지만 어딘가에 그런 사람들도 있다는 얘기는 들었는데, 어쩌면 그들은 늪에서 허우적거리는 것을 최고의 기쁨으로 알고 살아가는 사람들인지도 몰랐다. 나는 그렇게 정신 나간 사람은 아니었다. 내게 늪은 이따금 시간을 보내기 위한 곳이었다). 다시 배송된 늪에는 잠든 것도 죽은 것도 아닌 카나리아 한 마리가 옆으로 누워 있었고 늪은 말라버려 늪에 빠져들 수도 없었다. 나는 늪의 기능을 하지 못하는 늪 역시 반품했다. 나는 이어서 바람을 주문했는데, 바람은 작은 밀폐용기에 들어 있었다. 바람은 정상적으로 작동하는 것 같았다. 용기의 입구에는 바람의 세기와 종류를 선택할 수 있는 조종 장치가 있어 원하는 바람이 일게 할 수 있었다. 실제로 그것은 대단히 놀라운 발명품이었다. 회오리바람이 불게 할 수도 있었고, 화염처럼, 흩어지지 않고 하나의 덩어리를 이루고 넘실거리는 바람을 일으킬 수도 있었는데, 물론 바람을 볼 수는 없었지만 손을 대면 느낄 수 있었다. 나는 그 바람 몇 개를 집안의 여러 구석에 풀어놓은 채로 외출했다가 집에 돌아와 아직 구석에 그대로 있는 바람들을 보고 만족해하기도 했다. 심지어는 광풍이 일게 해 집안에서 바람이 미친듯이 불며 창문을 마구 흔드는 것을 집밖에서 볼 수도 있었다. 나는 몇 번 그 바람을 틀어놓아 집안의 물건들이 바람에 사정없이 날아다니는 것을 창밖에서 지켜본 후 집안에 들어오기도 했다. 바람들은 용기에 달린 조종 장치로 다시 용기에 담을 수도 있었다. 바람은 심지어 동물처럼, 혹은 식물처럼 길러 생장시킬 수도 있었는데, 무한히는 아니고, 어느 크기로까지만 자랐는데, 물론 바람의 먹이는 바람이었다……"

그리고 그 수첩의 어딘가에는 다음과 같은 문장도 적혀 있었다.

"맥락 없이, 언제나 맥락 같은 건 치워버리고, 언제고 맥락이라곤 없이, 언제까지나……"

언젠가 이후로, 아무런 맥락도 없는, 아무 얘기도 하지 않은 것이나 마찬가지인 얘기를 하는, 그래서 아무것도 말하는 것이 없는 것에 대해 말하는, 그래서 아무것도 아닌 것에 대해 말하는, 그래서 사실 그 무엇에 대해서도 할말이 없다는 것을 말하는, 그래서 어쩌면 말하기의 끝에 대해 말하는, 그리고 그 모든 것들에 대해 말하는, 그 모든 것들에 대해 거의 필사적으로 말하는, 정말로 아무것도 아닌 이런 글들을 쓰며, 삶을 허비하는 데 삶을 다 바치는, 그럼에도 다른 삶은 꿈조차 꿀 수도 없는, 그럼에도 다른 삶은 꿈꾸고 싶지 않은, 남은 삶은 남은 삶을 허비하는 데 마저 다 바칠 것이 분명한 이상한 삶을 살고 있었지만 그런 것쯤은 아무런 상관도 없다고 생각했다.

여러 가지 생각들이 음산하고 음울한 검은 구름처럼 머릿속을 뒤덮는 것 같았고, 뒤덮으라지, 했다. 어려운 저녁과는 또다른 어려운 밤이었고, 어려운 밤에는 모든 것이 어려웠고, 모든 사실들이 어려웠고, 사실들을 상대하는 것도 어려웠고, 우울 또한 어려운 어떤 것이 되어 있었다. 어떤 질긴 우울의 끝을 지나 또다른 우울로 입장하고 있는 것 같았는데, 양상이 다를 뿐 본질적으로 차이가 없는 우울들이었지만, 이 또다른 우울로의 입장은 그 방법이 꽤 까다로워 그것에로의 입장이 쉽지 않게 여겨졌다. 우울할 때면 내가 손을 내밀기도 하는 유희 역시 어려운 것 같았지만, 그럼에도 내게는 더 많은 유희가 필요하다고 생각했는데, 유희는 내게 어려운 뭔가를 더 어렵게 만드는 것이기도 했다.

또다시 내게 가장 고질적인, 삶이 불가능한 것으로 여겨지는, 아주 좋지 않은 상태에 빠져들고 있었다. 어디를 펼쳐도 막다른 골목 같은 것들이 연속해서 나오는, 어떤 막다른 골목의 삶을 살고 있었다. 그리고 모든 것이 너무도 진부했다. 모든 생각과 감정과 행위와 동작 들이 너무도 오래도록, 수십만 번 혹은 수백만 번 반복된 것들이었고, 그 모든 것들이 낡을 대로 낡은 유물들처럼 여겨졌다. 낡을 대로 낡은 유물들 같은 생각과 감정과 행위와 동작 들이 무한 반복을 하고 있는 것 같았다. 생각은 훨씬 더 복잡하지만 감정과 행위와 동작 들은 수백 가지 정도로 분류할 수 있었고, 수백 가지 정도의 감정과 행위와 동작 들을 지나치게 거듭해서 사용한 것 같았고, 때로는 아주 단순한 동작, 가령 얼굴을 일그러뜨리는 것과 같은 것이 너무도 진부하게 여겨져, 거의 동작의 화석처럼 여겨져 그 단순한 동작조차도 하기가 어려운 경우도 있었고, 어쩌다 내뱉는 탄식이 탄식의 부스러기를 내뱉는 것 같은 때도 있었다. 지금까지 구사한 적이 없는 전혀 새로운 어떤 일상적인 동작도 가능하지 않다는 사실에 커다란 좌절을 느끼는 것도 가능하다고 생각했고 좌절을 느꼈지만 좌절의 크기는 그다지 크지 않았다. 내가 잠을 이루지 못하는 데에는 잠이라는 너무도 반복된 진부한 행위에 대한 거부도 작용하고 있을 수도 있는 것 같았다.

취기가 올랐지만 잠은 오지 않았다. 이제 잠을 거의 잃어버린 지경에 이르게 된 상태였다. 거의 밤낮을 거꾸로 보냈고, 밤에는 낮잠을, 낮에는 밤잠을 자거나 설치거나 하는 것 같았다. 하루종일 낮도 밤도 아냐, 낮도 밤도 뜬 눈도 감은 눈도 아닌 눈으로 보내고 있으니, 뜬 눈도 감은 눈도 아닌 눈이 보기엔 낮도 밤도 다 낮도 밤도 아니야, 하고 생각했다. 잠이 내게 드는 건지, 내가 잠에 드는 건지, 잠과 내가 서로에게 드나드는 건지, 내가 잠과 함께 우리가 모르는 어딘가에 드나드는 건지, 잠은 어디에 있는 건지, 어디에서 오는 건지, 잠이 나를 데리고 혹은 잠과 내가 어디로 가는 건지, 잠을 어떻게 재워야 하는 건지도 분명치 않았다.

다시 개의 귀에 대한 생각이, 하려고 하지도 않았는데도, 마치 무슨 소리에 개가 귀를 쫑긋 세우는 것처럼 났고, 이왕 났으니 할 수 없다는 생각으로, 정신을 집중해 개의 귀에 대해 생각했다. 18세기 영국에서 처음 등장한, 책장 접은 것을 개의 귀라고 처음 표현한 사람이 누구인지는 알려져 있지 않았다. 접히면 접힌 채로 있지 않는 늑대나 다른 어떤 포유동물의 귀와는 달리 어떤 개들의 귀는 접힌 채로 있기도 한다는 사실을 알았고, 왜 어떤 개들의 귀는 접히면 접힌 채로 있지만 늑대나 다른 어떤 포유동물의 귀는 접힌 채로 있지 않는지, 귀가 접혀 있는 것과 접혀 있지 않는 것에 어떤 유리한 점 혹은 불리한 점이 있는지 알 수는 없었지만, 밤이면 자신의 거실 의자에 앉아 등불 아래서 책을 읽으며, 주인의 독서를 방해하지 않으려고 조용히 옆에 앉아 있는, 무료해하는 개의 머리를 이따금 쓰다듬어주다가 무심코 개의 귀를 접었다 폈다 하기도 하다가, 어느 날 그날의 독서를 마치고 책장을 접으며, 책장을 접을 때면 마치 개의 귀를 접어놓는 것 같아, 마찬가지로, 개의 귀를 접어놓을 때면 책장을 접는 것 같아, 그러니 책장 접은 것을 개의 귀라고 해도 좋겠지, 하는 생각을 하며 잠자리에 든, 과거의 누군가가 그 표현을 처음 사용했고, 개의 귀를 접어본 또다른 사람들이 고개를 끄덕이며 수긍을 했고, 그 표현은 일반적인 것이 되었을 수도 있을 것이다. 나는 무엇보다도 내가 접어놓고 온 어린 몰티즈의 귀가 그날 하루만이라도 그대로 접혀 있기를 바랐는데, 그대로 접혀 있는 개의 귀를 생각하다가 보면 마치 그날 하루를, 하루의 모서리를 책장을 접듯 접고 하루의 책을 덮고 잠이 들 수 있을 것 같았지만 개의 주인인 그녀가 내가 가고 나자마자 귀를 펴놓았을 것 같았다. 그럼에도 그 귀의 주인인 개의 주인인 그녀가 잠을 이루지 못할 때면 개의 귀들을 가끔은 접었다 폈다 하기를 바랐다. 나는 잠을 이루지 못할 때면 귀를 접었다 폈다 할 수도 있을 그 개가 없는 것이 아쉬웠는데, 그 개가 지금 내 옆에 있어 개의 귀를 접었다 폈다 하다보면 어느새 나도 모르게 잠이 들 수 있을 것 같았고, 그래서 그 개를 유괴해 오지 않은 게 약간 후회되었다. 그리고 그 개가 있다면 버지니아 울프의 글에 나오는, 누군가가 성냥불을 켜면 맨발로 얼른 꺼버리는 재미있는 재주를 가진 개처럼 내가 라이터 불을 켜 담배에 불을 붙인 후면 입으로 바람을 불어 불을 끄는 재미있으면서도 실용적인 구석이 있는 개가 되게 할 수도 있을 것 같았지만 그 멍한 개는 절대로 그런 재주를 익히지 못할 것 같았다.

잠을 청하려고 침대에 가 누워 뒤척이는데 도무지 잠이 오지 않았고, 잠의 안을 들여다볼 수는 없지만 잡초로 뒤덮여 있으면 좋겠다는 생각을 했고, 이제 개의 귀 대신 잠에 대한 생각이 다시 이어졌다. 잠은 아주 먼 바다에 머물고 있는 배 같았고, 암초에 부딪혀 좌초된 배 같았고, 그날 밤에는 배의 모습을 한 잠도 영영 올 것 같지 않았다. 매일의 잠에 각각 이름을 지어주는 건 잠드는 데 도움은 안 되지만 양의 숫자를 세는 것보다는 나을 수도 있겠지, 오늘 들게 될 잠의 이름은 낙마한 기수를 버리고 뒤도 돌아보지 않고 달아나는 경주마의 혼란이라고 해보자…… 한데 말이 멀리멀리 달아나며 잠도 멀리멀리 달아나는군, 기수는 기절해 자고 있는데, 기수를 깨우면 벌떡 일어나 말을 쫓아갈까, 기수가 말을 잡아야 잠들 수 있을 것 같은데…… 입상들이 내려다보고 있는 조용한 거리를 산책하고 싶은 밤이군, 가본 적 없는 토리노 같은 곳에서, 낙마한 기수들은 자취를 감춘, 기마상들이 있는 거리에서……와 같은 생각이 들었고, 그런 생각들은 잠드는 데 도움은 안 되지만, 어쨌든 밤을 새우며 하기에 좋은 것 같은 생각이라는 생각은 할 수 있었는데 그것 역시 확실치 않았다.

잠에 대한 생각과 경쟁을 하듯 또다시 개의 귀에 대한 생각도 났다. 그 둘은 중장거리, 가령 10,000미터 달리기경주에서

선두 다툼을 치열하게 하고 있는 것 같았다. 그날 개의 귀를 너무 많이 접었다 폈다 한 대가를 치르는 것 같았다. 손은 아직도 뭔가를, 손에 집히지 않는 뭔가를 접었다 폈다 하는 것 같았다. 개의 귀들이 나비떼처럼 머리 주위로 날아다니는 것 같았다. 그와 동시에 마치 누군가가 개의 귀에 대한 생각을 내 귓속에다 대고 조용히 속삭이는 것 같았고, 혹은 어떤 액체처럼 들이붓는 것 같았고, 개의 귀가 내 귀에다 대고 뭔가를 말하고 있는 것 같았다. 그리고 그날 내가 내 손으로 무수히 접었다 폈다 한 개의 귀가 이제 내 머릿속 생각들을 끝없이 접었다 폈다 하고 있는 것 같았다. 머릿속의 너무도 많은 생각들이 개의 귀처럼 모서리가 접혀 있고, 모서리가 접혀 있는 그 생각들의 페이지들이 모두 펼쳐져 있는 것 같았다.

이래서는 잘 수 없어, 하고 소리치고 침대에서 벌떡 일어나, 잠자는 것을 포기하고 거실로 나가 다시 술을 마시기 시작했고, 취기가 더욱 올랐고, 머리가 빙빙 돌았고, 어지럼증이 더해져 무척 어지러웠고, 세상이 빙빙 도는 것 같았고, 어쩐 일인지 거실의 구석들 또한 어떤 경주에 참가한 것처럼 돌고 있는 것 같았고, 나 역시, 이유는 알 수 없었지만, 돌고 있는 것 같았고, 구석들과 함께 도느라, 그런데 구석들은 왜 도는 거지, 하고 차분하게 생각할 여유도 없는 것 같았고, The quick brown fox jumps over the lazy dog라는 문장이 다시 떠올랐고, 내 집 거실에서 재빠른 갈색 여우가 게으른 개 위로 계속해서 뛰어넘는 것 같았고, 개는 한 마리 그대로인데 여우의 숫자는 점차 불어났고, 여우들이 내 위로도 뛰어넘는 것 같았고, 그래서 정신이 없었고, 모든 것이 점점 더 빨리 돌고 빨리 뛰어넘었고, 정신없이 돌고 있는 구석들을 정신을 바짝 차리고 한쪽 구석으로 몰아 붙들어야 하는데 구석들도 나도 구석들과 함께 돌고 있으니 하나도 정신이 없는 것 같았고, 이제 내 집의 구석구석에 모아둔 기억이 없는 소리들이 소리를 질러대는 것 같았고, 재빠른 갈색 여우들이 게으른 개 위로 더이상 뛰어넘지 못하게 하기 위해서라도 정신없이 돌고 있는 구석들을 한쪽 구석으로 몰아 붙들어야 한다고, 그 생각을 주문처럼 반복했고, 하지만 정신이 하나도 없으니 바짝 차릴 정신 또한 없었고, 그럼에도 마침내는 제 풀에 지친 것 같은 모든 것들이 천천히 돌기 시작한 후 결국 정지하고, 여우들과 개가 사라지고, 구석들이 본래의 자리로 돌아간 후에야 간신히 정신을 차리고, 취해 쓰러져 자는 거지, 어질러진 가설처럼, 엉터리 거실처럼, 끝없는 모함처럼, 침몰한 항모처럼, 하는 생각을 하며 마침내는 깜빡 잠이 들었고, 잠이 들면서, 11세기경 십자군전쟁에 참전해 북아프리카에서 이슬람교도의 편에 서서 싸우다 도주해 한 친절한 농부의 말이 끄는 짐수레를 탄 후 역시 친절한 어부의 배를 타고 바다를 건너 몰타에 가 몰티즈 한 마리를 전리품으로 가슴에 안고 집으로 돌아오는, 혹은 돌아오는 길에 또다른 전쟁에 참전해 전사하는 것과 같은 꿈을 꾸기를 바랐지만, 꿈속에서 거인의 귓속으로 들어가 갱도 같은 곳과 얽히고설킨 계단을 지나 거인의 코로 나왔는데, 거인의 코에서는 밧줄을 타고 내려왔는데 중간에서 떨어지며 잠에서 깼다.

심한 두통이 느껴졌고, 이번에는 타이레놀을 입에 물고 누워, 가슴에 손을 얹고 두통을 감상하듯 머릿속에 그려보았는데, 두통은 표현주의 그림 같았다. 머릿속에서, 분명치는 않지만 조약돌이 급류에 강바닥을 구르는 것 같은 소리가 나는 것 같았다. 언제 다시 잠이 들지 알 수 없는 긴 밤이었고, 밤이 밤을 범하는 것 같은 밤이었고, 난해하게 긴 뱀처럼 긴 난해한 밤 같았다.

수면제를 여러 알 먹고 소파에 누워 눈을 감았다. 몸의 중간쯤, 아니, 그보다는 좀더 위, 옆구리쯤에서 이상한 소리가 꾸준히 나는 것 같았다. 그것 역시 조약돌이 급류에 강바닥을 구르는 것 같은 소리 같았다. 머릿속에서 나던 소리가 옆구리쯤으로 옮겨간 것 같았다. 내 몸이 강바닥도 아닌데 어떻게 몸 여기저기서 조약돌이 급류에 강바닥을 구르는 것 같은 소리가 나는 거지, 하고 생각했다. 내가 모르는 사이 내 몸은 강바닥이 되었고, 대체로 바닥을 드러낸 강바닥처럼 메

말라 있지만 때로는 폭우가 내린 강바닥처럼 조약돌이 구르는 소리를 내기도 하는 모양이라고 나는 생각했다. 그 소리는 귀를 갖다 대면 사라질 것 같았지만 옆구리로 귀를 가져갈 수는 없었다. 주먹으로 옆구리를 몇 번 때렸다. 소리는 사라지기는커녕 더 커졌고, 몇 대 더 때리면 더 커질지, 혹은 작아질지 궁금했지만 그대로 있었는데, 소리가 커지기를 바라는지, 작아지기를 바라는지 알 수 없었다. 최고조로 커지게 하면 점점 작아질 것 같았지만 작아지지 않고 계속 울릴 수도 있었다. 문득 나의 이 오래된 불면증이 아직 정체가 밝혀지지 않은 바이러스 때문일 수도 있다는 생각을 했는데, 그와 동시에 내가 읽다 잠이 들 수도 있는 내 소설을 아직까지 쓰지 못해서이기도 한 것 같았고, 이 불면증은 어떻게 해서 내 머리에 잡초가 뿌리를 내리면(그렇게 되면 지금까지 자지 못한 잠까지 한꺼번에, 긴 잠을 자고 난 뒤 집안이 온통 잡초로 뒤덮인 것을 볼 수 있을 것 같았다) 나을 수도 있을 것 같았지만 그 가능성은 없어 보였다.

그리고 다시 유령에 대한 생각이, 눈에 보이지 않는 유령이 내게 속삭이는 것처럼, 났다. 인적 없는 밤거리를 혹은 대낮의 거리를 배회할 때, 홀로 어두운 거실에서 눈을 감고 누워 있을 때, 유령들을 생각할 때, 유령들을 아주 가깝게 느낄 때, 이미 내가 그 유령들 중 하나처럼 느껴질 때, 그 유령들보다도 더 유령 같을 때, 눈에 보이지 않는 유령들보다도 더 희미하게 느껴질 때…… 이미 나는 유령일지도…… 어쩌면 당신도……

유형지 × 에서

서울에 있는 내 집에서, 저녁식사 시간이 한참 지난 한밤중에, 허기가 져서는 아니고, 멍하게 이어지는 어떤 생각 끝에 부엌으로 가 마치 넋이 나간 사람처럼 아무런 생각 없이 냄비에 물을 부어 가스레인지에 올리고 가스불을 켰고, 물이 끓는 것을 보며 역시 넋이 나간, 냄비에 물을 부어 가스레인지에 올린 사람과는 다른 사람처럼 조금 전의 일을 기억하지 못하며 역시 아무런 생각 없이 냄비에 국수를 넣어 끓이며, 이번에도 냄비에 물을 부어 가스레인지에 올린 사람과도, 냄비에 국수를 넣어 끓이는 사람과도 다른, 제3의 사람처럼, 끓는 물에 국수 가락들이 걷잡을 수 없이 마구 허우적거리는 모습을 보며, 그것을 보고 있으면, 왜 걷잡을 수 없는 생각에 빠지며, 가스불을 끄고 그대로 집을 뛰쳐나가 밤의 저수지 같은 데로 달려가고 싶은—마음 같아서는 끓는 물에 허우적거리는 국수를 그대로 가져가 저수지에 쏟아붓고 싶은(그렇게 하면 국수 가락들은 어떤 이상한 생물체처럼 밤새 저수지를 허우적거리며 헤엄쳐 다닐 것만 같았다)—충동에 시달리는지를 생각했고, 실제로 서울 근교에 있는 저수지 하나를 떠올렸고 그곳을 향해 달려가지는 않았지만, 그 얼마 후 나는 프랑스 남부의 작은 도시 ×에 얻은 작은 스튜디오에서 역시 한밤중에, 어떤 생각 끝에 국수를 끓이며—마치 순간적으로 공간 이동을 해, 내 집에서 국수를 끓이다 ×에 와 그대로 국수를 끓이고 있는 것 같았다—끓는 물에 국수 가락들이 걷잡을 수 없이 마구 허우적거리는 모습을 보며, 가스불을 끄고 그대로 스튜디오를 뛰쳐나가 밤의 저수지 같은 데로 달려가고 싶은 충동에 시달렸고, 역시 실제로 × 근교에 있는 저수지 하나를 지도에서 확인했지만 그곳을 향해 달려가지는 않았는데, 왜 강이나 바다나 호수나 운하나 연못이 아닌 저수지가 떠오르는지를 생각했지만 그 이유는 알 수 없었다.

본래 나는 '베네치아에 가 강원도에서의 죽음이라는 소설을 쓰고 죽은 사람에 대한 소설을 쓰고 죽거나 죽지 않을 수도, 강원도에 가 베네치아에서의 죽음이라는 소설을 쓰고 죽거나 죽지 않을 수도 있는 사람에 대한 소설을 쓰고 죽거나 죽지 않을 수도 있는 사람'에 대한, 실제로 그러한 긴 제목을 가진 소설을 쓰려고 했고, 쓰고 있었지만 그것은 어느 지점에서 멈춰버렸고, 더이상 진전이 없었는데, 그 소설은 어딘가에 가 그곳에서 주운 돌을 다른 어딘가에 가 버리고, 다른 어딘가에서 주운 돌을 또다른 어딘가에 버리고 오는 사람의 이야기는 아니지만, 돌을 줍고 버리는 것이 소설의 많은 부분을 차지하게 될 소설이었고, 그 소설을 쓰기 위해서는 아니었지만 오래전부터 나는 많은 곳에서 돌들을 주웠고, 많은 곳에서 주운 돌들을 버렸고, 그에 따라 돌들을 줍고 버리는 사람에 대한 소설을 쓰는 것도 당연하다고 생각했다.

오래전 미국의 미시시피 강가에서 주운 돌을 갖고 한국에 와 강원도에 있는 산에 버리고, 강원도의 산에서 주운 돌을 하와이의 숲에 버리고, 하와이의 숲에서 주운 돌을 영국 도버해협의 샌드위치 해안(그곳의 긴 자갈 해안에는 영국인들이 버렸거나, 도버해협의 조류를 타고, 유럽 대륙, 특히 프랑스에서 떠밀려 왔을 수도 있는 온갖 쓰레기들이 긴 해변을 따라 끝없이 펼쳐져 있었고, 마치 황제펭귄들로 가득한 남극의 해안처럼 나름 장관을 이루고 있었지만 그곳 사람들이 해안의 쓰레기들이 나름 장관의 모습을 잃지 않도록 치우지 않는 것 같지는 않았는데, 유럽 대륙의 어떤 곳, 특히 프랑스의 어딘가에는 영국인들이 버린, 역시 도버해협을 건너온 쓰레기들로 역시 나름 장관을 이루고 있는 해안이 있는지도 몰랐다)에 버리고, 영국의 샌드위치 해안에서 주운 돌을 ×에 오자마자 근처에 있는 생트빅투아르 산에 가 버렸는데, 생트빅투아르 산에 돌을 버리며, 도버해협의 영국 쪽 해안에서 온 돌이 병풍처럼 길게 늘어선 돌산인 생트빅투아르 산에서 또다른 삶을 이어가기를 바라며, 이것으로 어딘가에서 주운 돌을 다른 어딘가에 버리는 나의 이상한 짓은 끝나도 좋을 거라는 생각을 했지만, 수많은 돌들이 나뒹굴고 있는 생트빅투아르 산에서 돌 하나를 주워온 상태였고, 그로 인해 어딘가에서 주운 돌을 다른 어딘가에 버리는 나의 이상한 짓은 아직 끝나지 않은 것일 수도 있었다. 한데 어딘가에서 주운 돌을 다른 어딘가에 버리는, 돌들로 하여금 알 수 없는 이어달리기 같은 것을 하게 하는 것은 돌을 위한 것은 아니고, 나를 위한 것은 더더욱 아니라고 생각했는데, 그렇다면 무엇을 위한 것인가, 라는 자연스런 질문에는 대답을 할 수 있었는데, 나의 답은 무엇을 위한 것도 아니라는 것이었다. 어쨌든 돌들은 어디에 있어도 안녕한 것 같았고, 어디에 있건 상관하지 않는 것 같았고, 그 점은 내가 어딘가에서 주워와 다른 어딘가에 버린, 어떤 불만도, 불행한 모습도 드러내지 않은 돌들을 통해 확인했고, 돌들은 그것들이 옮겨진 후 새로운 곳에서 새로운 운명을 받아들일 준비가 언제나 되어 있는 것처럼 보였는데, 이것 또한 내가 돌들을 주워 다른 곳에 옮겨놓는 이유는 되지 못했다. 어쨌든 돌은 내가 드물게 좋아하는 것 중의 하나였고, 나는 돌의 단단한 무감각이, 무감각한 단단함이, 무표정이, 무심함이 좋았고, 대체로 돌들은 눈길을 끌지도, 마음을 끌지도 않았지만, 때로 눈길을 끄는 돌들이, 더 나아가 마음을 끄는 돌들이 있었는데, 이것 또한 내가 돌들을 주워 다른 곳에 옮겨놓는 이유는 되지 못했는데, 대체로 나는 눈길을 끌거나 마음을 끄는 돌들은 무시하고, 아무 돌이나, 집히는 대로 주워 다른 곳에 가 버리곤 했기 때문이다.

언제부터 내가 어딘가에서 주운 돌을 다른 어딘가에 버리곤 했는지는 분명치 않았다. 돌을 주워 다른 곳에 가 버리는 사람이 나오는 '베네치아에 가 강원도에서의 죽음이라는 소설을 쓰고 죽은 사람에 대한 소설을 쓰고 죽거나 죽지 않을 수도, 강원도에 가 베네치아에서의 죽음이라는 소설을 쓰고 죽거나 죽지 않을 수도 있는 사람에 대한 소설을 쓰고 죽거나 죽지 않을 수도 있는 사람'에 대한, 실제로 그러한 긴 제목을 가진 소설을 쓰는 걸 포기한 상태에서—어쩌면 그 소설의 본문은 제목보다도 짧은 것이 될 수도 있을 것이었다—, 어느 날, 강원도의 어느 읍에서 마치 가슴속에 묵직한 돌 하나가 들어 있는 듯 심한 통증이 느껴져 흉부외과 의원에 갔고, 나이든 의사가 흉곽 엑스레이를 찍은 후 사진을 보며, 흉곽이 보이지 않는군, 조류도 파충류도 흉곽은 있는데 어류인가, 하고 말하며 나를 인간이 아닌 어류를 보듯 바라봤고, 내가 어류도 흉곽은 있지 않나요, 하자 그가, 그런가, 하고 자신 없는 투로 말하며 이번에는 나를 돌을 바라보듯 바라본 후—나는 돌도 흉곽은 있지 않나요, 하고 말할 뻔했는데, 그랬다면 그는, 그런가, 하고 말했을 수도 있을 것이다—나를 수술실로 데려가 마취약을 주사하지도 않고, 마치 최면을 걸듯 내 눈을 뚫어져라 쳐다보는 것으로 나를 마취시킨 후, 무슨 수술을 했는지는 알 수 없었지만, 뭐가 즐거운 듯, 수술과정에서 또다른 사실도 알게 되었다고, 내가 목이 계속해서 길어지는 불치병에 걸렸다고 했고, 나는 그렇다면 목이 계속해서 길어지는 꼴을 보며 살 수밖에 없겠군, 하고 생각하고 있는데, 목이 길어지는 것을 막을 방법은 없지만 얼마나 길어지는지 두고볼 수는 있을 거라며, 마치 기대에 찬 듯 말했고, 내가 목이 끝없이 길어지는 건가요, 하고 묻자, 끝없이 길어질 테고 죽어서도 길어질지는 알 수 없지만 죽은 다음에는 상관없을 테니 걱정하지 말자고, 마치 자신의 일처럼 말하며, 내 안에서 꺼낸 것이라며 달걀 크기의 타원형의 돌을 하나 보여주며, 이 돌이 목이 길어지는 것과 관련이 있는지는 모르겠다고 했고, 나는 목이 길어지는 건 꼬리가 나 길어지는 것보다는 낫겠지, 하는 생각을 하며, 그 돌을 무슨 기념품처럼 받아 강원도의 어느 깊은 숲에 가 던져버리는 것으로 끝내지 않고, 강원도의 숲에서 돌을 하나 주워 들고 베네치아에 가 버려야겠다는 생각을 되뇌며 어딘가로 가는 꿈을 꾼 후, 강원도가 배경인, 강원도의 깊은 숲에서, 실제로 서로 가까운 거리에 있어 서로를 가까이 느끼지만, 서로 마주치거나 말을 주고받는 일은 없는, 다만 서로를 몰래 훔쳐보는, 벨트가 없어 자꾸만 흘러내리는 헐렁하고 남루한 초록색 바지를 수시로 끌어올리는, 마치 보통 숨은 못 쉬는 것처럼 늘 한숨만 땅이 꺼져라 크게 쉬며, 스스로를 밀렵꾼으로, 동시에 밀렵 감시원으로 생각하는, 하지만 사실은 밀렵꾼도 밀렵꾼이 아니고, 밀렵 감시원 역시 밀렵 감시원이 아닌, 그럼에도 스스로를 밀렵꾼이자, 동시에 밀렵 감시원으로 생각하며 자신의 초록색 바지를, 동시에 스스로를 밀렵꾼이자 밀렵 감시원으로 생각하는 자신을, 그리고 자기 자신인 서로를, 비웃을 줄만 알지 웃을 줄은 몰라 웃지도 않고 비웃으며 지내는, 계속해서 돌을 줍고 주운 돌을 버리는 사람에 대한 소설—그들이 서로를, 그리고 자신을 비웃는 것이 이 소설의 많은 부분을 차지하게 될 것이었다—을 구상했지만 역시 진전이 없었는데, 진전이 없어 어떻게 전개될지 알 수 없는 두 소설에서 돌은 중요한 모티프가 될 수도 있었지만, 그것 역시 내가 어딘가에서 주운 돌을 다른 어딘가에 버리곤 하게 된 것에 대한 어떤 단서도 주지 않았다.

본래 어딘가를 길게 여행한 후 돌아와 어디에도 갈 생각이 없었던 나는 프랑스 파리에 있는, 아는 어떤 여자의 집에 분명치 않은 이유로 초대를 받은 상태였고 한동안 그곳에 갈지를 생각하면서도 무슨 이유에서인지 진짜 에펠탑이 있는 프랑스 파리에 있는, 아는 여자의 집에 가는 것을 계속 미루고 있었는데, 그렇게 계속 미루며 결국 가지 않는 것도 괜찮을 거라는 생각을 하는 동시에 막연히 미국 텍사스 주의 읍인 파리나, 테네시 주의 읍인 파리 정도에 가는 것을 생각했었는데, 미국에 프랑스 파리의 이름을 딴 곳이 열다섯 군데가 있고, 그중 많은 곳이 프랑스 파리에 대한 경의의 표시로 에펠탑을 세웠다는 것을 어떻게 해서 알게 되었고, 그 바보 같은 전통에 따라, 1993년 테네시 주 파리 사람들은 18미터 높이의 에펠탑 모형을 세웠고, 세상에서 두번째로 큰 파리인, 텍사스 주 파리의 보일러 제조공들은 같은 해에 20미터 높이의 에펠탑 모형을 세웠는데, 현재 텍사스 주 파리에 있는 탑은 다시 세운 것으로, 나무로 만들어진 첫번째 에펠탑 모형은 이후에 토네이도에 의해 부서졌는데, 1998년 테네시 주 파리에서 21.3미터 높이의 에펠탑을 세우자 그에 대한 대응으로 텍사스 주 파리 사람들은 자신들의 탑 위에 거대한 붉은색 카우보이모자를 씌워 테네시 주 파리의 에펠탑보다 좀 더 높게 만들었지만 프랑스 파리와는 아무런 상관도 없는, 네바다 주의 라스베이거스가 프랑스 파리의 에펠탑 높이의 거의 절반에 이르는 165미터 높이의 에펠탑 모형을 세우면서 모형 에펠탑 높이 세우기 경쟁에 종지부를 찍었고, 텍사스 주 파리도 테네시 주 파리도 세상에서 두번째로 높은 에펠탑을 세우는 꿈은 영원히 접어야 했고, 나는 세상에서 두번째로 높은 에펠탑을 세우는 꿈을 영원히 접은 사람들이 사는 곳이라는 이유만으로 그곳들에 가보고 싶었다.

내 집에는 컬렉션이라고 할 수도 없는, 내가 사거나, 누군가가 선물한, 프랑스 파리뿐만 아니라 세계 각지의, 파리라는 지명을 가진 곳에서 온 에펠탑 모형들이 몇 개가 있었는데, 나는 어느 날 밤 술에 취해 그것들을 모아놓고 바라보며, 내가 본 프랑스 파리의 에펠탑과 라스베이거스의 에펠탑과, 체코 프라하의, 라스베이거스의 에펠탑의 절반 높이에도 못 미치는, 대단히 바보 같은 에펠탑을 포함해 여러 에펠탑들을 생각했고, 그 가운데서도 텍사스 주 파리의, 나무로 만들어져 이후에 토네이도에 의해 부서진 에펠탑이 토네이도에 의해 부서져 날아가는 장면을 떠올렸고, 에펠탑이 토네이도에 의해 부서져 날아가는 모습은 멋졌을 거라는 생각을 했고, 토네이도에 의해 부서져 날아갈 수도 있을 거라는 것을 추호도 생각지 못했거나, 아니면 토네이도에 의해 부서져 날아갈 수도 있을 거라는 것을 모르지 않았거나, 아니면 토네이도에 의해 부서져 잘 날아가게 목재 탑을 만든 사람—나는 마지막 쪽에 마음이 기울었는데, 그는 주기적으로 토네이도에 의해 날아가는 에펠탑을 구상했고, 처음부터 토네이도에 의해 날아갈 것을 염두에 두고, 어느 강도 이상의 토네이도가 불면 바람을 견디지 못하고 날아가게끔 탑을 설계했을 수도 있다는 생각을 했는데, 그렇게 했다면 그 탑은 '토네이도에 의해 날아가는 에펠탑'이라는 별명을 얻으며 아주 유명한, 어쩌면 텍사스의 대표적인 상징물이 될 수도 있었을 것이다(누군가가 일정한 시간이 흐르면 저절로 무너지는 탑을 설계하는 것도 재미있을 것이었다)—이 누구인지, 그리고 그가 그 탑을 만들려고 했거나 만들었을 때 그곳 사람들 가운데 그 점에 대해 지적한 사람은 없었는지가 궁금했고, 그 사실을 텍사스 주 파리에 가 직접 확인하고 싶었는데, 어쩌면 텍사스 주 파리에 있는, 아주 자질구레한 기록까지 보존하는 기록보존소에서 그 사실을 확인하거나, 그곳에 사는 누군가를 통해 정확한 사실을 알아낼 수도 있고, 어쩌면 텍사스 주 파리에 세운 에펠탑이 토네이도에 의해 부서져 날아간 일이 그 읍에서 일어난 가장 큰 일은 아닐지라도 그곳 사람들의 기억 속에서 큰일로 남아 있고, 그 일에 대해 알려지지 않은 사실을 말해줄 수 있는 사람이 있을지도 몰랐고, 어쩌면 그 에펠탑을 세운 사람이 아직 살아 있어, 그를 직접 만나 그에게서 얘기를 들을 수 있을지도 몰랐는데, 어쩌면 그는 사실대로 혹은 사실에서 뭔가를 빼거나 더해 얘기를 해줄 수도 있을 테지만, 실제로 텍사스 주 파리에 가 토네이도에 의해 부서진 에펠탑과 관련한 사실을 확인하는 일은 없을 터였는데, 어떤 것은 실제로 행하기보다는 생각만 하는 것이 더 나았고, 생각만으로 실제로 행한 것보다도 더 행한 것 같은 것들이 있었고, 이것 또한 그랬다. 그럼에도 나는 텍사스 주 파리에 가는 건 상관없다고 생각했는데, 아무것도 확인하지 못한 채로 그곳을 떠나게 된다 하더라도 아무런 상관이 없었고, 어쩌면 아무것도 확인하지 못해 약간 풀이 죽어, 텍사스 주 파리의 기념품 가게에서 프랑스 파리의 에펠탑의 모형이거나, 프랑스 파리의 에펠탑의 모형의, 텍사스 주 파리의 에펠탑의 모형인 목재나 철재 에펠탑을 사갖고 돌아올 수도 있을 것이었다.

×에 오기 전까지 한동안, 이제 텍사스 주 파리나 테네시 주 파리에 가는 일만, 혹은 안 가는 일만 남았군, 하는 생각을 하던 중 나는 결국 ×에 오게 되었는데, 사실 나는 어디를 가도, 혹은 가지 않아도 상관없었고, 어디에 있어도, 어디에 없어도 상관이 없었고, 어디에 있건 있게 된 곳에서의 시

간을 견디는 것에는 차이가 없었다. 언젠가부터 내게는 내가 가게 된 모든 곳이 세상의 끝 같았고, 내가 있게 된 모든 곳이 유형지 같았고, 거기서 더이상 갈 수 있는 곳은 없는 것 같았고, ×는 유형지의 끝 같았고, 그래서 '유형지에서'라는 제목의 글을 쓰기에는 ×가 적당한 곳 같았고, 그래서 나는 유형지 ×에 온 후로 '유형지 ×에서'라는 제목의 글을 쓰는 것에 대해 생각했다.

소도시 ×는 끔찍하게 무료한 곳이었다. 그럼에도 이 도시에는 관광객들이 끊이지 않았는데, 왜 그렇게 관광객들이 많이 오는지는 정작 ×에 사는 사람들도 그 이유를 잘 몰랐다. ×에 사는 내가 아는 몇 사람은 ×에 살면서도 자신들이라면 ×에 관광객으로 오지는 않을 거라고 자신 있게 말했다. 그들은 달리 갈 데가 없는 사람들 같았다. ×에서는 식사 후 카페에서 커피 한잔을 마시고 나면, 또다른 비슷한 카페에 가 커피 한잔을 마시지 않는 한 달리 할 것이 없었다. 제대로 된 공원도 없고, 호수도, 연못도, 도시를 가로지르거나 에둘러 흐르는 강이나 운하나 개울도, 심지어는 도랑도 없어—지하수는 흐르고 있었지만 그것을 느낄 수 있게 흐르지 않았고, 그래서 그것을 느낄 수는 없었다—, 유럽의 호수나 연못이나 강이나 운하나 개울이나 도랑에서 흔히 볼 수 있는 백조나 그냥 오리나 청둥오리나 또다른 종의 오리나, 물을 마시러 오는 다른 새나 물고기나, 물고기를 잡아먹으러 오는 또다른 새도 볼 수 없는, 호수나 연못이나 강이나 운하나 개울이나 도랑이 없는 것까지는 용납이 되지만 백조나 그냥 오리나 청둥오리나 또다른 종의 오리나, 물을 마시러 오는 다른 새나 물고기나, 물고기를 잡아먹으러 오는 또다른 새도 볼 수 없는 것은 용납이 안 되는—작은 연못 하나가 있고 그곳에 오리가 단 한 마리만 있었어도 나는 지금 쓰고 있는, ×에 관한 이 좋지 않은 이야기는 쓰지 않을 수 있었을 것이다—× 시내를 잠깐 산책하고 나면, 갔던 데를 계속해서 맴돌지 않는 한 갈 데가 없었다. ×의 여름은 지루했고, ×의 모든 것들이 지긋지긋했다. 거리도, 오래된 건물들의 벽들도, 상점들도, 카페와 레스토랑들도, 가로수들도 지긋지긋했다. 새들도 가급적 지루하게 지저귀었는데, 그들은 재미있게 지저귀고 있다는 인상을 주며 지저귀는 법이 없었다. 나는 새들이 지저귀는 소리를 참고 들으며 그 사실을 거듭 확인했고, 이곳에 온 지 며칠 지나자 끔찍하게 무료한 곳에 제대로 왔다는 생각이 들 정도였다.

×에 온 후 나는 주로 방의 커튼을 모두 쳐 방안을 깜깜하게 하고, 마치 침대에 누워 있기 위해 ×에 온 사람처럼 대부분 누워 있었는데 그럴 때면 정말로 깜깜한 방안에서 침대에 누워 있기 위해 ×에 온 사람처럼 여겨졌다. 하지만 침대

에 누워서는 다른 어딘가에 가는 것을 상상했는데, 딱히 가고 싶은 곳은 없었지만, 가령 가까이 있는 마르세유에 가 여객선을 타고 지중해를 건너 아프리카의 아무 곳에나 가는 것 등을 생각했지만 여느 여행객처럼 여객선을 타고 지중해를 건너 아프리카에 가고 싶지는 않았고, 어떻게 해서 표류하는 작은 배에 실려 아프리카까지 가는 것은 괜찮다고 생각했지만 아프리카까지 가는, 사람을 태워주는 표류하는 배도, 표류하는 배를 탈 수 있는 곳도 없었고(물론 배를 한 척 훔칠 수도 있었지만 나는 절도는 하지 않았다), 설사 그런 배(누군가가 표류하는 배에 사람을 태워주는 사업을 해도 좋을 것 같았는데, 배는 구조적으로 문제가 있게 만들어져 어느 시점에서 좌초하거나 가라앉게 할 수도 있고, 일인용부터 다인용까지 다양하게 있고, 구조선이 오거나 안 오는 것은 선택 사항으로 할 수도 있을 것이었다)를 타게 된다 하더라도 아프리카까지 가게 된다는 보장도 없었고, 결정적으로, 어떻게 해서 아프리카에 이르게 된다 하더라도, 언젠가는 가보고 싶었던 아프리카였지만 모든 것이 시들한 지금으로서는 아프리카에서 가고 싶은 곳이 없었고, 그래서 아프리카에 가는 것은 포기했지만, 그럼에도 지중해를 표류해 아프리카까지 가거나 가지 못하는 상상을, ×의 어두운 방안의 침대에 누워 있을 때면 하곤 했고, 표류하는 배에 실려 아프리카까지 가 아프리카 땅에 한 발을 뗐다가 그 발을 거둔 후 다시 표류에 나설 수도 있겠군, 하는 등의 생각을 했고, 그후 아프리카에 가는 것을 막연히 생각하며 지중해에 갔지만, 지중해를 건너가지는 않았는데, 지중해가 한눈에 내려다보이는 생트로페의 한 호텔방에서 며칠간 지내면서도 주로 한 생각도 그것이었다.

나는 그곳 호텔방에서 표류하는 또다른 장면을 떠올렸는데, 그것은 수탉 한 마리와 개 한 마리와 함께 썩은 나무배에 실려 지중해를 표류하는 참수된 시신에 관한 것이었다. 얼굴 없는 시신은 로마 시대 네로 치하에서 피사에서 참수된 어떤 기독교 성자이자 순교자의 것이었고, 기독교로 개종하지 않은 수탉과 개는 물론 순교자가 키우던 것들도 순교자 수탉도 개도 아니었고, 목이 잘리지도 않은 상태였다. 목이 잘리지 않은 수탉과 개는 목이 잘린 시신이 저승으로 가는 데 동행이 되어주도록 배려의 차원에서 배에 태워진 것은 아니었다. 그것들은 목이 잘린 순교자의 시신을 훼손하게끔, 쪼아먹거나 뜯어먹다 죽거나 말거나 하게끔 배에 태워졌지만 어떤 이유에서, 어쩌면 성령을 받아, 수탉과 개는 순교자의 시신을 건드리지 않았다. 물론 썩은 나무배에 실린 그것들은 어느 때든 배가 좌초해 익사해 순교자의 시신과 함께 수장되어 물고기들에게 뜯어 먹힐 수도 있었지만, 남프랑스의 어떤 성녀가 순교자의 시신이 지금의 생트로페에 도착하는 꿈을 꾼 후, 순교자의 시신과 함께 지중해를 표류해 무사히 생트로페로 떠밀려 왔다. 지중해를 건넌 배는 순교자의 이름을 따 생트로페가 된 지금의 생트로페에 이르렀고, 수탉과 개와 시신은 각자 제 갈 길을 갔는데, 수탉은 그후 그 수탉의 이름을 따 코롤랭이라는 이름을 갖게 된 마을로 갔고, 개는 그후 그 개의 이름을 따 그리모라는 이름을 갖게 된 마을로 갔으며, 목이 잘린 시신은 생트로페의 어딘가에 묻히는 것으로 표류를 끝냈을 것이다. 나는 지중해가 보이는 호텔에서 목이 잘린 시신이 썩은 나무배에 실려, 수탉 한 마리와 개 한 마리와 함께 지중해를 표류하다 생트로페로 떠밀려 오는 것을 망망대해에서 표류하는 배에 실려 끝없이 펼쳐진 수평선을 망연자실 바라보는 사람처럼 끝없이 생각했는데, 물론 그 생각을 하기에 생트로페만한 곳도 없었다.

그리고 오래전에 본, 미시시피 강가의 어떤 기념품 가게에서 판매한 리볼버 생각을, 마치 잊히지 않는 누군가에 대한 생각을 하는 것처럼 했는데, 자물쇠가 채워진, 어쩌면 방탄유리 진열장 속에 있는 리볼버는 여행 책자와 머그잔과 티셔츠와 냅킨과 완구와 오르골과, 에펠탑이 들어 있는 스노볼과, 천사나 산타클로스나 크리스마스트리가 들어 있는 스노볼 같은, 그 기념품 가게의 다른 기념품들과는 대비를 이루면서도 그곳에 자연스럽게 자리하고 있었는데, 뭐든 쏠 수 있지만 주요 용도는 사람을 쏘는 것에 있는 리볼버를 보면서, 저걸 산 사람은 여행에서 돌아가 사람을 쏠 수도 있지만 자신의 집에 있는 여행 책자나 머그잔이나 티셔츠나 냅킨이나 완구나 오르골이나, 에펠탑이 들어 있는 스노볼이나, 천사나 산타클로스나 크리스마스트리가 들어 있는 스노볼 같은 것을 쏠 수도 있겠군, 그 가운데서도 천사나 산타클로스나 크리스마스트리가 들어 있는 스노볼을 쏘는 것이 제일 재미있을 수도 있겠군, 물론 그건 언제 쏘아도 좋겠지만 크리스마스에 쏘는 게 제일 좋겠지, 하는 생각을 했고, 그 가게를 나와 미시시피 강을 따라 여행을 하면서도 내내, 그 가게에서 리볼버를 사 어느 날 자신이 손에 쥔 리볼버가 미시시피 강가의 어떤 기념품 가게에서 산 것이라는 사실을 떠올리며, 그리고 그 리볼버를 사게 된 게 계획적이었는지 아니면 우발적이었는지 기억을 더듬으며, 아는 누군가나 모르는 누군가를 쏘아 상처를 입히거나 죽이거나, 자신에게 상처를 입히거나 자살한 사람이 있는지 궁금해하며 미시시피 강가의 숲에서 돌을 주워왔는데, 어쩌면 내가 텍사스에 가게 되면 그곳의 어느 기념품 가게에서 리볼버를, 혹은 텍사스니까 샷건을 보며 그곳에서 리볼버나 샷건을 사 아는 누군가나 모르는 누군가를 쏘아 상처를 입히거나 죽이거나, 자신에게 상처를 입히거나 자살한 사람이 있는지 궁금해할 수도 있을 거라는 생각을 하기도 했다. 그 리볼버를 떠올리자 그 기념품 가게에서, 혹은 다른 어딘가에 있는 기념품 가게에서 리볼버를 사 집에 돌아간 후 사용할 일이 있을지도 모르지만 사용할 일이 없기를 바라는 그것을 아직 사용한 적은 없지만 언젠가는 사용하게 될 날이 올지도 모른다는 생각을 막연히 하며, 그것이 실제로 어떤 용도로 쓰일지 궁금해하며 가끔 그것을 서랍장 같은 데서 꺼내보는 사람이 있는지, 그리고 어쩌면 생일에, 혹은 크리스마스에 선물받은 리볼버로 자신을, 혹은 그것을 선물한 누군가를 쏜 사람이 있는지도 궁금했다. 그리고 총으로 자살한 작가들(미국 작가들이 압도적으로 많았다)을 생각했고, 캘리포니아의 산속에 있는, 시인 게리 스나이더의 집에서 머물던 중 유서를 남기고, 스테인리스 리볼버를 갖고 나간 후로 끝내 시신이 발견되지 않은 미국의 시인 류 웰치를 생각했으며, 『자살』이라는 작품을 쓴 직후 자살한 프랑스 작가 에두아르 르베가 『자살』이라는 작품 속 인물처럼 권총 자살을 했는지가 궁금했다. 르베의 『자화상』을 한국어로 번역한 나는 순전히 재미로, 앞으로, 전혀 살고 싶지 않아서 혹은 너무도 죽고 싶어, 죽고 싶어 죽겠어서 자살했거나, 아직 자살하지는 않았지만 장차 자살로 생을 마감할 가능성이 농후한 작가들의 작품들만 번역하는 것도 재미있을 거라는 생각을 했지만 번역은 순전히 재미로 하기에는 그다지 별로인 어떤 것이었다.

생트로페를 떠나기 전날 호텔 근처의 꽤 고급스런 한 식당에서 점심을 먹으면서도 나는 지중해를 표류하는 시신과 수탉과 개에 대한 생각을 또 했는데, 어쩌면 다들 첫 항해였을 그들이 표류한 여러 날 동안 목이 잘린 시신은 배의 바닥에 누워 있고(어쩌면 성자를 참수시킨 사람의 마지막 배려로 머리가 목이 잘린 나머지 시신과 함께했는지, 아니면 머리는 다른 곳에 묻히게 되었는지는 알 수 없었다) 수탉과 개는 낡은 배의 뱃머리와 고물에 서거나 앉아서 수평선을 응시하며 해와 달이 지고 또다시 떠오르는 것을 보았을 것인데, 어쩌면 안개 낀 바다 위를 지나가는 동안에는 그들은 성스러운 뭔가를 지키는 작은 스핑크스처럼 보일 수도 있을 것이었다. 나는 너무도 그 장면에 깊이 빠져 나의 최후의 모습을 그 장면에 투사하기도 했는데, 물론 순교자가 아닌 나는 숨은 거뒀지만 목은 잘리지 않은 채로, 억울하게 익사할 수도 있는, 살아 있는 수탉과 개가 아니라, 어쩌면 나무나 다른 뭔가로 만들어진 수탉과 개 모양의 뭔가나, 수탉과 개 모양으로 만들어지다 만 뭔가나, 뭔지 알 수 없는 뭔가나, 그냥 내가 갖고 있던 돌 하나가 나의 동행이 되어 함께, 아니면 아무 동행 없이 나 홀로 썩은 나무배를 타고 표류하면 충분할 것이었다.

점심 메인 메뉴로 소의 콩팥 요리를 시켰는데, 메뉴를 보는 동안 문득 내가 이전에도 내 소설에서 쓴 적이 있는, 뉴질랜드의 어느 고원지대에 살고 있는, 풀을 뜯고 있는 양의 등에 내려앉아 부리와 발톱을 이용해 양의 몸통을 파고들어 콩팥을 떼어내 먹어 양들을 고통 속에서 서서히 죽어가게 만드는 잔인한 식성을 갖고 있는 것으로 알려진 케아라는 앵무새에 대한 생각이 떠올라서는 아니었다. 케아와 양의 콩팥에 대한 생각은 메뉴에 있는 콩팥 요리를 시킨 후에 떠올랐다. 내가 생각하기에 콩팥은 식용 가축의 가장 맛있는 부위 중 하나였고, 어쩌면 뉴질랜드의 어느 고원지대의 토착 새인 케아는 대단한 미식가에다 식성도 까다로워 콩팥만 먹는지도 몰랐다. 콩팥 요리가 나오는 동안 콩팥에 대한 생각을 더 하고 싶었지만 케아와 양의 콩팥에 대한 것 말고 떠오르는 것이 없었고, 그래서 조금 전의 생각을, 좀더 양의 입장에서 생각했는데 그런다고 달리 생각나는 것은 없었다.

콩팥 요리는 맛있었지만 크림소스가 들어간 것이었고, 몇 점 먹자 느끼해 점점 더 먹기가 어려워졌지만 양이 아주 많았고, 먹어도 먹어도 콩팥은 눈에 띄게 줄지 않았고, 심지어는 눈에 띄게 줄지 않지 않는 것이 너무나 눈에 띄었고, 콩팥은 줄어들 생각이 거의 없는 것 같았고, 줄어들 생각이 거

는 극심한 고통을 안겨주었는데, 그것은 그들의 책임이었지만 물론 그들에게 그 책임을 물을 수는 없었다.

서로가 잡은 손을 영원히 놓지 않아 나의 고통을 영원한 것으로 만들 것처럼 있던 그들이 손을 놓았고, 남자가 화장실에 가려는지 자리에서 일어났고, 그때 그의 얼굴을 보았는데, 남자는 평범한 얼굴이었고, 그녀에게 어울리는 상대가 아닌 것 같았지만, 그녀에 대해 내가 느끼는 고통을 조금도 가라앉혀주지 못했다. 그녀를 힘들게 하는 것들로부터 그녀를 지켜주고 싶었지만 매력이라곤 찾아볼 수 없는 웬 평범한 남자가 그녀를 지켜주며 내가 그녀를 지켜줄 생각을 못하게 막고 있었고, 내가 어떻게 할 수 있는 일은 없었고, 그래서 나는 접시에 있는 파스타를 포크에 감았다 풀기를, 파스타가 기진맥진한 것처럼 보일 때까지, 그래서 파스타를 그렇게 만든 나도 기진맥진해졌다고 생각될 때까지 반복하며 나의 운명의 여자를 본 것으로 만족해야 했다. 선택의 여지가 없었고, 나는 그녀의 남자에게 맞서보지도 않고 깨끗이 패배를 인정했는데, 그러고 나자 마음이 깨끗이 정리되지는 않았지만, 그렇다고 다시 패배를 부정할 수는 없었고, 아니, 그럴 수도 있었지만, 그런다고 무슨 수가 있는 것도 아니었고, 아무튼 패배를 인정하는 것이 생각보다 어렵지는 않았다.

패배를 인정한 후에 갈 데라곤 호텔방밖에 없는 사람처

럼, 처음 본, 모르는 여자가 안겨준, 말로 다 할 수 없는 고통을 느끼며, 그에 어울리는 표정을 하고, 최대한 무거운 걸음으로, 마치 한바탕 격투를 한 사람처럼 다리에 힘이 빠져 호텔방으로 돌아와 침대에 누워 있는데 마치 공중에 유리로 된 요술구가 나타나 그것을 보고 있는 것처럼 미시시피 강가의 기념품 가게의 방탄유리 진열장 속에 있던 리볼버 생각이 다시 났다. 어쩌면 그 리볼버는 장식품으로, 실제로는 판매하지 않는 것일 수도 있었고, 총기류는 합법적인 총기가게에서만 팔 수 있는지도 몰랐지만, 예외적으로 기념품 가게에서 팔아도 좋을 것이었다. 창밖으로 지중해를 바라보고 있는데 아주 나른한 상태에 빠졌고, 마치 손을 뻗으면 손이 닿는 곳에 리볼버가 있을 것 같았고, 그래서 손을 뻗지는 않았지만, 갑자기 이상한 살의를 느꼈고, 정말로 그 호텔방에 리볼버가 있다면 나 자신을 기꺼이 쏠 수도 있을 것 같았고, 손을 들어 쏘는 시늉을 했고, 실제로 쏜 것도 아님에도 쏜 총에 맞은 것 같았고, 총탄에 머리를 맞아 피를 흘리며 의식이 가물가물해지고 있는 사람처럼, 정말로 나른한 상태에서 만약 내가 깨어나지 않게 되면 누구도 내가 조금 전 나의 운명의 여자를 보고, 패배를 인정하고 돌아와 자신을 쏘았다는 것은 모를 것이라는 생각을 하자 만족스러웠고, 그 정도면 내가 나를 쏠 이유로 충분하다고 생각했다.

아무튼 나는 생트로페에서 총에 맞아 죽지 않았고, 내가 죽지 않은 생트로페에 대해서는 더이상 말하고 싶지 않고, 다만 내게 역사적인 패배로 기록된 패배를 경험하게 해준 생트로페와 마음속으로 패배의 트로피를 안고 떠나는 것처럼 작별한 후 ×로 바로 돌아가지 못했고, 실연당한 사람처럼 제풀에 지치도록 어딘가를 조금 방황해야 했고, 그래서 마르세유에 가 반나절을 보냈는데, 아무런 느낌 없이 시내를 배회하다가 어떻게 해서 마르세유에서도 위험한 동네에 갔고, 하얀 대낮에 인적이 없는 주택가 이면도로를 걷고 있는데 낡은 소형자동차 한 대가 다가와 섰고, 조수석 창이 열리더니 아랍계로 보이는 삼십대 남자가, 자신은 비밀경찰인데 내가 수상해 보인다며 신분증을 보자고 했고, 차 안에는 아랍계로 보이는 젊은 남자 둘이 더 타고 있었고, 뒷자리에 탄, 우두머리처럼 보이는 남자는 조수석에 탄 하수인이 해야 할 일을 제대로 하지 못해 그들이 원하는 대로 일이 전개되지 않을 때에 이르러서야 직접 나설 것처럼 우두머리같이 조용히 팔짱을 끼고 앉아 있었는데, 너무도 우두머리 행세를 하는 것이 다 보였고, 그래서 전혀 우두머리로 보이지 않았고, 셋은 우두머리의 역을 서로 번갈아가면서 하는 것 같았고, 순간적으로 나는 그들이 아주 심심할 때면 비밀경찰 놀이를 하는데, 이왕이면 어설프게 하기를 좋아하는 것 같다고 생각했고, 아무튼 그들은 아무리 보아도 비밀경찰처럼 보이지 않았고, 그래서 내가 그들의 신분증을 요구하자 조수석에 앉아 있던 남자가 경찰 배지 같은 것을 보여주었고, 계속해서 내가 신분증 제시를 거부하자 그가 차에서 내려 내게 다가왔고, 나는 손을 뻗어 그를 어느 이상으로 다가오지 못하게 하며 여권을 보여주었고, 그는 그것을 뺏으려 했고, 나는 그가 여권을 낚아채지 못하게 거리를 유지했고, 그는 어떻게든 그것을 낚아채려 했고, 나는 그가 칼이나 총을 꺼내 위협을 하지는 않을까, 하는 기대와 위험을 막연히 느끼면서도 비밀경찰이라면 총을 소지하는 것도 마땅할 테니 총도 보여달라고 할까 하다 말았는데, 그는 칼이나 총으로 나를 위협하지는 않았고, 내게서 여권을 뺏는 것을 포기하고 다시 차에 탔고, 그들은 마치 달아나듯 딴 곳으로 가버렸고, 그 와중에도 뒷자리에 탄, 전혀 우두머리처럼 보이지 않는 남자가 고개를 돌려 내게 미소를 지으며 손을 흔들어주었는데, 앞으로도 또 이런 일을 겪으며 잘살라는 것 같았고, 나는 멍청하게도 마치 그렇게 하겠다는 듯 손을 들어 흔들다 말았고, 그 내내 나는 내게 일어날 수도 있었던 위험을 그다지 실감하지 못했고, 그들이 어떤 의도를 갖고 있었는지 약간 궁금했고, 그들이 나를 강제로 차에 태워 어디론가 갔다면 나의 삶이 어떻게 달라졌을지 역시 약간 궁금했는데, 어쩌면 지중해에 수장되거나 산 채로 혹은 죽은 채로 지중해를 표류하는 것으로 끝이 날 수도 있을 것 같았고, 조금 후에는 그들이 나를 놀린 것만 같았고, 나만 놀림을 당한 것만 같았고, 그래서 그들을 찾아 놀림을 당한 것을 갚아주기 전까지는 마르세유를 떠나지 말까, 하는 생각을 했지만, 조금 후에는 조금 전의 일은 거의 잊고 발길이 닿는 대로 걷다가 역시 허름한 다른 동네로 갔고, 그곳의 각기 다른 곳에서 길가에 세워진, 린치를 당한 듯 여기저기가 파손되고 불에 탄, 태형과 화형을 당한 자동차 두 대를 봤고, 마르세유 애들은 마음이 좋지 않을 때면 자동차에 불을 지르며 마음을 달래는 모양이군, 마르세유 사람은 아니지만 마르세유에서 불에 타고 있는 자동차를 봤으면 마음이 더 달래졌을 수도 있을 테지만 크게 아쉽지는 않군, 다음에 마르세유에 왔을 때에도 불에 탄 자동차를 볼 수 있으면 좋겠군, 하는 생각을 하며 마르세유를 떠나 ×로 돌아올 수 있었고, ×의 내 방에서, ×에서는 불에 탄 자동차를 본 적이 없고, 그래서 × 애들은 마음이 좋지 않을 때면 어떻게 마음을 달래는지 알 수 없군, 하는 생각을 했다는 얘기만 해야 할 것 같다.

×에 돌아온 후로도 거의 외출도 하지 않고, 어두운 방에 누워 지중해를 표류하는 것과 같은 상상을 하느라 시간개념이 거의 없어졌고, 그래서 어느 날 오후 스튜디오를 나와 카

페에서 커피를 마신 후 시내를 배회하다 더이상 갈 곳이 없어져, 시내가 끝나는 어떤 곳에 이르러, 도로표지판도 보지 않고, 길을 잃은 사람처럼 어느 이차선 도로를 따라 무작정 걷기 시작한 때가 언제쯤인지 잘 기억이 나지는 않지만 ×에 온 지 한 달쯤 지난 후였던 것 같다. 더운 여름 오후에 이따금 자동차들이 지나가는 이차선 도로를 따라 정처 없이 한 시간쯤 가 이제 돌아가야겠다고 생각했을 때쯤 작은 개울가의, 시골의 한적한 길가의, 말 몇 마리가 한가롭게 풀을 뜯어먹고 있는 농장 근처 공터에 뜬금없게도 작은 장이 서 있는 게 보였는데, 그곳에는 수산물 코너가 있었다. 내륙의 한적한 도로에서 수산물을 파는 것이 낯설게 여겨졌지만 나는 그곳에서 아무런 생각 없이 납작한 모양의 물고기 한 마리를 샀다. 진짜 물고기가 아니라 물고기 모양의 다른 뭔가인 건 아닌가 했는데, 아니면 말들이 풀을 뜯어먹고 있는 초지에서 풀을 먹고 자란, 새로운 종의 물고기인 건 아닌가 했는데 물에서 물을 먹고 자란 보통의 진짜 물고기였다. 물고기는 작은 개울에서 잡은 것은 아니었고, 지중해나 대서양의 어디쯤에서 잡혀온 것이었고, 죽었지만 사체가 신선하게 유지되도록 얼음 조각들 위에 놓여 있었다. 그후로 나는 뭔가에 이끌린 듯 거의 매일같이 그 이차선 도로를 따라 무작정 걸어, 그런 것이 그곳에 있지 말라는 법이 어디 있냐는 듯, 뜬금없는 곳에 있는 수산물 코너에 가 물고기의 사체 한 구를 사갖고 스튜디오에 와 냉장고에 넣어두었는데, 무슨 일과를 행하듯 그렇게 했는데, 물론 물고기의 사체들을 냉장고에 차곡차곡 쌓아두지도 박제해 벽에 걸어두지도 않았다.

어떤 날은 그날 산 물고기를 그날 요리해 먹기도 했고, 어떤 날은 물고기를 산 다음날 먹기도 했으며, 어떤 물고기는 프라이팬에서, 다른 물고기는 오븐에서 끝을 맞을 준비를 했고, 나는 식탁에서 그들의 끝을 함께했는데, 어떤 때에는 냉장고에서 썩게 내버려두었다가 버리기도 했고, 썩어서 버리게 되는 숫자가 갈수록 늘었다. 거의 매일같이 물고기의 사체를 한 구씩, 그것도 크기가 작지 않은 것을 모두 먹어치우기란 어려운 일이었고, 그것은 진저리가 나는 일이었고, 그래서 다 먹지는 않았지만 그래도 진저리가 나기는 마찬가지였고, 나는 물고기를 먹으면서도, 아니, 그것을 사오면서도 진저리를 쳤다. 나는 포크와 나이프를 사용하긴 했지만 물속에서 어떤 물고기가 죽은 다른 물고기의 살을 뜯어먹는 것처럼, 또는 땅 위에서 어떤 새가 자신이 잡은 물고기의 살을 쪼아먹는 것처럼 조금씩 뜯어먹거나 쪼아먹는 것처럼 먹었고, 그럴 때면 나 자신이 물고기를 먹고 있는 물고기나 새처럼 여겨지기도 했다. 그럼에도, 썩어서 버리게 되는 한이 있더라도 거의 매일같이, 전혀 그런 것이 있을 법하지 않은,

한적한 도로 끝 공터에 있는 수산물 코너에 가 물고기 한 마리를 사, 마치 공물을 들고 성지순례를 가는 사람처럼, 동시에 마치 개울에서 낚시로 잡은 물고기를 들고 집에 가는 아이처럼 들고 왔는데—물고기를 사들고 걸어오는 사람은 나뿐이었고, 다른 사람들은 차로 와 사갖고 갔다—, 그것이 프랑스 남부의 끔찍하게 지루한 도시에서 체류하게 된 사람이 할 수 있는 가장 말이 안 되고, 가장 정신 나간 짓처럼 여겨졌기 때문이었는지는 나로서도 분명치 않았다. 나는 그 짓을 그만두기 위해서라도 ×를 떠나야겠다고 생각했지만, 어떤 작가 체류 프로그램으로 ×에 체류했고, 다른 의무 사항은 없었지만 어쩔 수 없는 사정이 생기지 않는 한 일정 기간 동안 ×에 머물러야 했다. 물론 내가 ×를 벗어나는 것을 막는 것은 없었지만, 그런 적이 없음에도 ×를 벗어나는 몇 번의 시도를 했지만 번번이 실패로 돌아간 것처럼 ×를 벗어나는 것이 불가능해진 것처럼 여겨졌다. 하지만 그 짓은, 그것이 그렇게까지 말이 안 되는 짓으로 더이상 여겨지지 않으면서 그만두었는데, 사실 그 짓을 한 것은 얼마 되지 않았다. 어느 날 물고기를 사 이차선 도로를 따라 돌아오다가 나는 이것은 그렇게까지 말이 안 되는 짓은 아니라고 생각했고, 무슨 생각에 물고기를 공중으로, 내 뒤쪽으로 높이 던졌고, 물고기가 하늘로 날아오르는 것을 봤고, 걸음을 옮기며 고개를 돌리지 않아 물고기가 하늘을 나는 새처럼 공중에 머물고 있는 것을 마지막으로 봤고, 그것으로 물고기와도, 물고기를 사오는 짓과도 작별을 했다. 그리고 스튜디오에 와 냉장고 안에 있던, 이미 상했거나 상해가고 있는 물고기를 모두 버린 후에는 이대로 계속 이곳에 있을 수는 없다고, 뭔가 변화를 줄 어떤 결심을 해야겠다고 생각했지만 어떤 결심을 어떻게 해야 좋을지 알 수 없었다. 계속해서 무척 더운 날씨가 이어졌고, 모호하기 짝이 없는 생각들밖에 할 수 없었지만, 그 중간중간 미국 텍사스 주 파리의 에펠탑에 대한 생각이 떠올랐고, 카우보이모자가 비록 텍사스의 상징물 중 하나이지만 에펠탑이 카우보이모자를 쓰고 있는 것을 그냥 두어서는 안 된다는 생각을 했는데(실제로 카우보이모자는 에펠탑을 포함해 누가 써도 어울린다고 생각하는 텍사스인이 아니라면 카우보이모자를 쓴 에펠탑을 보고 그것을 그냥 두어서는 안 된다는 생각을 할 수도 있었다), 나와는 아무런 상관도 없는 그런 것들이 나의 마음을 쓰이게 했다. 나는 한발 양보해, 추운 겨울에 눈보라가 칠 때면 텍사스 주 파리의 에펠탑이 거대한 외투를 걸치는 것은 나쁘지 않을 거라고 생각했다.

그러던 중 어느 날 밤에는 럼주를 다량으로 마시고 취해 텍사스 주 파리의 에펠탑이 쓰고 있는 카우보이모자를 생각하다가 어떤 생각에 옷장을 열어 그 안에 있는, 언젠가 카리브 해의 파나마도, 다른 파나마도 아닌, 어떤 열대지방에서 산 파나마모자를 꺼냈고, 어떤 결심을 하는 데에는 모자를 쓰는 게 도움이 되기도 한다는 생각을 하고, 그 생각에 힘을 실어주기 위해, 내가 파나마모자를 쓰는 것은 어떤 결심을 할 준비가 되었다는 의미라는 생각을 하며 일단 파나마모자를 썼고, 파나마모자를 쓴 상태에서는 시가를 태우는 것도 어울린다는, 그리고 시가를 태우는 것이 어떤 결심을 하는 데 모자를 쓰는 것이 도움이 되기도 한다는 것에 좀더 도움이 될 수도 있다는 생각에, 그리고 마침 내가 앉아 있던 소파 앞의 작은 테이블 위의 재떨이에 전날 태우다 만 시가가 놓여 있었기에 시가를 태우며, 시가의 독한 연기를 삼키며, 독한 연기를 삼키는 것이 어떤 독한 결심을 하는 것과 어울릴 수도 있다는 이유에서는 아니고, 그것과는 상관없이 어떤 독한 결심을, 하지만 어떤 결심을 했는지도 곧 잊어버리게 되는, 결심이라는 것을 했는지도 곧 분명치 않게 되는, 하나도 독하지 않았던 어떤 결심을 한 후, 어쩌면 언제나 하는 수가 없는 수는 있다는 것에, 그리고 거의 언제나 하는 수가 없는 수를 하는 수가 없다는 듯이 택해왔고, 그래서 지금까지와 다르지 않게 살게 되리라는, 지금까지와 다르지 않게 살리라는 결심이 아니라 체념 어린 결론을 내린 후, 이대로 모자를 벗어버리게 되면 무슨 결심이었는지 기억도 나지 않을 수도 있는 결심이 맥없이 무너질 것 같아 모자를 그대로 쓰고 독한 시가 연기를 삼키며 럼주를 더 마시며, 이번에는, 왜 평소에 다른 모자는 쓰지 않으면서 파나마모자는 쓰는지, 거기에는 내가 모르는 어떤 이유가 있는지에 대해 생각했지만 그 이유를 찾지 못했고, 그래서 파나마모자를 벗어 테이블 위에 올려놓은 채로, 내가 이곳에서 무엇을 하고 있는지 알 수 없고, 알지 못해도 상관없고, 더욱더 알 수 없는 지경에 이르게 되어도 상관없는 상태가 이어지고 있고, 세계에 존재하는 모든 것이 어떤 점에서 서로 연관이 있다고 생각하는 것이 가능한 것과 마찬가지로 세계에 존재하는 모든 것이 어떤 점에서 서로 무관하다고 생각하는 것 또한 가능하지 않은가, 하는 생각과 같은, 분명치 않은 생각들을 이어갔고, 다음날에는 "매일같이 피로한 말의 무덤을 파는 일, 말을 묻은 무덤을 파헤치고 무덤을 다시 묻는 피로한 일. 오늘밤에는 말의 무덤을 파고 파헤치고 다시 묻는 인부의 모습도, 그가 내던진 연장도 보이지 않는군, 그 모든 것을 파묻은 것처럼. 아니면 처음부터 인부도, 인부의 연장도, 말의 무덤도, 말도 없었는지도. 단지 어디에나 있는 피로만 도처에 있을 뿐"이라는, 술에 취해 끄적인 글이 적힌 종이를, 테이블에 벗어놓은 파나마모자 속에서 발견하기도 했다.

외출도 하지 않고 하루종일 스튜디오에서 혼잣말로도 한마디도 하지 않고 있으면 어느 순간 나 자신이 마이미스트 같고, 그래서 마이미스트를 서툴게 흉내내며 어떤 몸짓을 하게 되기도 해, 그래서 마이미스트처럼 손으로 입을 가볍게 틀어막거나 손을 창문 밖으로 내밀고 저녁이 오기를 기다리거나 저녁이 온 후에는 그 손을 조금 연 서랍에 넣고 있기도 하고, 밤이 되면 손이 든 서랍을 닫아 서랍 속에 손을 넣어두고, 다음날 서랍을 열어 다른 손을 넣어 그 안에 있던 손을 꺼내기도 하는 상상을 하게 되지, 하는 생각을 하면서도 마이미스트처럼 손으로 입을 가볍게 틀어막거나 손을 창문 밖으로 내밀고 저녁이 오기를 기다리거나 저녁이 온 후에는 그 손을 조금 연 서랍에 넣고 있기도 하고, 밤이 되면 손이 든 서랍을 닫아 서랍 속에 손을 넣어두고, 다음날 서랍을 열어 다른 손을 넣어 그 안에 있던 손을 꺼내기도 하는 짓은 하지 않은 적도 있었고, 어떤 동작이 되지 못하는, 일종의 부서진 한숨 같은 몸짓을 하다 말기도 했고, 역시 하루종일 스튜디오에서 혼잣말로도 한마디도 하지 않으면서 낮부터 술에 취한 날에는 어떤 생각에 속으로 웃다 말았고, 그러자 그 순간이 마치 어떤 짧은 소극의 막간 같았고, 그래서 잠시 후 다시 웃음을 이어갔고, 그러다 마치 갑자기 소극이 끝난 것처럼 웃음을 멈췄고, 그러자 온기라곤 없는 아주 차가운 사람이 된 것 같았고, 그래서 차가운 겨울에는 아주 차가운 사람을 만나 서로가 내뿜는 냉기를 느끼고 들이켜며 아주 차갑게 연애를 하다가 아주 차갑게 헤어져도 좋을 것 같다는 생각을 하기도 했다.

그후 주말이면 나를 ×에 초대한 대학의 교수의 × 교외에 있는 숲속의 집에 이따금 갔는데, 그 집 근처에 말 사육장과 멧돼지 사냥터가 있었지만 말과 멧돼지를 보지는 못했고, 멧돼지가 짖는 소리는 듣지 못했지만 말이 우는 소리는 들을 수 있었다. 그 집에는 수영장이 있었고, 나는 주말 오후에 혼자서 많은 시간을 수영장에서 보냈는데, 정확히 혼자는 아니었다. 수영장의 수면에는 이미 익사했거나 익사하고 있는 중이거나 익사 직전에 있는 수많은 날벌레와 다른 벌레들이 떠 있었다. 숲속 한가운데여서 벌레들은 끝없이 물이 있는 수영장으로 모여들었고, 나는 거의 한 시간마다 이미 익사했거나 익사하고 있는 중이거나 익사 직전에 있는 수많은 날벌레와 다른 벌레들을 뜰채로 건져내야 했지만 곧 수영장은 이미 익사했거나 익사하고 있는 중이거나 익사 직전에 있는 수많은 날벌레와 다른 벌레들로 가득찼고, 그래서 주로 물에 가만히 떠 있던 나는 이미 익사했거나 익사하고 있는 중이거나 익사 직전에 있는 수많은 날벌레와 다른 벌레들과 함께 시간을 보냈고, 자연스럽게 지중해를 표류하는 것에 대한 생각을 이어나갈 수 있었는데, 그 시간만큼은 만족스러웠다.

어느 날 오후에 잠시 외출했다가 들어간 스튜디오에서 다시 외출할 것처럼 옷을 갈아입고 소파에 앉아 있다가 바닥에 죽어 있는 날벌레 한 마리를 발견하고는 그것이 오래전 멸종된, 아주 희귀한 날벌레의 화석이라도 되는 것처럼 한참 동안 바라보다가 일어나 날벌레를 창밖으로 날려보내고, 거의 항상, 무감각이야말로 그 어떤 감각보다도 예리하게 느껴지는 감각이라는 생각을 하며, 다시 소파에 앉아 속을 전혀 알 수 없는 인물이 나오는 소설에 대해 잠시 생각하며 혼잣말을 몇 마디 한 후 스튜디오를 나와, 집을 나온 사람들이 가는 곳을 생각하며, 마치 누군가를 기다리는 사람처럼 스튜디오 근처 작은 광장의 벤치에 앉아, 혼잣말로, 다시 스튜디오에 들어갈까 하다가, 여전히 술이 덜 깬 채로 그대로 앉아 광장 중앙에 있는, 볼품없는 작은 분수를 못마땅한 시선으로 보며 담배를 피우는데 근처 학교에 다니는, 교복 차림의, 십대 초반쯤 돼 보이는 금발 여자애 둘이 와 담배 있으면 좀 달라 했다. 그들은 불어로 말했고, 나는 불어를 못 알아듣는 척했고, 그러자 그들은 영어로 말했다. 평소에 사람들과의 사이에서 도리를 중요하게 생각한 적은 별로 없었지만, 갑자기 도리에 대해 생각했고, 그 어린 여자애들에게 담배를 기꺼이 주는 게 도리인지, 절대로 안 주는 게 도리인지, 주더라도 기꺼이는 말고, 꺼림칙한 마음으로 주는 게 도리인지, 그리고 그 마음을 숨기지 말고 드러내며 주는 게 도리인지, 갑작스럽게 고민해야 했다. 프랑스의 학교와 가정에서 아이들에게 흡연을 장려하고, 가능하면 모르는 어른들에게, 그 가운데서도 되도록 어리숙해 보이는 어른들에게 얻어 피우라고, 얻는 게 가능하지 않을 때는 뺏어 피우라고 가르치지는 않을 텐데도 아이들은 그렇게 배운 것 같았고, 그것을 잘 실천하는 것 같았고, 나는 몇 번 아이들에게 담배를 뺏긴 적이 있었다. 그리고 ×라는 도시의 거주자들에게는 가능하면 자신의 돈으로 뭔가를 구하기보다는 남에게서 공짜로 얻기를 장려하는 독특한 문화가 있는 것 같았는데, 실제로 ×의 어떤 거지들은 거지 근성이 대단했고, 먹을 것을 갖고 어디 앉아 있으면, 어딘가에서 숨어서 기다리고 있었던 것처럼 어느새 와서는, 조금 주기 전까지는, 손을 내민 채로, 아무리 가라 해도 안 갔는데, 거지라면 저래야 마땅한 것 아닌가와, 아무리 거지라 해도 저래서는 안 되는 것 아닌가라는 생각이 동시에 들게 했고, 그에 대한 판단을 내리는 것을 어렵게 만들었는데, 어려서부터 그 거지들에게서 많은 것을 보고 배운 ×의 아이들은 상대로 하여금 일단 담배를 줄지 말지 판단을 내리는 것을 어렵게 만든 후, 안 주는 것을 더욱 어렵게 만들어 결국에는 주게 하는 법을 터득한 것 같았다.

나는 여자아이들을 좀더 자세히 봤는데, 속칭, 까진 애들로 보이지는 않았는데 그 점은 조금 아쉬웠다. 나는 아이들이라면 얌전한 것도 좋지만 좀 까져도 얼마든지 좋다고 생각했다. 한 명은 꽤나 못생겼고, 다른 한 명은 그녀만큼은 아니지만 역시 누가 보아도 못생긴 얼굴이었고, 더 못생긴 애가 덜 못생긴 애에 비해 아주 살짝 더 못생겼고, 그래서 둘 중 누가 더 못생겼는지 가리는 것은 무의미한 일처럼 여겨졌다. 나는 예쁜 여자들 이상으로 못생긴 여자들에게 마음이 약해지는 약점이 있었고, 그래서 예쁜 여자아이가 담배 피우는 보기 좋은 모습을 볼 수 없는 것을 아쉬워하면서도 결국 담배를 주고 말았다. 그들은 나를 사이에 두고 벤치에 자리를 잡았고, 우리는 사이좋은 친구들처럼, 마치 같이 추파춥스를 빠는 것처럼, 혹은 아이스크림콘을 먹는 것처럼 같이 담배를 피웠다. 그들은 담배를 피우기보다는 추파춥스나 아이스크림을 먹는 것이 더 어울릴 나이였지만 마치 맛있는 추파춥스나 아이스크림을 먹은 후 마찬가지로 맛있는 담배를 먹고 있는 것처럼 보였다. 그들은 능숙하게 담배를 피웠고, 담배를 피운 경력이 꽤 되는 것 같았고, 일찍이 열 살 무렵부터는 피우기 시작한 것 같았다. 화장은 했지만 그 아래로 아직 어린 티가 나는, 십대 초반의 여자애들이 담배를 피우는 모습은 성숙한 여자들이 담배를 피우는 모습과는 또다른, 불량기가 더해진 매력적인 모습이 있었고, 나름대로 보기가 좋았고, 나는, 담배는 몇 살 때부터 피워도 좋은가, 라는 생각까지 했는데, 몸 생각을 하지 않는다면, 몸을 일찍부터 버려도 상관없다면, 본인이 원할 때부터 피우면 될 듯했다. 그렇게 생각하자 그들이 담배를 피우는 것도 당연하게 여겨졌다. 개인적으로 나는 가난한, 사회적으로 문제가 많은 나라의 아주 어린 아이가 담배를 능숙하게 피우는 사진을 볼 때면 마음이 아프기도 했지만 한편으로는 아주 대견스럽고 멋지게 여겨졌고, 나는 그 나이 때 뭘 하며 시간을 보냈지, 하는 생각을 하기도 했는데, 그럴 때면 그 아이들에 비해 내가 아주 시시한 어린 시절을 보낸 것 같았다.

같이 맞담배를 피우는데 덜 못생긴 여자애가 내게 어디서 왔냐고 해, 곰곰이 생각한 끝에 고조선에서 왔다고 하자, 그녀는 그런 나라도 있냐고 했고, 나는 그런 나라는 없다고 했다가, 없어진 지 조금 된 나라라고 했다가, 오래전 없어진 나라라고 했다. 그들은 그 나라가 어디에 있었는지 물었고, 나는 잘 기억이 나지 않는다고 했다. 그들은 헷갈려했고, 그 모습을 보자 더 헷갈리게 해주고 싶었고, 그래서, 그러니까 처음부터 없었던 나라는 아니었고, 어디엔가에는 있었던 나라라고 했고, 그것으로는 모자라는 것 같아, 내가 온 나라의 시초가 된 나라라고 했고, 동굴과 곰과 마늘 등이 등장하는 단

군조선에 관한 이야기를 해줄까 하다가 말았다. 그들은 나를 보기를, 잘 이해가 가지 않는 수학 문제를 보듯 보았다. 그사이 젊은 백인 여자 하나가 다리가 짧고, 꼬리는 아주 짧지만 허리가 긴 웰시코기 한 마리를 데려와 분수의 물을 먹게 했고, 자신은 담배 한 대를 피웠다. 그들은 마치 카페의 야외 테라스에 자리를 잡은 일행처럼 자연스러웠다.

그런데 개라는 종족에 대한 나의 감정은 그다지 좋은 쪽은 아니었는데, 그들과 친밀감이나 유대감을 쌓은 적이 없었고, 오래전에 어떤 개와의 좋지 않은 경험으로 인해 상당히 안 좋은 쪽으로 기울어져 있었다. 나는 서울에 있는 내 집 뒤쪽 야산에 산책을 자주 갔는데 그곳 산길에서 번번이 중년 여자가 줄에 묶어 같이 산책하는 작은 포메라니안과 마주쳤는데, 그 개는 내가 지나칠 때마다 내게 달려들 듯 맹렬한 기세로 짖었고, 그때마다 개 주인은 목줄을 잡아당겨야 했고, 나는 그 멍텅구리 같은 개가 몸을 날려 내게 달려들면 나도 몸을 날려 공중에서 주먹 한 방으로 개를 제압하는 상상을 하곤 했는데 그 개 역시 마찬가지 상상을 하는 것 같았다. 성격이 안 좋은 그 개는 누가 봐도 인상이 안 좋았는데, 같은 개가 봐도 안 좋을 것이 분명했다. 길에서 그 개를 본 좀더 점잖은 다른 개들은 고개를 돌리거나, 시선을 거두거나 한 후, 자신이 제대로 본 건지 확인하듯 한번 더 볼 것 같았는데, 물론 제대로 본 게 맞았다.

내가 얼마간 어딘가를 갔다 와 야산에 산책을 갔을 때 그놈의 포메라니안과 다시 마주쳤고, 좁은 산길에서 대치 상황 비슷한 게 벌어졌는데, 개는 그새 더 포악해져 있었고, 나는 할말을 잃었고, 속으로 백기를 들며 그들에게 길을 비켜줘야 했다. 그런데 그 얼마 후 친구인 여자와 함께 산길을 산책하는데 그날따라 목줄을 하지 않은 그 개가 우리에게로 달려왔고, 당연히 내게 달려들 거라고 생각한 내가 아주 빠르게, 그 개를 한 방에 제압하는 상상을 한 후 상황이 종료된 후까지 떠올리는 사이 무슨 이유에서인지 목표물을 바꿔, 마치 약을 먹어 제정신이 아닌 것처럼 몸을 날려 내 친구 여자에게 달려들어 그녀의 허벅지를 물어버렸는데, 그녀는 어떻게 손을 쓸 틈도 없이 개에게 물려버렸고, 여름이었고, 그녀는 반바지를 입고 있었고, 그녀의 허벅지에서 피가 흘렀고, 개의 이빨 자국이 선명하게 보였다. 너무도 순식간에 너무도 어이없는 일이 벌어졌고, 개 주인 여자가 뛰어와 개를 낚아채 안았지만 개는 흥분을 가라앉히지 못했다. 그녀는 내 친구에게 대단히 건성으로 사과를 했고, 개를 진정시키기보다는 혼내려고만 했고, 개는 미친듯이 짖었다. 미친듯이 짖어대는 개와 개 주인과 개에게 물린 내 친구와 나 사이에, 주로는 개 주인과 개에게 물린 내 친구 사이에 높은 언성이 오갔고, 둘은 피해 보상과 관련해 합의를 이루지 못했고, 개와 나는 서로에게 적의를 드러냈고, 결국 내 친구는 경찰서에 가 진술서를 작성했고, 그후 개 주인 여자에게 피해 보상 요구를 했지만 그녀는 본래의 약속과는 달리 계속해서 발뺌을 했고, 내 친구는 괘씸한 개 주인을 상대로 법적 소송을 했고, 나는 사건의 참고인 자격으로 진술서를 작성했는데, 실제로 일어난 사건에 대한 개요보다는 계속해서, 감정이 좋지 않은 그 개와 개 주인 여자에 대한 묘사에 치중하는 진술서를 작성해—"내가 그 개를 처음 목격한 때부터 성격이 좋지 않아 보인 작은 포메라니안은 주인 여자가 자신의 개가 투견이 되기를 바라고, 그렇게 사육한 듯 몇 달 사이 무척 포악해져 있었는데, 도사이누나 코카시안 오브차카나 핏불테리어 같은 투견들과 맞붙어도 먼저 꼬리를 내리는 대신 선제공격을 할 것만 같았고, 투견들을 어이가 없게 만들어 싸움이 성사되는 것을 어렵게 만들 것 같았는데, 그것이 개 주인 여자가 자신의 개에게서 원하는 바 같았고……"의 식으로—몇 번이나 수정을 하다가 결국에는 처음부터 다시 써야 했고, 최종 진술서를 작성하기까지 무척 애를 먹어야 했고, 그것이 그 개에 대한, 그리고 개 일반에 대한 아주 좋지 않은 감정으로 이어진 상태였다. 내 친구 여자와는 그후 다른 이유로 멀어지게 되었고, 연락이 끊겼고, 그녀가 포메라니안에게 당한 그

사건이 어떻게 매듭이 지어졌는지는 알 수 없었다.

나는 산책 나온 개들이 낯선 사람을 봐도 과장되게 반색하며 다가오거나 반감을 드러내지 말고 본체만체하기를 바랐고—길에서 모르는 개가 갑자기 달려와 신발을 핥거나 냄새를 맡으려 바짓가랑이에 코를 들이대거나 하면 지체 없이 기분이 상하는, 실제로 산책을 하면서 그런 생각을 하고 있는데 바로 그 일을 당하게 되면 사정없이 기분이 상하는 사람도 있으니까—, 평소에 개를 봐도, 개군, 개 아니랄까봐 머리끝부터 발끝까지, 아니, 꼬리까지라고 해야겠지, 개의 모습을 하고 있군, 개로서 한 치의 모자람도 없군, 온통 개고 너무도 개고 그야말로 개라 거의 개가 아닌 것처럼 보이기까지 하는군, 이상의 감상을 품기 어려웠고, 그래서 딱 그 정도로만 감상을 품었는데, 그럼에도, 웰시코기가 본래 목양견으로 가축을 몰 때 꼬리가 밟히지 않게 사람들이 꼬리를 잘랐고, 본래 꼬리가 없지 않음에도 꼬리가 없거나 거의 없는 개라는 오명을 쓰고 있다는 사실을 떠올렸는데, 자신이 그러한 오명을 쓰고 있다는 사실을 모르는 웰시코기는 물을 마시고 기분이 좋아져 꼬리를 흔들려고 했지만 흔들 꼬리가 거의 없어 꼬리를 흔들기가 어려웠고, 실제로 흔든 것은, 그리고 흔들린 것은 엉덩이였는데, 그럼에도 그 개가 자신이 흔들고 있다고 생각하는 것이 꼬리인지 엉덩이인지는 알 수 없었고,

그것을 물어볼 수 없는 게 아쉬웠다.

그곳 분수는 분명 분수였고, 어느 모로 봐도 분수였지만, 분수라기보다는, 분수의 역할은 조금 하는, 분수의 역할은 주로 아무도 없을 때 하는 것 같은, 주로는 비둘기와 다른 새들과 고양이들, 그리고 동네 개들이 물 마시러 오는, 그곳을 주로 이용하는 비둘기와 다른 새들과 고양이들과 동네 개들은 확실히 우물로 생각하는 것이 분명한, 우물에 가까운 곳이었고, 나는 물 마시러 오는 또다른 개가 나타나기를 기다렸지만 기다렸다는 듯이 나타나는 개는 없었고, 문득 턴스핏이라는 종의 개를 떠올렸고, 이왕이면 턴스핏이 나타나기를 바랐는데, 다른 개들과의 싸움에서 늘 져서인 듯 그냥 약자underdog로, 그리고 그것으로 모자라 부엌 개, 요리하는 개로도 불린, 16세기에 영국의 웬만큼 사는 가정집 부엌에서 사람들이 고기를 구울 때 고기가 골고루 익도록 고기를 끼운 쇠꼬챙이가 연결된, 벽이나 천장에 매달린, 쇠창살이 있는 작은 감옥 같은, 다람쥐가 돌리는 쳇바퀴 같은 쳇바퀴 상자 안에서 쳇바퀴를 돌리는 일을 한(어떻게 하면 좀더 게으를 수 있을지를 생각한 끝에 개를 개고생시키는 방법을 알아낸 영국인들도 대단한 듯한데 어쩌면 영국인들이 시작한 산업혁명 역시 그들이 좀더 게으를 수 있는 방법을 연구한 데서 시작되었는지도 몰랐다), 어떻게 하다가 하필이면 쳇바퀴를 돌리는 능력을 선천적으로 타고나, 아니면 그 능력을 후천적으로 발휘하는 능력을 습득하는 능력을 선천적으로 타고나, 그 능력으로 인해 평생 고된 노역에 시달린, 그로 인해 턴스핏이라는 이름을 갖게 된(불이 너무 뜨거워 두 마리가 교대로 쳇바퀴를 돌리기도 했다는), 그리고 그것으로 모자라 영국의 교회들에서, 아마도 늙어 발이 차가워 몸이 굳어 혀가 뻣뻣해진 성직자들의 혀가 잘 구르도록 발난로 역할을 한(전해져오는 어떤 얘기에 따르면 영국 글로스터의 주교가 교회에서 예배를 보던 중 "에스겔이 바퀴를 보았을 때……"라고 말한 순간 교회에 있던 턴스핏들이 문 쪽으로 달려갔다고 하는데—쳇바퀴를 돌리다가도 성직자들의 발난로 역할을 하기도 했던 턴스핏은 바퀴라는 단어에 반사적으로 반응하며 이제 발난로 역할을 끝내고 쳇바퀴를 돌려야 할 때라고 생각했을 것이다—, 이 일화는 내게 어쩌면 의미심장할 수도, 아닐 수도 있는 성경 속의 이야기처럼 여겨지기도 했다), 몸통이 길고 다리가 구부러진 점—어쩌면 바퀴를 너무 돌리느라 몸통이 길어지고 다리가 구부러졌는지도 몰랐다—에서는 웰시코기와 비슷하고, 거기에 더해 의심이 많고, 불행한 표정에, 못생긴 얼굴을 한 것으로 알려지고, 그렇게 낙인찍힌(내가 사진으로 본, 박제된 실물의 어떤 턴스핏은 다른 건 몰라도 무척 불행한 모습을 하고 있었는데, 쳇바퀴를 돌리고 발난로 역할을 하며 평생을 보내는 개가 행복하기는 어려웠을 것이다), 어쩌면 개들 가운데서도 가장 기구한 운명을 살다 간 턴스핏이 물 마시러 나타났으면 했지만 그 개는 오래전 멸종된 상태였는데, 한때 영국의 가정집과 교회에서 슬픈 운명을 받아들여야 했던 그 개가 어떻게 해서 멸종되었는지는 알지 못했다(어쩌면 성직자들의 발난로 역할을 하느라 그들의 발냄새를 참는 것이 평생을 살면서 가장 힘든 일이었을 턴스핏은, 영혼을 정화하는 데 열중하느라 몸을 깨끗이 하는 데는 소홀했을 수도 있는 성직자들의 발냄새를 너무 맡아 퇴화해 결국에는 멸종에 이르게 되었을 수도, 아니면 쳇바퀴를 너무 많이 돌려 머리가 어떻게 되었을 수도 있을 것이었다. 어쩌면 자신을 대신해서 남이 할 수 있는 일은 직접 하지 않고자 했던 영국인들의 아시아와 아프리카와 아메리카에서의 전 세계적인 거대한 착취의 기원의 한 단초는 영국의 가정집과 교회에서 영국인들을 대신해 노역에 시달리던 턴스핏에게서 찾을 수 있는지도, 그리고 식민지 개척에 나선 영국인들의 배 안에서도 턴스핏은 주방에서 쳇바퀴를 돌리고, 성직자들의 발난로 역할을 했는지도 몰랐다).

그럼에도 나는 술이 덜 깨, 오래전 없어진 나라에서 온, 돌아갈 곳이 없는 정신 나간 사람처럼, 턴스핏이 나타나면 오래전 없어진 나라로 돌아갈 수 있는 사람처럼, 멸종된 턴스핏이 나타나기를, 턴스핏이 나타나는 것으로 지금껏 단 한 번도 기적이 일어나는 것을 본 적 없는 내 앞에서 기적이 일어나기를 기다리는 것처럼 기다렸다. 아니, 나는 잠시 기다리다 곧 마음을 바꿔 멸종된 턴스핏이 나타나는 기적을 포함해 어떤 기적도 내 앞에서 일어나지 않기를 바랐고, 그것은 바람대로 되었는데, 언젠가 문득 기적은 아니지만 기적과도 같았던 일을 경험했던 기억이 떠올랐다. 마찬가지로 작가 체류 프로그램으로 미국 샌프란시스코의 마리나 구역에 머물던 오 년 전 어느 날, 집 근처를 산책하는데 횡단보도 앞에서 걸음을 멈추고 잠시 신호등을 보더니 신호등이 녹색으로 바뀌자 보행자처럼 횡단보도를 건넌 후 보도를 따라, 마치 배를 타러 가는 것처럼 비장한 모습으로 선착장 쪽으로 가는 것을 보고 마주가던 내가 손을 흔들어주었지만 나를 흘낏 쳐다보고도 무시하고 간, 얼핏 보아 느낌에 아메리칸 라쿤으로서도 중년에 이른 듯한 아메리칸 라쿤을 본 지 삼 년 후 샌프란시스코에 갔을 때 마리나 구역을 다시 찾아, 한동안 머물렀던 곳이었지만 별 느낌 없이 산책을 하다가 그 아메리칸 라쿤을 봤던 곳 근처에 이르러 그 아메리칸 라쿤이든 다른 아메리칸 라쿤이든 만나 이번에도 손을 흔들어주고 또 무시당하는 것과 같은 일이나 일어났으면 했는데 정말로 그로부터 몇 분 후 다른 횡단보도에서 이번에도 녹색 신호등에 횡단보도를 건넌 후 보도를 따라, 마치 배를 타러 가는 것처럼 비장한 모습으로 선착장 쪽으로 가는 것을 보고 마주가던 내가 손을 흔들어주었지만 나를 흘낏 쳐다보고도 무시하고 간 아메리칸 라쿤을 보았을 때 나는 그것이 기적은 아니지만 기적과도 같은 일이라고 느꼈다. 아메리칸 라쿤의 평균 수명이 어떻게 되는지는 몰랐지만 두번째 아메리칸 라쿤은 중년을 지나, 첫번째 아메리칸 라쿤보다 좀더 나이가 들어 보였는데, 첫번째 아메리칸 라쿤이 그사이 시간이 흘러 그만큼 더 나이가 들어 실제로 나이가 들어 보이는 건지는 알 수 없었다. 그 둘이 동일한 아메리칸 라쿤인지는 알 수 없었지만 동일한 캐릭터처럼 여겨졌다. 삼 년의 시간 차를 두고 내가 본 그 두 아메리칸 라쿤들이 샌프란시스코에서 본 유일한 아메리칸 라쿤들로 샌프란시스코에서도 아메리칸 라쿤을 보는 것은 쉽지 않았고, 아메리칸 라쿤들 역시 자기 영역에 민감하고, 어쩌면 그 마리나 구역 전체에 몇 마리밖에 없는지도, 아니면 내가 본 그 아메리칸 라쿤이, 혹은 아메리칸 라쿤들이 마리나 구역의 유일한 거주자들인지도 몰랐다. 그렇게 보기 어려운 아메리칸 라쿤을 두 번이나 본 것에서부터, 거의 비슷하게, 녹색 신호등에 횡단보도를 건넌 후 보도를 따라, 마치 배를 타러 가는 것처럼 비장한 모습으로 선착장 쪽으로 가는 것을 본 것뿐만 아니라, 내가 손을 흔들어주었지만 무시당한 것까지 그 모든 것이 기적 같았고, 살면서 그 이상의 기적 같은 일을 경험한 적이 없는 것 같았고, 누군가에게 무시당한 것이, 거의 너무도 똑같은 방식으로 두 번을 무시당한 것이 그렇게 기분이 좋을 수가 없었다.

그사이에도 바보 같은 분수는 물줄기를 내뿜는 것 외에 할 수 있는 수는 없다는 듯, 하는 수 없다는 듯 물줄기를 내뿜었는데, 그것이 정말 바보 같아 보였다. ×는 분수의 도시로 유명했고, 분수는 ×의 상징물이었고, 한때는 천 개가 넘는 분수가 있었다는 얘기도 있었지만 순전히 뻥 같았고, 도시가 워낙 작아 천 개가 넘는 분수가 있을 수가 없었고, 실제로 천 개가 넘는 분수가 있었다면 이 도시에는 분수 말고는 다른 것이 있을 수가 없었고(이것 역시 좀 뻥이긴 하지만 천 개가 넘는 분수가 있었다는 뻥에 비하면 크게 뻥이 아니었다), 실제로는 마흔 개 가량밖에 없다고 들었고, 어쩌면 그보다도 더 적은지도 몰랐고, 어쩌면 제일 많았을 때에도 마흔 개 좀 넘는 분수가 있었는지도 몰랐는데, 나는 그 절반 가까운 분수들을 일일이 찾아가, 뭔가에 경의를 표하듯 반감을 드러냈는데, 그후 그렇게까지 반감을 드러낼 건 아니었다는 생각이 들어 그중 몇 개에게는 반감을 드러낸 것을 취소했지만 그중 몇 개는 다시 찾아가 반감을 드러냈는데, 어쩌면 그것이 내가 ×에서 한 가장 큰 일이기도 했다. 그 분수들 중에는 정말 바보 같은 분수가 하나 있었는데, 어느 날 그 분수를 처음 본 나는 정말 바보 같은 모습에 깊은 인상을 받았고, 그 모습이 쉽게 뇌리에서 떠나지 않았고, 그래서 다른 날 일부러 날을 잡아 그 분수에게 가, 세상에서 가장 바보 같은 분수라고 말해주기도 했는데—어찌 보면 분수의 도시에 세상에서 가장 바보 같은 분수가 있는 것도 당연하다는 생각도 했다—, 그 말에 기분이 나쁜 듯, 아니 그전에 자신이 세상에서 가장 바보 같은 분수인 것에 늘 기분이 나빴던 듯 그 분수는 계속해서 바보 같은 물줄기를 뿜어댔지만 분수를 달래줄 수도 말릴 수도 없었다.

물을 다 마신 웰시코기가 여전히 엉덩이를 흔들며 주인 여자와 떠나는 사이 내 옆의 여자아이 둘은 자신들과 맞담배를 피우는—그사이 그들은 내가 줬는지, 아니면 내게서 뺏었는지도 잘 기억이 나지 않는 두번째 담배를 피우고 있었다—이 동양 남자가 제정신인지를 두고 프렌치 특유의 과장된 몸짓으로, 길게 서로 불어로 얘기를 했는데, 안타깝게도 나는 그들이 하는 얘기를 거의 다 알아들었다. 잘도 떠들어대는군, 하고 나는 생각했는데 정말이지 그들은 잘도 떠들어댔다. 언어 자체가 그 언어를 쓰는 사람으로 하여금 잘도 떠들어대게 하는 언어들이 있었는데 그 대표적인 언어가 불어와 스페인어 같았다.

당시 나는 빨간색 진을 입고 있었는데, 오후의 뜨거운 햇볕 아래에서, 내가 입고 있는 빨간색 바지를 가만히 바라보고 있자 아예 몸이 타들어가 익어버리는 불길 속으로 뛰어들고 싶어졌다. 나는 봄과 가을에는 노란색 진과 초록색 진을, 여름에는 주로 빨간색 진을, 겨울에는 검은색 진을 입는 경향이 있었는데, 계절에 따라 색상을 달리해 진을 입는 이유를 정확히 알 수 없었고, 그 심중을 알아내는 것이 매 계절의 과제처럼 여겨지기도 했는데, 그 과제를 마친 적은 없었다(데님 하의와 면 상의는 입으면서, 언젠가 이후로 데님 상의와 면바지는 더이상 입지 않게 되었는데, 그것이 데님 상의와 면바지의 문제인지, 나의 문제인지, 데님 상의와 면바지에 대한 회의적인 생각과 불편한 마음이 바뀔 수 있을지 궁금했는데, 그것을 알아내는 것도 과제처럼 여겨졌고, 그것이 내가 앞으로 어떻게 살아갈지를 알아내는 일만큼 중요하지는 않더라도 그 두 가지가 관계가 있는 것처럼 여겨지기도 했지만, 그 과제 또한 풀지 못한 상태였다). ×에는 영국의 어느 지역들에서처럼 시선을 끄는 적색 바지를 입은 남자들이 적지 않았는데—그들 가운데는 그렇게 해서 자신이 귀족 출신이라는 티를 내는 남자들이 있었는데 티를 내는 것이 확실히 티가 났다—, 내가 원색의 바지를 입었을 때 그들을 볼 때면 나는 그들에게 어떤 연대감을 미약하게 느끼면서도 그들이 약간 적수들로 보이기도 했다.

내가 계절에 따라 달라지는 것이 또 있었는데, 대체로 겨울에는 사회주의자에, 봄과 가을에는 무정부주의자에, 여름에는 자유주의자에 가까워졌고, 꼭 그런 것은 아니었지만 그렇게 느꼈고, 무엇보다도, 계절에 관계없이 회의주의자였고, 그래서 내가 사회주의자나 무정부주의자나 자유주의자에 가까워지는 것만으로는 계절의 변화를 알기는 어려웠고, 매 계절이 지날 때마다 더욱더 회의주의자가 되어 있었고, 언젠가 술에 취해 파나마모자를 쓰고 완전한 회의주의자가 되는 결심을 해야겠다는 생각을 한 적도 있지만, 모든 것에 회의적인 회의주의자는 완전한 회의주의자가 될 수 없었고, 완전한 회의주의자에 무한히 가까워질 수밖에 없었고, 기껏해야 지독한 회의주의자가 될 수밖에 없었다. 내가 계절에 따라 달라지지 않는 것도 있었는데, 계절에 관계없이 거의 아무런 의욕이라곤 없어, 의욕이 일거나 사라지는 것으로 계절의 변화를 알 수도 없었다. 그럼에도 불구하고 주로 의욕이 더욱더 없어지는 것으로 계절이 바뀐 것을 알게 되기도 했다.

내가 알기로 내가 어떤 결심을 한 후 그것을 이행하지는 못했지만 그 결심에 변함이 없는 것은 어느 해 한여름에 곰이 출현하기도 하는 캐나다의 어떤 주립공원의 숲에서 며칠을 보내며 끝없이 달려드는 모기떼에게 시달리며, 혹한의 겨울에 완전히 언 포도를 따 만든 캐나다산 아이스와인을 마시며 시가를 태우며 곰이 나타나기를 기다리며 검은 숲을 바라보며, 죽을 때까지, 죽도록 늙어, 더 늙을 수도 없게 늙어 죽는 일은 없어야 한다는 결심을 한 것이었는데, 결국 곰은 보지 못했지만 그 결심은 아직까지도 그대로였고, 하지만 아무때나 죽고 싶지는 않았고, 그래서 나는 죽기에 적당한 때를 찾고 있는 중이라고 할 수 있었는데, 언제가 죽기에 적당한 때인지는 알 수 없었지만 그것을 알 수 있는 때가 올 수도 있었고, 그때가 너무 오래지 않아 오기를 바랐는데, 다 늙어 죽는 것은 인생에서 일어날 수 있는 가장 끔찍한 일로 여겨졌다. 사실 그 생각은 캐나다의 숲에서 곰이 나타나기를 기다리며 모기떼에게 시달리기 전부터, 내 인생의 어느 시기 이후로 계속해온 것이었지만 그 생각이 결심이 된 것은 캐나다의 그 숲에서였고, 그 결심이 이루어진 데에는 그 숲에서 끝내 자신의 존재를 드러내지 않은 곰과, 비록 그 숲이 아주 크고, 헤아리기 어려울 정도의 모기들이 그 숲에 있을 수도 있긴 했지만 아무리 잡아도 일정한 수를 유지하며 끝없이 달려드는, 너무도 존재감을 드러낸 모기떼도 어떤 역할을 한 것 같았지만 그것들이 어떤 역할을 했는지는 분명치 않았다.

그런데 곰이 출현하기도 하는 그 숲에 나를 데려간 것은 캐나다 친구였는데, 우리는 그의 캠핑 트레일러에 머물고 있었는데, 그는 직접 곰에게 공격을 당하거나, 곰 때문에 위험에 처한 적이 없었음에도 곰을 무척 무서워했고, 실제로 세상의 무엇보다도 곰을 무서워했고, 울창한 숲속의 보이지 않는 곳에 곰이 있지 않나 계속해서 살폈고, 숲에서 무슨 소리가 날 때마다 긴장했고, 곰이 나타나면 언제든 혼자 먼저 도망칠 준비가 되어 있는 것 같았는데, 그가 많은 캐나다인들처럼 곰을 무서워하는지(캐나다에는 곰이 많았고, 어쩌면 캐나다에서 가장 위험한 것 중 하나가 곰이고, 그래서 많은 캐나다인들에게 곰은 두려운 존재일 수도 있었다), 아니면 일부 캐나다인들처럼 무서워하는지는 알 수 없었지만, 곰을 무서워하면서도 곰이 나타나기를 기다리는 것 같았는데, 실제로 곰을 보게 되면 얼마나 무서워할지 알고 싶어하는 것 같았고, 나는 막상 곰이 나타나면 어떻게 할지에 대한 아무런 생각 없이 무작정 곰을 기다렸는데, 어떤 상황에서 마주치게 될지에 따라 달라질 수도 있었지만 내 쪽에서는 일단 반가워할 것 같았다. 나는 곰을 지나치게 무서워하는 것 같은 그가 캐나다인이 아닌 것 같았고, 그래서 그가 캐나다인이 맞는지 물었고, 그는 자신이 캐나다에서 태어난 캐나다인이라고 했다. 그는 맥주를 마시며 바비큐로 고기를 굽고 있었고, 나는 고기에서 나는 연기를 마시며 시가를 태우며 이번에는 역시 캐나다산인, 앨버타의 빙하수로 만든 보드카를 마시고 있었다. 나는 그가 하는 말을 믿을 수 없다는 듯 그를 바라보았지만 그는 캐나다의 곰이 캐나다의 숲에서 나타나지 않는지 확인하려는 듯 검은 숲 쪽으로 고개를 돌렸다. 그날 아침에는 팬케이크에 그 잎이 캐나다의 상징인 단풍나무 시럽을 끼얹어 먹은 후 아이스와인 티를 마셨는데, 앨버타의 빙하수 보드카를 포함해 그 모두가 캐나다가 자랑하는 음료들이었고, 캐나다의 곰만 보게 되면 캐나다가 자랑하는 거의 모든 것을 경험한 것이 될 것 같았다.

우리는 어떻게 해서 한국에서 처음 알게 되었는데, 그는 캐나다에서 대학을 다닐 때 만난 한국 여자에게 빠졌지만 한국 여자는 그에게 관심이 없었고, 그녀가 한국에 돌아가자 무작정 그녀를 찾아 한국에 갔지만 그녀는 그를 상대해주지 않았고, 결국 그는 그녀를 어떻게 할 좀더 장기적인 방법을 생각한 끝에 한국에서 대학원에 진학해 한국문학을 전공했지만 자신이 쫓아온 여자가 그를 끝내 받아들이지 않자 그녀를 포기하고 다른 한국 여자와 한동안 사귀다가 결국 그녀에게 차인 후, 한국에 유학 온 남아프리카공화국 여자와 사귀다가 그녀와 함께 남아프리카공화국으로 가 얼마간 지냈지만 결국 차인 후 그곳에서 페루 출신의 여자를 만나 사귀다가 곧 차인 후 캐나다로 돌아와 지금은 혼자 지내고 있었는데, 캐나다의 숲에서 나는 그가 캐나다로 돌아온 후 역시 차인 것으로 끝난 몇 번의 연애 얘기를 들어야 했고—그는 노력할 필요도 없는데도 여자들에게 차이기 위해 노력하는 것 같았다—, 그 얘기를 건성으로 들으며 곰을 무척 무서워하는 내 캐나다 친구를 위해서라도 곰이 꼭 나타나기를 기다렸다. 그는 뭘 해도 잘 못할 것 같은 인상을 주었는데, 실제로 그랬고, 그때도 무슨 일인가를 하고 있었지만 잘하고 있는 것 같지 않았고, 앞으로도 뭔가를 잘할 리는 없을 것 같았지만 문학을 좋아했고, 우리가 공통적으로 좋아하는 작가가 비슷해 친구로 남을 수 있었다. 여러 대륙을 떠돌며 여러 대륙의 여자들에게 차인 그에게는 여자들로 하여금 그를 차고 싶게 만드는 어떤 점이 있는 것 같았고, 나는 그가 곰을 만난다고 해서 정신을 차릴 것 같지는 않았지만 어쩌면 그것을 계기로 그가 조금이라도 달라질 수도 있기를 바랐다.

하지만 계속해서 곰이 나타나지 않자 그는 몸집이 말보다도 더 큰, 말코손바닥사슴으로 불리는 무스가 곰보다도 더 위험하다고 했고, 어쩌면 무스를 보기 위해서는 우리가 캠핑을 하는 곳에서 좀더 떨어진 곳으로 가야 할지도 모른다고 했고, 사실은 곰보다도 무스가 더 무섭다고 했다. 때로 그는 그런 식으로 약간 덜떨어진 듯한 얘기를 했는데, 어쩌면 그것 또한 그가 만난 여자들이 그에게서 참을 수 없었던 점 중에 하나였는지도 몰랐다. 하지만 우리는 그가 곰보다도 더 무서워하는 무스를 볼 수 있는 확률이 좀더 큰 곳으로 가지는 않았는데 자동차에서 트레일러를 떼고 연결하는 것이 무척 귀찮은 일이었기 때문이다. 우리는 그곳에 가기 전에 온타리오의 어딘가에서 캠핑을 했고, 거의 하루종일 차를 몰아 그곳으로 갔는데, 역시 온타리오였고, 캘리포니아 크기의 독일과 텍사스 크기의 프랑스를 합쳐놓은 크기의 온타리오는 가도 가도 온타리오인 것 같았고, 육로로는 못 벗어날 것 같았고, 그냥 거대한 크기에 갇혀 있는 것 같았다. 곰보다도 무스를 더 무서워하는 그는 스웨덴에서는 무스 사냥이 한 해의 하이라이트 중 하나이며, 무스 사냥철이 시작되면 온갖 사냥꾼들이 스웨덴의 북부 지역으로 모이며, 그곳에서는 사냥철 첫날 학교와 공장들이 문을 닫으며, 연간 십만 마리의 무스가 사냥꾼들에 의해 희생되지만 그 일대는 전 세계에서 무스의 개체수 밀도가 가장 높다고 했다. 그가 하는 얘기를 듣고 있자 곰도 무스도 보고 싶지 않았고, 곰이 나타나기를 기다리고 있는 것이 어이없게 여겨졌고, 우리는 결국 가미카제들처럼 떼로 달려드는, 잡아도 잡아도 끝이 없는, 하지만 그렇게 악착같지는 않고, 약간 기력이 모자란 듯한 모기들을 손바닥으로 수백 마리를 때려잡은 후(캐나다의 여름 숲에서 할 수 있는 가장 큰 일 중 하나는 모기들을 때려잡는 것이었다),

캐나다의 곰을 보지 못한 캐나다의 숲에서 나왔는데, 캐나다의 여름 숲에 있는 한 더 많은 모기들을 때려잡기나 할 것이 분명했고, 더 많은 모기들을 때려잡지 않기 위해서라도 캐나다의 여름 숲을 떠나야 했다.

그사이 여자애들은 결론을 내리지 못했고, 내가 제정신인지를 알아내기 위해 한 가지 테스트를 해보자고 했고, 그렇게 했다. 그들은 내가 ×에서 뭘 하고 있는지 물었다. 그것은 내게 아주 어려운 질문이었고, 내가 ×에 온 이후로 매일같이 하는 질문이었다. ×에서 얼마간 지낸 나로서도 내가 ×에서 뭘 하고 있는지 전혀 알 수 없었다. 밤이면 밤마다 술이나 마시러 ×에 온 사람처럼 술이나 마셨고, 술에 취하면 술이나 마시러 ×에 온 사람이 밤에는 맞는 것 같았는데, 낮이 되어 술에서 깨면 ×에 뭘 하러 온 사람인지 알 수 없었다. 그리고 아무것도 하지 않을 때면 아무것도 하지 않는 사람이 맞는 것 같았고, 그래서 내가 뭘 하는 사람인지 알 것도 같았는데 뭔가를 할 때면 뭘 하는 사람인지 알 수 없었다. 하지만 이미 오래전 그것은 더이상 내게는 상관없는, 아무래도 좋은 것이 되었고, 문제가 되지 않았다. 되도록 솔직한 편인 나는, 이번 여름에 내가 빨간색 바지를 주로 입고 있는 이유를 알고자 하고 있다고 했고, 그들은 또다시 불어로 내가 제정신인지를 두고 얘기를 했는데, 이번에는 내가 위험한 사람은 아닌지에서부터 보기만큼 위험한 사람처럼 보이지는 않는다는 얘기에서 보기와는 다르게 위험한 사람일 수도 있다는 이야기에 이르기까지 얘기가 좀더 길게 이어졌다.

그사이 작은 광장 중앙의 작은 분수 옆에 개똥 하나가 보란듯이 있는 게 보였는데, 그 개똥이 조금 전 다녀간 웰시코기가 깜짝 선물처럼 남겨놓고 간 것인지는 알 수 없었다. 웰시코기가 다녀가기 전까지는 없던 것 같았는데, 그렇다면 웰시코기의 것이 맞았는데, 내가 캐나다의 숲과 곰에 대해 생각하는 사이 다른 개가 와 남겨놓고 간 것을 내가 놓쳤을 수도 있었다. 처음에는 눈에 들어오지 않다가 하나둘씩 눈에 들어오는, 하늘을 뒤덮고 있던 구름이 흩어지며 하나둘씩 드러나는 밤하늘의 별들처럼, 그 개똥이 눈에 들어온 후로 광장의 여기저기에 있던 개똥들이 눈에 들어왔지만, 물론 하늘을 뒤덮고 있던 구름이 흩어지며 하나둘씩 드러나는 밤하늘의 별들을 볼 때처럼 그것들을 보고 있기는 어려웠다. 산책 나온 개들의 머릿속에는 자신들이 지정한 노상 용변 장소가, 역시 머릿속에 있는, 산책하게 될 길의 지도에 ×자 혹은 점으로 표시되어 있고, 대체로 그곳에서 용무를 보는 것 같았는데, 산책 자체만큼이나 노상 용변에 대한 기대에 마음이 부풀어 집을 나서는지도 몰랐다. ×의 개들은 특히 분숫가를 좋아했는데, 용변도 보고 물도 마실 수 있기 때문인 듯

했다. 프랑스의 분수들은 개들에게는 노천카페 같은 곳이었고, 프랑스의 개들 역시 프렌치들과 마찬가지로 노천카페를 무척 사랑하는 것이 분명했다. 개똥들을 보고 있자 다른 어디도 아닌 프랑스에 있다는 게 실감되었는데 언젠가부터 내겐 프랑스 하면 개똥이 먼저 떠올랐고, 개똥 하면 프랑스가 떠올랐다(마찬가지로 내겐 인도 하면 새벽이면 수많은 사람들이 나와 용변을 본다는, 휴양지 고아의 아름다운 해변이 떠올랐는데, 어쩌면 그곳 또한 새벽이면 용변 보는 사람들과, 사람들의 배설물로 나름 장관을 이루는지도 몰랐다). 내겐 에펠탑이나 삼색기나 카페나 향수가 아니라 개똥이 프랑스의 상징물 같았고, 어쩌면 대부분의 프렌치들의 마음속에도 에펠탑보다 개똥이 더 큰 자리를 차지하고 있는지도(실제로 에펠탑보다는 개똥이 대부분의 프렌치들의 일상에 더 밀착되어 있는 것은 틀림없었다), 그럼에도 대부분의 프렌치들이 그 사실을 모르고 있거나, 절대다수가 그 사실을 부인하고 있는지도, 아니면 모르고 있지도 부인하고 있지도 않지만 그 사실을 이야기하는 것은 프랑스에서 금기인지도 몰랐다. 프렌치들은 다른 건 몰라도 길의 개똥은 절대로 치우지 않았고, 길의 개똥을 거의 아끼는 것 같았고, 개똥이 없는 프랑스의 거리는 상상조차 하지 못하는 것 같았고, 그들이 개똥을 절대로 치우지 않는 건 그들 마음 한구석 깊은 곳에 개똥 치우는 건 프렌치답지 않다는 프랑스적인 믿음이 자리하고 있기 때문인 듯했는데, 나는 자연과학적이기보다는 인류학적인 접근법으로 그 사실을 확인했다. 그들의 그 황당한 믿음 때문에 나는 그 며칠 전 산책길에 개똥을 밟아 보기 좋게 넘어지지는 않았지만 미끄러지며 거의 넘어질 뻔한 수모를 당해야 했다. 매년 프랑스에서 개똥을 밟아 넘어져 몇 명씩 사망했고, 다수가 부상을 당했고, 그것이 프랑스에서 가장 위험한 일들 중 하나였고(길의 개똥은 프랑스 파리의 행정기관에 접수되는 민원 순위에서 당당히 3위를 차지했다), 그래서 프랑스에서 지내는 동안 다른 무엇보다도 개똥을 밟아 넘어지는 일은 없도록 조심을 했는데 잠시 방심했던 것이다. 프랑스에서 무슨 일을 겪더라도 개똥 밟는 일만큼은 없어야 한다고 그렇게 다짐하고 경계했던 터였고, 그래서 개똥을 밟은 후의 기분은 이루 말할 수 없이 참담했고, 그래서 그날 저녁 술을 마시며 프렌치들이 왜 길의 개똥을 절대 안 치우는지에 대해 심각하게, 이번에도 역시 자연과학적이기보다는 인류학적인 접근법으로 파고들었고, 그런 것을 파고드는 것에 대해 느껴 마땅한 비애를 느꼈고, 창문을 열고 가랑비가 내리는 소리를 들으며 마침내, 어쩌면 그 어느 프렌치도 아직 찾지 못한 답을 찾은 것 같았는데, 물기를 머금은 개똥 냄새가 희한하게도 감미롭게 느껴졌고, 이러면 안 되는데, 안 되는

데, 하는 생각을 주문처럼 했지만 소용이 없었고, 길에 밴 개똥 냄새에는 머스크 향 같은, 묘하게 사람의 마음을 끄는, 형언할 수 없는 뭔가가 있어서인 것 같았는데, 프렌치들 모두가 그 마법 같은 향에 빠져 있지만 그것을 말하는 것은 프랑스에서는 역시 금기인 것 같았는데, 그 사실을 생각하자 프렌치들 모두가 몹시도, 형언할 수 없게 엉큼하게 여겨졌고, 너무도 그렇게 여겨진 나머지 그 생각은 내가 눈을 감는 날까지 변하지 않을 것 같았고, 어쩌면 눈을 감는 마지막 순간 프랑스의 개똥과, 개똥에 애착을 보이는 엉큼한 프렌치들을 생각할 수도 있을 것만 같았다.

엉큼한 프렌치들 중 하나인 아주 살짝 덜 못생긴 여자애는 내가 보기에도 제정신이 아닌 것처럼 보인다고 얘기했고, 아주 살짝 더 못생긴 여자애는 내가 보기보다 더 제정신이 아닌 것처럼 보이지는 않는다고 했다. 덜 못생긴 여자애가 무슨 이유에서인지 더 못생긴 여자애를 가만히 쳐다보더니 그녀가 하는 얘기에 넘어가는 듯했는데, 나 역시 더 못생긴 여자애를 가만히 쳐다보자 무슨 이유에서인지 그녀가 하는 얘기에 넘어갈 것만 같았고, 그래서 덜 못생긴 여자애에게로 눈길을 돌리고서야 더 못생긴 여자애가 하는 얘기에 안 넘어갈 수 있었다. 나는 다시 한번 그들의 얼굴을 살펴보았고, 둘 중 누가 더 못생겼는지 가리는 것은 턴스핏 두 마리 중 누가 더 못생겼는지 가리는 것만큼이나 무의미한 일처럼 여겨졌다. 그들은 이번에도 결론을 내리지 못했지만 내가 보기보다 더 제정신이 아닌 쪽으로 좀더 생각이 기운 듯했다. 나는 내가 제정신인지를 두고 결론을 내리지 못하는 그들 사이에 끼어들어 내가 보기보다 더 제정신이 아닌 사람은 아니라는 얘기를 해주고 싶었지만 그럴 처지가 못 된다는 생각을 했다. 대체로 나는 내가 보기에도 제정신이 아니었는데, 프랑스에 있는 동안 그 정도가 더 심해진 것 같았다. 그들은 여분으로 담배 한 대를 더 달라고 할지를 두고 불어로 얘기했고, 나는 그 모든 얘기를 하나도 못 알아듣는 것처럼 가만히 있었고, 그들은 보기보다 더 제정신이 아닌 나보다는 제정신인 다른 누구에게 가 얻어 피우자고 했고, 나를 더 얻을 것이 없는 사람처럼 내버려두고 자리에서 일어났는데, 나는 무슨 생각에서인지 내가 갖고 있던 담배를 그들에게 모두 줘버렸고, 그들은 그들이 기다린 것이 그것이었다는 듯 담배를 갖고 유유히 사라졌다. 프랑스의 엉큼한 여자애들에게 담배를 모두 뺏기고 나자 엉큼한 아무 프렌치에게나 뭔가를 더 뺏기고 싶었고, 가능하다면 내가 가진 모든 것을 뺏기고 싶었고, 모든 것을 뺏기고 프랑스를 떠나고 싶었고, 그럴 준비가 되었다고 생각했지만 내게서 뭔가를 뺏으러 오는 또다른 프렌치는 없었고, 나는 그사이에도 끝없이 물줄기를 뿜어대는 분수를 심기가 아주 불편한 사람처럼 노려보았고, 오래전 로마인이나 반달족이나 사라센인들이 이곳까지 와 도시를 파괴했는지, 파괴하면서 분수들까지 파괴했는지, 그런 다음 그 자리에 자신들이 이상적으로 생각하는 분수에 더 가까운 분수들을 만들었는지, 아니면 분수들은 그냥 두었는지 궁금했고, 알 수는 없었지만 순전히 재미로 몇 개는 부수고 갔길 바랐는데, 분수의 도시 ×에서는 마음이 좋지 않을 때면 분수에 가해를 가하는 것만큼 마음을 달래기에 좋은 게 없는 것 같았다.

프랑스의 엉큼한 여자애들이 간 후 나는 내가 ×에서 뭘 하고 있는지 다시 한번 생각했지만 알 수 없었다. 그 얼마 전에는 ×에서 바게트 만드는 것을 배워, 제대로 된 바게트를 사기가 아주 어려운 서울에 돌아가, 돌맛이 나는 것도 같고 돌을 구운 맛이 나는 것도 같은, 하지만 맛있는 바게트를 판매하는 미제라블이라는 이름의 빵가게를 열어, 매일 아흔아홉 개를 만들어 아흔아홉 개 한정 판매하거나, 노숙자들에게 나눠주거나, 서울의 내 집에서 가까운 한강에 가 아흔아홉 개를 강가에 쌓아두고 아흔아홉 개의 바게트를 문득 생각난 듯 하나씩 하루종일에 걸쳐 던져 떠내려가게 할 수도, 아흔아홉 개의 바게트가 몇 개의 작은 뗏목 무리들을 이뤄 떠내려가게 할 수도, 바게트들을 실로 꿰어 ㅅ자 대열을 이룬 기러기떼나(그 대열 뒤에 일정한 거리를 두고 하나를 던져 무리에서 이탈한 기러기를 만들 수도 있을 것이었다), 밤하늘의 별자리, 가령 카시오페이아나 북두칠성 모양으로 만들어 강물에 띄워 떠내려가게 할 수도(바게트는 곧 물에 젖어 강 속에 가라앉을 수도 있을 테지만 강가를 산책하던 누군가는 그것들을 보며 자신이 보고 있는 것을 믿을 수 없어 눈을 비비며, 기러기떼도, 밤하늘의 카시오페이아도 북두칠성도 수도 없이 보았지만 기러기떼나 카시오페이아나 북두칠성 모양의 바게트들이 강물에 떠내려가는 것은 처음 보고 앞으로도 못 볼 것이라는 생각에 그것들이 물에 가라앉을 때까지 그것들을 따라 나란히 걸어갈 수도 있을 것이었다), S자와 O자 형태의 바게트들을 만들어 그것들을 강물에 던져 서른세 개의 SOS 신호를 헛되게 떠내려보낸 후 어쩌면 발걸음도 가볍게 집에 돌아올 수도, 그 밖에, 아흔아홉 개의 의문의 바게트가 강물에 떠내려가는 것을 몸소 즐기고 있다는 느낌을 줄 수 있는 여러 가지 흥미로운 방법들을 생각해내 딱 구십구일 동안 매일 아흔아홉 개의 바게트를 강물에 투척한 뒤, 마지막으로 아흔아홉 개의 바게트를 한꺼번에 던져 자포자기한 것 같은 바게트들이 강물에 떠내려가게 한 후 아무 일도 없었다는 듯이 빵가게를 닫아 돌맛이 나는 것도 같고 돌을 구운 맛이 나는 것도 같은, 하지만 맛있는 바게트들도 갑자기 자취를 감추게 하는(오래전 인생을 최대한 헛되게 보내기로 했고, 나름 노력했지만 그 노력 또한 해이해진 지금 그 짓을 통해 그 결심을 새롭게 할 수도 있을 것이었다) 등의 야심적 계획을 세워보았지만 그새 그 야심은 사라져버렸고, 머리는 언제나 멍했고, 그래서 개똥이나 밟으며 여자애들에게 담배나 뜯기고, 정말 고조선에서 온, 뭐하는지도 모르는 사람이 된 것 같았고, ×에 더 있게 되면 정말로 머리가 이상해져 한국에 돌아갈 수도 있을 것 같았는데, 그렇게 된다 하더라도 상관없을 것 같았고, 그렇게 되면 내가 그들을 보고도 못 알아보고 싶은 사람들을 못 알아볼 수도 있었고, 그래서 가능하면 그렇게 되기를, 그리고 어떻게 해서 한국에 돌아가서도 돌아간 그곳이 한국인지를 알 수 없게 되기를 바랐는데, 그렇게 해서 돌아간다면 그곳이 한국이어도 상관없을 것이었다. 한국에 대해서라면 바게트 아흔아홉 개를 하나씩 집어던지며 안 좋은 점은 아흔아홉 가지도 어렵지 않게 말할 수 있었지만 좋은 점은 한 가지도 말하기 어려웠고, 그래서 한국에 대해 좋은 점을 말하며 바게트 하나를 집어던지기도 어려웠고, 그래서 그것이 한국의 가장 안 좋은 점이라고, 거의 말이 안 되는 말도 할 수 있을 것 같았다.

그날 밤에는 부슬비가 청승맞게 내렸고, 한밤중에 창문을 열어놓고, 역시 술을 마시며 빗소리를 듣고 있는데, 마음 깊은 곳에서부터 음울해졌고, 그때 어딘가에서, 이웃 건물의 어느 집에서인 듯, 어떤 여자가 우는 소리가 들려왔는데, 무슨 이유에서인지 창문을 열어놓고 작정하고 우는 듯, 울음소리가 아주 처량하고 꾸준한 것이 그냥 흐느끼며 운다기보다는 가까운 누군가가, 어쩌면 자신이 키우던 개가 죽어, 아니면 사람도 개도 아직 죽지는 않았지만 죽음을 앞두고 있고, 곧 죽을지도 몰라, 곧 안 죽을 리가 없어, 곡을 하는 것 같았고, 같은 단조이긴 하지만 그냥 보통 울 때와는 음계를 달리한 듯한 그 소리를 듣고 있자 그녀 혼자 울게 내버려두고 싶지 않았고, 그래서 같이 울어주고 싶었지만, 내가 직접 울고 싶지는 않았고, 그래서 혼자 울게 내버려두었는데, 우는 소리가 여간 기분 나쁘게 들리지 않았고, 아무리 좋게 들으려 해도 그렇게 되지 않았고, 그래서 손으로 귀를 막았고, 그러자 아주 희미하게 들렸고, 마음이 곤두박질을 치듯 바닥을 치는 것 같았고, 이번에는 부엌 서랍 속의 칼들 사이에 있는, 이전에 살던, 귀가 어두웠던 누군가가 버리고 간 것 같은 아날로그 보청기를 꺼내 켜 귀에 꽂았더니 먼 우주의 외계인이 잘못된 주파수로 보내오는 것 같은, 찌지직, 하는 소음 사이로 우는 소리가 들렸는데, 그것 역시 마음이 바닥을 치게 했고, 그래서 보청기를 내던지고, 이대로는 안 되겠다는 생각에, 문득 진짜로 곡을 하는 사람을 불러 낮고 음울하고, 어떻게 들어도 기분 나쁜 곡을 잠시 하게 한 후 내쫓듯 가라 하고 싶었지만—그런다고 음울하고 나쁜 기분이 가시지는 않겠지만 반드시 내쫓듯 가게 해야 할 것 같았다—, 그 밤중에 그것도 프랑스에서 곡을 하는 사람을 부를 수 있을 것 같지 않았고—프랑스에도 누군가가 죽으면 죽은 자의 집에 와 곡을 해주는 사람이 있는지, 혹은 과거에 있었는지 알 수 없었다—, 그래서 목청을 다듬고 직접 곡을 할까도 했지만 해본 적 없는 곡을 잘할 리 없었고, 우스워질 것이 분명했고, 그래서 단념했는데, 그 순간 창문이 닫히는 소리가 들리며, 곡을 하는 것처럼 울던 여자의 울음소리가 더이상 들리지 않았다.

마치 어떤 여가수가 작정하고 기분 나쁜 아리아를 부른, 어떤 공연의 1막이 막을 내린 것 같았고, 조금 후 더 기분 나쁜 2막이 시작되기를 기다렸지만 1막이 전부인 공연처럼 더이상 곡소리는 들려오지 않았다. 모르는 누군가가 가까운 누군가가, 어쩌면 자신이 키우던 개가 죽어, 아니면 사람도 개도 아직 죽지는 않았지만 곧 죽을지도 몰라 곡을 하듯 우는 소리를 듣고 나자 내가 한바탕 곡을 하고 난 것처럼 후련하지 않았고, 아주 찜찜했고, 어쩐지 그녀가 가까운 누군가나 자신이 키우던 개가 아니라 자신이 키우던, 물론 누구보다도 가까웠던 물고기가 죽어, 아니, 아직 죽지는 않았지만 눈이 멀어 운 것 같았고, 그 생각을 하자 맥이 풀렸고, 나는 ×에서 쓰려고 했던 '유형지에서'라는 제목의 소설을 어떻게 시작할지 여전히 알 수 없는 상태였지만 전체적인 분위기는 쓰면서도 맥이 풀리는, 한밤중에 곡을 하듯 기분 나쁜, 아주 찜찜한 것이 될 수도 있다는, 그리고 거기에는 다른 것은 몰라도 죽은 물고기는 꼭 나와야 한다는 생각을 했다. 한데 ×에 있는 한 아무것도 할 수 없을 것 같았고, ×가 배경일 수도 있는 '유형지에서'라는 제목의 소설도 쓸 수 없을 것 같았지만 어디에 가야 그 기분 나쁜, 아주 찜찜한 소설을 쓸 수 있을지 알 수 없었는데, 어쩌면 × 근처 생트빅투아르 산에서 주운 돌을 갖다 버릴 수 있는 곳에서는 쓸 수 있을 것 같았지만 그곳이 어디가 될지 알 수가 없었다.

그 며칠 후 어느 날 여러 가지 술을 섞어 아주 많이 마시고 새벽에 잠이 들었는데 아침에 바깥에서 들려오는 시끄러운 소리에 잠에서 깼고, 술이 전혀 깨지 않은 상태에서, 소음에 화가 머리끝까지 치밀어, 프랑스어로 된 욕을 준비하고 고함을 지르려고 입안 가득히 고함을 머금은 채로 창가로 질주하듯 달려가, 나무로 된 덧창을 활짝 열어젖히고 이층 발코니로 나갔는데 놀랍게도 내가 지내는 스튜디오 바로 건너편 유치원 마당에 사람들이 잔뜩 모여 합창을 하고 있는 것이 보였다. 그날은 토요일이었고, 사람들은 예배를 보고 있었는데, 목사는 내게 등을 돌린 채로 있었고, 유모차에 탄 유아에서부터 노인에 이르기까지, 마당을 가득 메운 사람들이 내가 문을 열어젖히는 소리에 일제히 내 쪽으로 고개를 돌렸고, 믿을 수 없다는 듯한 표정을 지으며 나를 바라보았고, 나는 내게 뭔가 잘못된 게 있다는 것을 깨달았고, 나를 보았고, 내가 알몸이라는 사실을 알아챘다.

나는 벌어지는 중이거나 이미 벌어져 있는 사람들의 입들을 보았는데, 나를 보고 그들의 입이 더 크게 벌어졌는지는 알 수 없었는데 그들의 입은 찬송가를 부르느라 이미 다양한 크기로 벌어져 있었기 때문이다. 내게 등을 돌린 채로 있던 목사가 무슨 일인가 해서 고개를 내 쪽으로 돌렸고, 초자연적 현상을 본 것처럼 그의 얼굴에 믿을 수 없다는 듯한 표정이 나타났고, 내 느낌이지만, 그 표정이 순간적으로 너무 커져 그의 얼굴이 그 표정을 다 담아내지 못하는 것 같았다. 아주 짧은 한순간 나는 사람들이 부르는 찬송가 소리가, 멈추거나 하지는 않았지만, 주춤하다가 이어지는 것을 느꼈다. 그들은 요단 강에서 어쩌구저쩌구인지, 요단 강이 어쩌구저쩌구인지, 요단 강을 어쩌구저쩌구인지, 아무튼 요단 강이 등장하는, 그냥 어쩌구저쩌구를 노래하는 것 같은 어떤 찬송가를 부르고 있었는데, 나는 언젠가 그 찬송가에 등장하는 요단 강에 가게 되면—이상하게도 사해, 골고다, 소돔과 고

모라처럼, 성서에 등장하는 어떤 지명들에는 사람의 마음을 끄는 것이 있었다—, 돌멩이 하나를 주워와야겠다는, 심지어는 돌멩이 하나를 주워오게 요단 강에 가야겠다는 생각을 아주 짧게 했다. 목사를 포함해 모두가 노래를 하고 있었고, 따로 합창대는 없었는데, 나는 그 점이 몹시 아쉬웠다. 나는 어딘가에서 합창대가 노래하는 것을 듣는 것은 좋아하지 않았지만 합창대가 노래하는 것을 보는 것은 좋아했는데, 일사불란하게 사람들의 입이 벌어졌다가 닫히고, 목각인형들처럼 손이나 머리나 허리가 하나가 된 것처럼 기계적으로 움직이는 것을 보는 것은 좋아했다.

나는 정신이 하나도 없는 그 와중에도 손으로, 흔히 말하는 중요한 부위를 가리는 대신, 무안해져야 마땅했지만 별로 무안하지 않았고, 그럼에도 무안해진 사람처럼, 어찌된 영문인지, 취해서 머리가 이상한 쪽으로 아주 잘 돌아가서인 듯, 문득, 거의 빛의 속도로, 부활절이나 크리스마스 같은 날에 교황이 바티칸의 창문 앞에 서서 성베드로 광장을 가득 메운 무수한 인파를 향해 손을 드는 장면을 떠올렸고, 그런 날의 교황처럼 사람들을 향해 오른손을 천천히 들었지만, 그것이 적절치 않은 행위라는 것을 또다시 거의 빛의 속도로 깨달았고(마치 머리가 아니라 손이 그 사실을 깨달은 것 같았다), 치켜든 손을 어떻게 해야 좋을지 알 수 없었고, 그래서 그 손을, 그리고 사람들을 번갈아가며 보았지만 여전히 어떻게 해야 좋을지 알 수 없었고, 그럼에도 어떻게 해도 좋을 수가 없다는 것은 알 수 있었고, 그래서 손을 든 채로 엉거주춤하게 있다가, 달리 방법이 없었기에, 손을 더 치켜들기도 마땅치 않았고, 그대로 계속 들고 있을 수도 없었기에, 손을 든 적이 없었던 것처럼, 내가 든 것이 손이 아닌 것처럼, 아주 살며시 내리면서, 그것을 보는 사람은 거의 알아차릴 수 없게, 아주 작고 불분명하게 성호를 긋다가, 누구와 누구인지는 분명치 않았지만 누구와 누구의 입장이 바뀐 것 같았고, 그렇지만 그 입장을 내가 바꿀 수는 없었고, 그래서 긋다가 말았는데, 그러자 손에 쥔 뭔가가, 가느다란 나뭇가지가 소리를 내며 부러지는 것처럼 느껴졌고, 그것은 다름아닌 성호가 부러지는 소리라고 느끼며, 이것이 성호가 부러지는 소리군, 하는 생각을 하며 손을 내렸는데, 아무도 나를 향해 손을 들거나 흔들어주지 않는 것이, 그것이 당연한 것이었음에도, 그럼에도 그들이 나를 향해 손을 흔들어주면 내가 그들에게 어떤 메시지를 전할 수 있을 것 같았는데 그들은 그 메시지에는 관심이 없는 듯 손을 흔들지 않았고, 그것이 마치 꿈속에서 내가 전혀 제어할 수 없는 상황이 펼쳐질 때처럼 이상하게 여겨졌고, 그래서 꿈을 꾸고 있는 건 아닌가 하는 생각을 하며, 뒷걸음질을 쳐 뒤로 물러나 덧창을 조용히 닫고 침대로 다시 가 누워, 이 모든 것이 꿈이라는 생각을 했지만 전혀 꿈이 아니었고, 잠시 갑작스러운 나체의 남자의 출현에 끊어지지는 않고, 다소 주춤했던 것 같은 찬송가 소리가 이어졌고, 계속해서 들려오는 찬송가 소리는 그 모든 것이 꿈이 아니라 사실이라는 것을 강조하고 있는 것 같았다.

어떤 사람들은 헛것을 보았다고, 또다른 사람들은 당시 어깨에 닿을 정도로 길게 기른 머리를 헝클어뜨린 나의 모습을 보고 동양인의 모습으로 재림한 예수 같다고 생각했는지도 몰랐다. 다시 잠이 들면 꿈이 아닌 현실이 꿈속에서 이어지며, 창가에 서서 창밖을 바라보고 있는데 사람들은 계속해서 찬송가를 부르고, 사람들이 찬송가를 부르고 있는 유치원 마당이, 마당의 나무들이, 담장이, 사람들이 앉아 있는 의자들이, 그러고는 사람들이 공중으로 떠오르며 점차 사라지고, 그럼에도 그들이 부르는 찬송가만은 계속해서 이어지는 장면이 펼쳐질 것만 같았지만 잠은 오지 않았다. 여전히 취한 상태에서, 나는, 어떻게든 믿음을 가지려고, 아니면 갖게 된 믿음을 잃지 않으려고, 아니면 이미 갖고 있는 믿음이 머리에서부터 복부까지 팽만해지도록 어쩌면 복부에 힘을 주고 자신의 믿음을 노래로 표현하는 사람들의 노래를 들으며 내 경우는 어땠는지를 생각했고, 어떤 노래도 부르지 않고도 모든 믿음을 거의 완전하게 잃게 된 것이 기적처럼 여겨졌는데, 이것 또한 취해서 하는, 말이 안 되는 생각이라는 생각 또한 했다. 지금까지 인간들이 벌인 수많은 전쟁이 종교적인 문제에서 비롯된 것이었고, 종교가 존재하는 한 종교로 인한 전쟁은 끝이 없을 테지만, 모두가 무신론자가 된다 하더라도 인간은 어떻게 해서든 전쟁을 계속해서 벌일 거라는, 거기에 인간의 미래가 있다는, 다소 터무니없는 생각도 했다. 강한 믿음을 갖고 있는 사람들이 무리를 이루고 있을 때 그 무리에서 전해지는 좋지 않은 기운이 마당을 가로질러 냉기처럼 내가 있는 곳까지 와 나를 감싸는 것 같았고, 몸이 약간 떨렸고, 뭔가를 걸쳐야 할 것 같았다.

×의 내 스튜디오에서는 주로, 언젠가 인도네시아 발리에서 산, 남자들이 입는 치마를 입고 지냈고, 문득 그 치마를 걸치고 다시 창문을 열고 발코니로 나가 사람들에게 무슨 해명이라도 하고 싶었지만 내가 무슨 해명을 한들 사람들의 반응은 싸늘할 것 같았고, 그럼에도 치마를 입은 나의 모습을, 또 다른 나의 모습을 보여주고 싶었고, 꼭 그러고 싶었지만 아쉽게도 결정적으로 타이밍을 놓쳐버린 것 같았고, 그래서 마치 딴청을 피우듯, 내가 늘 불만으로 생각했던, 몇몇 문화권을 제외하고는 치마는 여자들만 입는 것이라는 통념이 지배적이라는 사실을 떠올렸고, 그 사실이 갑자기 무척 못마땅하게 여겨졌고, 남자들도 치마를 입어 치마가 얼마나 해방감을

주는지 남자들도 알았으면 하는, 그리고 어쩌면 남자들이 치마를 입지 않는 주된 이유는 치마는 여자들이나 입는 것이라는 생각에서이고, 그것이 얼마나 고약한 것인가 하는 생각을 했다. 나는 치마를 걸친 채로 다시 발코니로 나가, 사람들을 향해 손을 들거나 하지는 않고, 그냥 난간에 기댄 채로 사람들을 물끄러미 내려다보고 싶은, 아주 강한 충동을 느꼈다. 그들의 눈에 큰 키에, 전형적인 동양인의 외모를 갖추지 않은 내가 어떻게 해서 ×에까지 오게 된, 맛이 간 아메리칸인디언으로 보일 수도 있다는 생각을 하자 더더욱 그러고 싶었다. 그럴 수만 있다면 우리는 서로 그냥 바라보기만 하면 되었고, 물론 그 와중에도 노래를 하고 싶은 사람은 노래를 하면 될 것이었다. 아니, 서로 상관하지 않고 자신들이 할 일을 하기를, 어떻게 해서 ×에까지 오게 된, 맛이 간 아메리칸인디언으로 보일 수도 있는 누군가가 발코니 난간에 기대서 있더라도 사람들이 그것을 개의치 않고 예배를 볼 수 있기를 바랐다. 하지만 그것은 나만의 바람처럼 여겨졌다. 나는 이왕이면 치마 차림으로, 누가 보아도 불량한 자세로 발코니에서서 병맥주를 마시며 담배를 한 대 피워도 좋을 거라는 생각을 했는데, 그들이 나를 그들의 믿음으로 물리쳐야 하는 이교도의 화신으로 본다 하더라도 그것은 그들의 알 바이며, 그들의 알 바에 대해서까지 어떻게 하는 것은 내 알 바가 아니라고 생각했다. 그런데 정신이 하나도 없는 그 와중에 왜 바티칸의 창문 앞에 서서 손을 드는 교황이 떠올랐는지는 알 수 없었지만, 어떤 계기로, 아니면 아무런 계기 없이 교황에 대해 생각하거나 생각하게 되는 것은 늘 재미있는 것은 아니고, 교황에 대해서라면 무슨 생각을 해도 재미있는 것은 아니고, 가령 금붕어나 혜성이나 스타킹에 대해 생각하는 것보다 재미있는지 아닌지는 생각하기 나름이지만, 교황에 대해 아무 생각도 하지 않는 것보다는 확실히 재미있다는 생각이 들었지만, 그것이 옳게 하는 생각인지는 분명치 않았지만 내가 평소에 교황에 대해 많은 생각을 한 것은 사실이었고, 내가 교황에 대해서만큼 많이 하는 생각에는 소비에트 체제와 십자군전쟁도 있었다. 그리고 내가 일부러 알몸을 보여주려고 한 것은 아니지만 결과적으로 보여주게 된, 그것도 한 사람이 아니라 다수의 사람들에게 그렇게 한 기억이 떠올랐는데, 그것은 1982년의 일이었다. 당시 고등학교 삼학년이던 나는 친구와 같이 그해 마지막날인 12월 31일에 한국의 남해 어딘가의 바위들로 뒤덮인 해안에 갔고, 혼자 옷을 모두 벗고 알몸으로 차가운 바다에 뛰어들었는데, 물속에서 움직이고 있는 커다란 형태들을 발견하고 거의 까무러칠 뻔했는데, 정신을 수습하고 보니 물질을 하고 있던 해녀 다섯 명이었다. 겨울 바다에서 알몸의 남자가 뛰어들리라는 것을 생각지도 못했던 그들 역시 놀랐고, 조금 후 우리는 밖으로 나왔고, 육십대로 보이는 그들은 웃으며, 알몸을 보여준 대가로 내게 자신들이 잡은 멍게와 해삼과 전복을 주기도 했다.

그런데 찬송가 소리를 들으며, 치마 차림으로 사람들 앞에 등장하는 것에 대한 생각을 하며 조용히 누워 있던 나는 내가 내는 숨소리가 아닌 다른 누군가의 숨소리를 들었고, 혼자가 아니라는 사실을 그때서야 깨닫고 침대 반대쪽에 누워 있는 누군가를 바라보았다. 젊은 여자였는데 누군지 금방 떠오르지 않았다. 어떤 이유에서인지 여자가 죽어 있는 게 틀림없다는, 모르는 사체와 나란히 누워 잠을 잤다는 생각이 머리를 스쳤다. 누워 있는 젊은 여자가 정말 죽은 게 맞는지 확인을 했지만 살아 있었다. 숨도 쉬고 있었고, 그에 따라 복부도 오르락내리락하고 있었다. 오르락내리락하고 있는 복부를 보고 있자 굉장히 살아 있는 것 같았다. 잠시 어떻게 된 일인지 생각했고, 정확히 기억나지 않았지만 이것은, 잠에서 깨어 모르는 여자가 내 옆에 누워 있는 것을 발견하는 것은 살면서 일어나는 몇 가지 되지 않는 좋은 일 중 한 가지라는 생각을 가급적 하려다가 말았다. 그녀 역시 알몸이었다. 우리가 스스로 옷을 벗었는지, 서로의 옷을 벗겨주었는지는 알 수 없었다. 조금씩 몇 시간 전의 일들이 기억나기 시작했다. 그녀는 전날 밤 내가 술집에서 만나게 된 프랑스 여자였다.

언젠가부터 누구와도 아무런 얘기도 하지 않고, 혼자서 술을 마시는 것이 좋았고, 대개 술은 내 스튜디오에서 혼자 마셨는데, 그날은 마시던 중간에 술이 떨어졌고, 늦은 시각이어서 가게에서 술을 살 수가 없어 가까운 술집에 들어갔는데 처음 간 곳이었다. 나는 바에서 조용히 혼자 마시려 했지만 자리가 없어, 어떤 테이블의 빈자리에 앉았다. 사람들이 내게 인사를 했고, 나도 하는 수 없이 인사를 했다. 테이블에 앉은 사람들은 다들 서로를 잘 알고 있는 듯했다. 그들이 하는 얘기에 조금 귀를 기울였지만 모두 취해서 하는 시시한 얘기들이었고, 주문한 맥주를 한 병도 비우지 않은 상태에서 빨리 병을 비우고 병이 비는 대로, 아니면 그전에 스튜디오에 가야겠다고 생각하고 있었다. 그런데 합석한, 같은 테이블의 내 옆에 앉아 있던 중년의 한 남자가 누군가가 얘기를 할 때마다 자신이 할 수 있는 건 코웃음을 치는 것밖에 없다는 듯 계속해서 코웃음을 쳤는데 그는 때로는 누군가가 말을 하기도 전에, 미리 코웃음부터 친 후 누군가의 말을 들으며 코웃음을 치기도 했고, 자신이 말을 하면서도 코웃음을 쳤는데, 그것 역시도 우스웠지만 더욱 우습게도 대머리에 콧수염을 기르고 있었다. 대머리에 콧수염을 기른 남자가 우습게도 코웃음을 칠 때마다 그 코웃음은 그를, 아니, 좀더 정확하게는 그의 뭔가를 돋보이게 만드는 것 같았는데, 그 돋보이는 것이 그의 대머리인지 콧수염인지는 분명치 않았다. 그는 여간 코웃음을 잘 치지 않았는데 콧수염이 없다면 코웃음을 그토록 잘 칠 수는 없을 것 같았다. 이상하게도 그의 코웃음은 신경을 거스르지 않았고, 누구도 상관하지 않았고, 나 역시도 아무렇지 않았지만 대머리에 콧수염을 기른 것은 여간 신경을 거스르지 않았다. 하지만 그는 오래 있지는 않았다. 그는 지친 기색이었고, 집에 가기 전 마지막 남은 코웃음을 모두 써버리려는 듯 몇 번 더 코웃음을 치더니 자리에서 일어나 인사도 없이 가버렸다. 그는 아무래도 코웃음을 무리하게 치느라 기운이 다 빠져버린 것 같았다.

그가 간 지 얼마 후 젊지만, 매력적인지 단정하기 어려운 여자가 들어왔는데, 그녀는 콧수염 사내가 가버려 마침 비어 있던 자리에 앉았다. 전혀 내 이상형의 여자는 아니지만 콧수염 사내가 옆에 있는 것보다는 낫다고 생각했다. 우리는 몇 마디 얘기를 주고받으며 술을 마셨는데 그녀는 이미 다른 곳에서 술을 마신 듯 취해 있었다. 한 남자가 들어왔고, 그녀와 포옹을 했고, 둘은 잠시 얘기를 나눴다. 남자는 그녀의 애인은 아닌 듯 딴 곳으로 갔다. 나는 다행이라고 생각했는데 뭐가 다행이라는 건지는 알 수 없었다. 그렇게 같이 술을 마시던 중 갑자기 그녀가 내 손을 잡아 손등을 깨물었는데 역시 취해 있던 나는 모르는 개가 아닌, 젊지만, 매력적인지 단정하기 어려운, 모르는 여자에게 손을 물린 것에 기분이 상하기는커녕 좋았고, 그래서 한번 더 물어달라고 할까, 아니면 이왕이면 목덜미를 세게 물어달라고 할까, 했지만 그러지는 않았다. 알고 봤더니 그녀는 술에 취하면 사람의 손을 무는 습성이 있는 여자였다. 술에 취하면 사람의 손을 무는 습성이 있는 사람에게 손을 물리고 나자 술에 취하면 사람의 손을 무는 습성이 있는 사람이 있다는 게 하등 이상하지 않았다. 그녀는 내 손을 문 것에 대해 사과를 했지만 진심이 담겨 있지 않았고, 나도 건성으로 사과를 받아들였다. 그녀는 자신이 어떻게 해서 술에 취하면 사람의 손을 무는 습성을 갖게 되었는지, 혹은 익히게 되었는지는 모른다고 했다. 취한 그녀는 여러 종의 개를 길렀었고, 술을 먹고 취하면 사람을 물기도 하는 개는 없었지만 평소에 그녀의 손등을 가볍게 물기도 하는 개가 한 마리 있었고, 그 개가 자신의 손을 가볍게 물어주는 것을 좋아했다고 했다. 그러면서 그녀는 자신은 취해도 개를 물거나 하지는 않았다고 했다. 나는 기회가 될 때마다 개들의 귀를 접어보는 습성이 있다고 했다. 나는 많은 개들의 귀를 접어보았고, 어떤 종의 개들의 귀가 잘 접히는지, 그리고 접히면 접힌 채로 잘 있는지 알고 있었다. 나는 개의 귀를 접어 귀가 접혀 있는 것을 안타까운 마음으로 보는 것을 좋아했고, 접혀 있던 귀가 저절로 펴지는 것을 역시 안타까운 마음으로 보는 것을 좋아했다. 우리는 개에 관한 얘기를 좀더 하면서 상당히 친해졌다. 나는 그녀에게 턴스핏이라는 종의 개에 대해 아는지 물었고, 그녀는 모른다고 했고, 나는 오래전 멸종된 개로 불행한 삶을 살다 간 개라고 했다. 그녀는 오리만큼 잠수 실력이 좋아 물새 사냥을 하는 데 이용된, 콜리와 비슷한 잉글리시워터스패니얼 역시 멸종된 사실을 아냐고 물었고, 나는 모른다고 했다. 나는 그녀를 통해 쿠바산 투견으로, 도주한 노예들을 붙잡는 데 사용되다가 노예제도가 폐지되면서 멸종된 도고 쿠바노에 대해서도 알게 되었다. 많은 개들이 사람들의 목적에 맞게 개량되어 이용되다가 더이상 필요가 없어져 사라졌고, 우리는 슬픈 운명을 맞은 멸종된 개들을 위해 건배했다.

새벽이 가까운 늦은 시각이었고, 다른 테이블에 있던 누군가가 몹시 취해 자리에서 일어나 몇 걸음을 떼더니, 마치 거의 완주를 한 후 결승선을 조금 앞두고 쓰러지는 마라톤 주자처럼 쓰러졌고, 아마도 머리를 벽에 혹은 바닥에 부딪힌 듯 쿵 소리가 났고, 누군가가 달려가 쓰러져 있는 사람을 일으켜세우려 했지만 쓰러진 사람은 스스로 일어나지 못했고, 그는 머리를 다친 듯 피를 흘렸고, 의식이 없었고, 그를 일으켜세우려던 사람은 그를 다시 눕혔고, 얼굴을 가볍게 때렸지만 반응이 없었고, 그래서 좀더 세게 때렸지만 여전히 반응이 없었고, 혹시 죽은 건 아닌지, 숨을 쉬는지 확인을 했는데 숨은 쉬고 있었고, 누군가가 구급차를 불러야 하는 것은 아닌가, 말했고, 그러자 쓰러져 있던 사람이 구급차라는 단어에, 과거 영국의 교회에서 주교가 바퀴라는 단어를 말하는 것을 들은 턴스핏처럼 벌떡 일어났고, 괜찮다고 했고, 일어서서, 마치 세상에 어떤 일이 일어나도, 자신이 죽어서도 구급차를 타는 짓은 하지 않겠다는 사람처럼 구급차는 타지 않겠다며 혼자서 걸어서, 피를 뚝뚝, 꽤 많이 흘리며 술집 밖으로 나갔는데, 계속해서 피를 흘리며 집까지 가 집에 있는, 그가 물 대신 자신의 피를 뿌려줘 키우는 어떤 화초에게 피를 뿌려줄 것 같았는데, 아니 그전에 집 앞에서 다시 의식을 잃고 쓰러질 것 같았는데, 그렇게 하는 데 누구의 도움도 받아서는 안 되는 것처럼 절대로 누군가가 자신을 따라 나오지 못하게 했는데, 나는 그가 어쩌면 어딘가에 있는, 그 시각이면 피를 모두 쏟아 시체처럼 창백해진 사람들이 모여드는 공동묘지로 갈지도 모른다는 생각이 들었고, 그를 따라갈까 하다가 말았는데, 대부분 집안에 있어 나 또한 얼굴이 창백했지만 시체만큼 창백하다고 자부할 수 있을 정도는 아니었기 때문이다.

종업원이 바닥의 피를 닦았고, 누군가가 피를 흘린 사건

현장의 흔적은 지워졌고, 사람들은 곧 그에 대해서는 잊고, 잠시 잊고 있던 술을 다시 마시기 시작했고, 다들 더욱 취해 갔고, 취한 사람들이 하는 얘기들을 했다. 취한 어떤 여자가 멕시코에서 군대가 지키는 활화산에 간 적이 있는데 말을 잘 하면 취한 군인들이 탱크에 태워 정상 부근까지 데려다준다 했고, 취한 누군가가 다른 취한 누군가에게 같이 가, 술에 취해, 술에 취한 군인들의 탱크를 일단 탈취하고, 어떻게 할지는 그다음에 생각해보자고 하자 취한 누군가가 뭐라 한 거 같은데 기억이 안 났는데, 취한 상태에서 탱크를 탈취해 활화산의 정상까지 가는 것은 재미있을 거라는 생각을 한 기억은 났다. 그리고 지금껏 술을 마셔, 주정, 꼬장, 막말, 고성방가, 난동, 행패, 난투극, 활극, 기물 파손, 방화 등의 만행을 저지르는 마음으로 그렇게 취하고도 주정, 꼬장, 막말, 고성방가, 난동, 행패, 난투극, 활극, 기물 파손, 방화 등을 부리거나 저지른 적이 한 번도 없고, 조용히 혼자 횡설수설하거나 하기만 했다는 사실이 떠올랐고, 어떻게 그럴 수가 있었지, 하는 생각을 하자, 나 자신이 거의 비열하게 느껴졌고, 그럴 수는 없는 일이라는 생각이 들었고, 내게 문제가 있다는 생각을 한 기억도 났다.

나는 내 손등을 문 여자와 좀더 얘기를 나눴고, 그녀가 술에 취하면 사람을 무는 것 외에 연극배우로 일을 한다는 것을 알게 되었다. 그녀가 자신이 출연한 연극들을 얘기했는데, 못 들어본 것들이었다. 그녀는 자신이 신인배우에 가깝다고 했는데, 나이를 말하지 않아 나이는 알 수 없었지만, 추정되는 나이로 봐서는 그다지 신인이라고도 할 수 없는 것 같았고, 아직 배우로서 한 번도 주목을 받은 적이 없는 것 같았고, 앞으로도 그다지 주목을 받을 일은 없을 것 같았고, 배우로서 성공하기에는 뭔가가 결정적으로 부족한 듯 보였다. 그녀가 나는 뭐하는 사람인지 물었고, 내가 밤이면 밤마다 술이나 마시니 술이나 마시는 사람이 밤에는 맞는 것 같다고, 낮에는 술을 안 마시니 낮에는 뭐하는 사람인지 모르겠다고 하자 내가 마음에 든다고 했고, 다시 한번 내 손을 잡아 손등을 가볍게 깨물어주었다. 애견들이 때로 그러듯 손등을 깨문 후에는 핥아줄지도 모른다고 생각했지만 핥아주지는 않았다. 이번에는 성적으로 조금 흥분되었고, 술에 취하면 사람의 손을 물기도 하는 그녀의 손을 물어주고 싶었지만 참았다. 우리는 다시 아직 멸종하지 않은 개들과 언젠가는 멸종하게 될 개들과 멸종하게 될 또다른 것들과, 더이상 기억이 나지 않는 것들에 대해 얘기를 나눴는데, 너무 취해 우리가 어떻게 내 스튜디오까지 오게 되었는지는 기억나지 않았지만 스튜디오에 와 술집에서 사온 술을 좀더 마신 기억은 났다. 그리고 그녀와 함께 스튜디오에 오는 길에, 스튜디오 근처 작은 골목에서, 비가 내리다가 그친 후 물기를 머금은 포석 위로, 미니스커트와 하이힐 차림에, 만취한 듯 다리를 휘청거리며, 불붙은 담배를 입에 물지는 않고, 손가락 사이에 끼운 채, 담뱃불을 붙인 사실을 잊은 것처럼, 손을 어깨 너머로, 공중에 치켜들고 골목을 걸어가는 어떤 키가 크고 날씬한, 자신의 매력을 자각하고 있는 여자 특유의, 그것을 발산하는 것에 익숙한 모습의 여자의, 어쩌면 공중에 치켜든 담뱃불 때문에 더 그렇게 느껴지는, 관능적인 모습을 보았고, 그 모습이 인상적이었고—그녀는 모델 같았고, 그녀가 걷고 있는 좁은 골목은 런웨이 같았는데 그녀는 무척 에로틱하게 여겨졌다—, 그래서 그 얘기를 내 동행인 여자에게 하자 그녀도 그녀가 무척 섹시하게 보인다고 했고, 우리가 셋이 함께 밤을 보내는 것에 대해 얘기를 한 것도 같은데 누가 그 얘기를 꺼냈는지는 확실치 않았다.

내 손등에는 그녀에게 물린 자국이 아직 희미하게 남아 있었다. 우리가 관계를 가졌는지, 서로를 물거나 물어뜯으며 관계를 가졌는지는 기억이 나지 않았다. 몸의 여기저기를 살펴보았지만 손등 말고 다른 데에 물린 자국은 없었고, 등에 물린 자국이 있는지는 알 수 없었지만 통증은 느껴지지 않았다. 어쨌든 투견들처럼 서로를 물어뜯지는 않은 것 같았다. 그냥 술에 취해 잠든 것 같았다. 둘 모두 알몸인 것으로 보아

관계를 가지려는 시도는 했는지도 몰랐다. 어쩌면 관계를 가지려고 했는데 둘 모두 너무 취한 나머지 안 되었는지도 몰랐다. 관계를 갖지 않았다면 지금에라도 관계를 가질 수도 있다고 생각했지만 나중으로 미룰 수도 있을 것 같았다. 아니, 나중에 가서 관계를 가져도 안 가져도 그만인 것 같았다. 섹스는 언제 해도 좋지는 않았고, 때로는 하면서도, 하고 나서도 안 좋기도 했고, 안 하느니만 못한 경우도 있었다. 나는 그녀를 깨웠는데, 관계를 가지려고 그런 것은 아니었다. 밖에서 찬송가 소리가 계속해서 들리고 있었고, 그 소리가 자고 있는 사람을 깨우며 그렇게 크게 들리는데 그 누구라도 그대로 자고 있는 것은 말이 안 되는 것 같았다. 무슨 마음에서인지 그녀를 깨워 찬송가 소리를 듣게 하고 싶었다. 찬송가 소리에는 혼자 듣기에는 좀 아까운 데가 있는 것 같았다. 하지만 그녀는 쉽게 깨지 않았고, 흔들어도 소용이 없었고, 그래서 손등을 약간 세게 깨물어야 했다. 그녀가 눈을 떴고, 무슨 일이냐고 물었고, 나는 이 모든 게 꿈이라고 말해달라고 했고, 그녀는 내가 무슨 말을 하는지 모르겠다는 듯 잠시 생각을 해보더니, 지금 밖에서 들리는 소리가 찬송가 소리가 아니냐고 물었고, 내가 그렇다고 하자, 그럼 이 모든 게 꿈이 맞다고 한 후 곧바로 다시 잠이 들어버렸다. 다른 건 몰라도 잠은 아주 잘 자는 여자 같았다. 잠에서 깼을 때 다른 누군가가 침대에 같이 있는 것을 좋아하지 않는 나는 다시 그녀를 깨워 집에 가게 하고 싶었지만 참았는데, 바깥의 소음에도 불구하고 잘 자는 사람은 그대로 자게 내버려둬야 한다고 생각했다. 그대로 그녀의 옆에 누워 있는 것이 더이상 참을 수 없었지만 그냥 누워 있었다. 그런데 그녀를 자세히 보자 내가 잠이 들기 전에는 작았던 것 같았던 그녀의 얼굴이 아주 커 보였는데, 어느 각도에서는 더 커 보였고, 어느 각도에서 보아도 작아 보이지는 않는 게 착시를 일으키는 것 같았는데, 본래 큰 건지, 아니면 술을 마셔 얼굴이 부은 건지, 내가 술이 깨지 않아 모든 게 크게 보이는 건지 알 수 없었지만, 어쩐지 그녀의 얼굴은 술기운이 빠져나가도 작아지지 않을 것 같았다. 얼굴이 아주 큰 사람을 마주하고 있으면 아주 부담스러웠지만, 그 순간에는 마치 언덕 위로 갑자기 출현한 슈퍼문을 본 것처럼 기분이 좋았는데, 안타깝게도 기분이 좋은 건 거기까지였고, 다시 보자 그녀의 얼굴 크기는 내가 수용할 수 있는 한계를 넘은 것 같았고, 술에 취하면 사람의 손을 물기도 하는 여자와 어떻게 잠이 들었는지도 모르게 자고 일어나 착시를 일으키는 것 같은, 긴 갈색 곱슬머리가 머리를 뒤덮고 있는 그녀의 커다란 얼굴을 바라보고 있자 암사자도 아닌 수사자 한 마리와 한 침대에 있는 것 같았고, 내가 수사자 한 마리와 침대에서 뭘 하고 있는지 알 수 없었고, 수사자의 이름도 기억이 나지 않았고, 확실히 내가 이곳 ×에서 뭘 하고 있는지 모르는 사람 같았고, 모든 것이 갑자기 무척이나 암담하게 느껴졌다.

계속해서 가만히 누워 있는데 찬송가 소리가 멈췄고, 목사의 설교가 시작된 듯했고, 보나 마나 들으나 마나 한 소리겠지, 하고 생각하자 무슨 얘긴지 알아들을 수 없는 게 다행으로 여겨졌고, 눈을 뜨고 천장을 가만히 바라보고 있는데 문득 옷장 속의 파나마모자가 떠올랐고, 어떤 결심을 하는 데에는 모자를 쓰는 게 도움이 되기도 하니 일단 파나마모자를 쓰고 어떤 결심을 해야겠다고, 아주 작은 결심을 했지만 일어나지 않았고, 그럼에도 일어나게 된다면 어떤 결심을 해야겠다고 생각했지만, 무슨 결심을 해야 할지 알 수 없었고, 그래서 자리에서 일어나 파나마모자를 꺼내 쓸 수 없었고, 그럼에도 파나마모자를 쓰고도 아무런 결심을 하지 않을 수도 있다는 생각을 하며 알몸으로 자리에서 일어나 옷장에서 파나마모자를 꺼내 쓰기까지 했는데, 나 자신이 마치 카우보이 모자를 쓴 에펠탑처럼 아무런 생각이 없는 사람 같았고, 모자를 쓰는 것만으로는 모자라는 듯 아무런 결심도 떠오르지 않았고, 그래서 아무런 결심도 하지 않을 수 있었다.

그사이 나는 나도 모르게 바깥의 사람들이 다시 부르기 시작한 찬송가의 멜로디를 마음속으로 따라 하고 있었는데, 그 찬송가는 나도 아는 것이었고, 모두가 아는 것으로, 〈어메이징 그레이스〉였다. 나는 〈어메이징 그레이스〉를 마음속으로 따라 부르며, 안 따라 하려고 애를 썼지만 나의 의지에 반해 따라 하며, 거의 나도 모르게 천천히 옷을 챙겨 입기 시작하며 〈어메이징 그레이스〉는 자신도 모르게 옷을 입게 하는 어메이징한 노래라는 생각을 했다. 어떤 결심이 선 것은 아니었다. 팬티와 티셔츠를 입었는데 앞뒤가 바뀌게 입은 것을 알아차렸고, 바지도 앞뒤가 바뀌게 입을까 하다가 바지는 제대로 입었다. 입고 보니 바지는 초록색 진이었고, 이 바지 차림으로는 숲으로 가야겠군, 밀렵꾼이나 밀렵 감시원처럼 하고, 숲에 가서는 돌이나 던지겠지, 하고 생각했다. 나는 조용히 복도로 나서며 내 침대에서 자고 있는 여자를 마지막으로 바라보았다. 낯선 남자의 낯선 방에서 깨어난 그녀는 술이 덜 깨 여기가 어디지, 내가 어떻게 된 거지, 하고 생각할 수도 있을 것이었다. 그러고 나서 정신이 좀 들어 간밤에 만난 낯선 남자가 없는 것을, 낯선 남자가 낯선 남자의 집에서 사라진 것을 알게 되고, 기다리다 지쳐 자신의 집으로 돌아간 후 낯선 남자가 어떻게 된 건지 궁금해 그날 밤이나 그다음날 낯선 남자를 다시 찾아올 수도 있을 것이었다. 그때면 낯선 남자는 아주 먼 곳에 가 있을 수도 있을 것이었다. 그녀는 관계를 가졌을 수도 아닐 수도 있는 낯선 남자가 어떻게 된 건지 몹시 궁금해지고, 어쩌면 다시 만나지 못하게 된 낯선 남자에 대해 의아해하다가, 경찰에 신고를 할 수도 있을 것이었다. 그럴 경우 그녀는 경찰에 낯선 남자에 대해 그녀가 아는 것, 그 남자가 멸종된 개 이야기를 했으며, 개의 귀를 접었다 폈다 하는 것을 좋아한다는 사실을 어떤 단서처럼 얘기할 수도 있고, 경찰은 그 단서를 바탕으로 낯선 남자의 행방을 찾기 시작할 수도 있을 것이었다. 그 생각을 하자 그런 일이 일어날 수 있도록 하기 위해서라도 행방을 감춰야 할 것만 같았다.

계단을 내려가며 나는 이 모든 것이 파나마모자 때문이라고 생각했고, 미국 텍사스 주 파리나 테네시 주 파리에 가는 것을 생각했지만 실제로 가게 될 거라고는 생각지 않았다. 그럼에도 프랑스 파리를 경유해 미국 텍사스 주 파리나 테네시 주 파리에 갈 수도 있겠군, 그리고 무엇보다도 텍사스 주 파리에 가 그곳에 있는 에펠탑에 씌워진 카우보이모자를 어떻게든 벗겨야겠군, 그렇게 하는 데에는 파나마모자를 쓰고 가는 것도 어울리겠군, 하고 생각했다. 나와는 상관없는 일이었지만 어딘가에 있는 에펠탑이 카우보이모자를 쓰고 있는 것은 에펠탑을 위해서도, 카우보이모자를 위해서도 좋지 않은 것 같았다. 파나마모자를 쓰고 가 에펠탑의 카우보이모자를 벗기고 에펠탑과 모자를 바꿔 쓰는 것에 대해, 어쩌면 그곳에 가는 내내 그 생각을 할 수도 있겠지만 실제로 에펠탑이 쓰고 있는 카우보이모자를 벗기는 일 따위는 하지 않을 것이었다(실제로 카우보이모자는 아주 컸고, 쉽게 벗길 수도 없었다). 다만 마음속으로 조용히 에펠탑에 씌워진 카우보이모자를, 카우보이모자를 쓰고 있는 에펠탑을 비웃을 수는 있을 것이었다. 그리고 더불어 텍사스 주 파리의 공동묘지에 있는, 카우보이부츠를 신은 예수상 역시 비웃어주고 올 수 있을 것이었다(언젠가 텍사스인들이 자신들이 텍사스인들이라는 사실에 자긍심을 느끼며 마음을 모아 카우보이부츠에, 카우보이모자에, 리볼버를 찬 예수나 모하메드의 상을 만들어, 누군가가 그것을 비웃어줄 수 있게 하기를). 지금껏 마치 그것만이 내가 할 수 있는 일인 것처럼 비웃을 수 있는 세상의 많은 것들을 비웃었고, 어떤 것들은 너무 비웃기도 했는데, 비웃기만 했지 비난하거나 비판한 적은 거의 없는 것 같았는데 그것이 회의주의자의 마땅한 태도 같았고, 내가 비록 완전한 회의주의자는 아니지만 회의주의자의 갈 길을 가고 있는 것 같았다.

아침이었고, 아침의 저수지 같은 데로 달려가고 싶지는 않았고, 딱히 갈 만한 데도 떠오르지 않았고, 문득 내가 세상에서 본 가장 바보 같은 분수라고 말해준 분수에게 가 나의 그 생각에 변함은 없지만 사과한다는 말을 해주고 싶었지만, 그리고 그것으로 분수가 상징물인 ×에게도 사과하는 것으로 하고 싶었지만 그러고 싶은 기분이 아니었고, 어디로 가게 될지는 전혀 알 수 없었지만, 어디에 가든 상관없다고 생각했다. 옷장 속에 있던, 내가 생트빅투아르 산에서 주워온 돌을 챙기는 것을 깜빡했다는 생각이 들었지만 다시 가 챙기고 싶지는 않았고, 돌은 어디에나 있으니 어딘가에 가 주우면 된다고 생각했다. 계단을 내려가 어둑한 복도를 가로질러 현관까지 가, 현관문을 열고 빛으로 가득한 아침 속으로 걸어나가기만 하면 어디든 갈 수 있을 것 같았다. 하지만 계단을 내려가고 있다고, 취기로 인해 계단을 디디며 내려가는 것이, 이렇게 헛디디며 내려가는 것이 위태롭다고, 곧 계단을 구를 수도 있을 거라고, 계단을 구르는 것도 좋을 거라고 생각했는데, 옆에서 코를 고는 소리가, 여전히 밖에서 들리는 찬송가 사이사이로 들렸다. 취하면 사람의 손을 물기도 하는, 암사자도 아닌 수사자 같은 여자가 작은 나팔을 연주하듯 코를 골고 있었고, 이제 현관문을 밀고 아침 속으로 걸어나가기만 하면 된다고 생각한 나는 마치 잠깐 꿈결 속으로 들어갔다 튕겨나온 것처럼 침대에 그대로 누워 있었다. 옷을 입은 채로 그대로 침대에 쓰러져버린 것 같았다. 머리에 쓴 파나마모자가 불편했지만 그대로 쓰고 있자, 내가 카우보이모자를 쓴 에펠탑처럼 바보같이 여겨졌다. 정신이 없는 와중에도 나는 한밤중에 혹은 대낮에 돈키호테처럼 말을 타고 나타난, 카우보이부츠에, 카우보이모자에, 리볼버를 찬, 텍사스의 진짜 카우보이가 술에 취한 나머지, 혹은 정신이 나간 나머지, 혹은 맨정신으로, 카우보이모자를 쓰고 있는, 텍사스 주 파리의 에펠탑을 향해 과거 미국 서부의 총잡이처럼 총질을 하고 유유히 사라진 적은 없는지, 아니면 카우보이부츠도 모자도, 카우보이도 싫어하는, 테네시 주 파리 출신의 누군가가 술에 취한 나머지, 혹은 정신이 나간 나머지, 혹은 맨정신으로, 자동차를 타고 텍사스 주 파리에 가 그곳의 에펠탑을 향해 총질을 하고 유유히 사라진 적은 없는지가 궁금했다. 카우보이모자를 쓴 에펠탑이나 에펠탑에 씌워진 카우보이모자는 총을 갖고 있고, 뭔가를 쏘고 싶어하는 사람에게는 훌륭한 과녁이 될 수 있을 것이었다. 그런 누군가가 있다면 그는 미국의 역사까지는 아니더라도 텍사스의 역사에서 작은 한 페이지를 장식할 수도 있을 것이었다. 아니, 그런 것은 하나도 궁금하지 않았다. 그럼에도 아직 그런 일이 없었다면, 카우보이부츠에, 카우보이모자에, 리볼버를 찬, 말을 타고 나타난, 텍사스의 진짜 카우보이가 술에 취한 나머지, 혹은 정신이 나간 나머지, 혹은 맨정신으로, 카우보이부츠도 모자도, 카우보이도 싫어하는, 자동차를 타고 온, 테네시 주 파리 출신의 누군가가 술에 취한 나머지, 혹은 정신이 나간 나머지, 혹은 맨정신으로, 그렇게 하기 전에 먼저 텍사스 주 파리의 에펠탑을 향해 총질을 하고 유유히 사라지기를, 아니면 후자가 먼저 선수를 치거나 하기를 바랐다. 나는 어느 편도 아니었지만 두 쪽 모두 응원할 수 있었다. 아니, 그런 일은 일어나지 않아도 상관없었다.

이제 찬송가는 믿음과 소망과 사랑을 노래하고 있었는데, 누군가가 코를 고는 소리 사이로 들리는 그 노래는 믿음과 소망과 사랑 역시 별게 아니라는, 나의 평소의 생각에 확신을 심어주고 있는 것 같았다. 나는 이왕이면 내가 언젠가 눈을 감을 때 믿음과 소망과 사랑에 대한 믿음을 완전히 잃은 채로 눈을 감을 수 있기를 바랐다. 한데 눈을 감는 마지막 순간 프랑스의 개똥과, 개똥에 애착을 보이는 엉큼한 프렌치들을 생각할 수도 있었지만, 그것은 크게 문제가 되지 않을 것이었는데, 믿음과 소망과 사랑에 대한 믿음을 완전히 잃은 상태에서는 마지막 순간에 무엇을 생각해도 상관없고, 그것이 프랑스의 개똥과, 개똥에 애착을 보이는 엉큼한 프렌치들이라 해도 문제될 것이 없기 때문이었다. 수사자의 코 고는 소리가 커졌고, 바깥에서는 이제 기도소리가 웅얼거림처럼 들려왔는데, 점차 기도소리가 코 고는 소리의 일부처럼 여겨졌다. 유치원 마당에 있는, 기도를 드리고 있는 사람들 모두가 코를 골고 있는 것 같았고, 어떻게 해서 나는 때로 주말 아침이면 사람들이 유치원 마당에 모여 코를 고는, 이상한 유형지에 와 있는 것 같았고, 그 이상한 유형지에서는 나 또한 코를 고는 것이 마땅한 것 같았는데, 잠이 들지 않았음에도 나 역시 코를 골고 있는 것 같았고, 내가 하는 모든 생각들이 코 고는 소리처럼 여겨졌다.

어떤 불능 상태

겨울이고, 겨울과는 상관없이 취해 있었다. 술에 취해 잠이 들었다가 몇 시간 후 깼다. 시계를 보자 새벽이었다. 동이 트려면 좀더 기다려야 했다. 취기가 사라지지 않고 있었다. 몸 안에 거의 그대로 있는 취기는 내용물이 쏟아져나온 구멍난 자루처럼 여겨졌다. 어떻게 잠이 들었는지 알 수 없었다. 조금 정신을 차리고 보자 거실 바닥에 있는 네모난 작은 탁자에 빈 맥주병이 여러 개 놓여 있었다. 탁자는 혼자 사는 사람이 별로 먹을 것이 없게 조촐하게 차린 식사를 하기에 알맞은 작은 크기였다. 여느 때보다 술을 많이 마신 것 같지는 않았다. 더이상 마실 수 없을 때까지 마신 것 같았다.

낮을 견딜 수 없는 것과는 또다른 마음으로 밤을 견딜 수 없었고, 그래서 밤낮없이 술을 마시기도 했지만 주로는 자정 무렵에 마셨다. 거의 집에서 혼자 마셨는데 취해서도 취객처럼 주정이나 난동을 부리거나 하지는 않았다. 간혹 탁자를 뒤엎어버리고 싶은 순간들이 있었지만 그럴 때면 탁자를 거의 알아차리기 어렵게 살며시 들었다가 놓는 정도로 그쳤는데, 어느 날에는 탁자에 발이 달린 것처럼 거실의 아주 먼 곳에 가 있는 것을 발견하기도 했다.

거실 탁자에 술상을 차려놓고—술상이라고 해봐야 작은 탁자에 술병들을 놓은 게 전부였지만—, 정좌를 하는 것으로는 모자라기라도 한 것처럼 가부좌를 하고 앉아, 최대한 흐트러지지 않은 모습으로 조용히 술을 마셨다. 그렇게 반듯한 모습으로 술을 마시는 것은 술 마시는 사람의 도리가 아닌 것처럼 여겨지기도 했지만 술 마시는 사람에게 도리 같은 것은 없어도 된다는 생각으로 그렇게 했다. 명상을 하듯 가부좌를 하고 앉아 술을 마시는 데는 무슨 꿍꿍이가 있는 것같이 여겨지기도 했다. 하지만 가부좌를 하고 앉아 술을 마시는 데 무슨 꿍꿍이가 있을 수 있을까? 어쩌면 내가 모르는 무엇이 있을 수도 있을 것이다.

한번 술을 마시기 시작하면 끝장을 볼 것처럼 마셨는데, 그럴 때면 일정량 이상으로 마신 어느 순간 이후로는 하나도 기억이 나지 않았다. 결국 어느 이상으로 술을 마신 후에는 어떤 놀이를 하다가 제풀에 지친 동물처럼 나도 모르게 쓰러져 잠이 들곤 했는데, 종종 그 동물은 숙취로 그다음날 일어나지도 못하곤 했다.

지난 몇 달간 아무것도 쓸 수 없는 나날이 이어졌다. 아무것도 쓰지 않고자 하기도 했다. 영화는 단 한 편도 보지 않았고, 음악 역시 듣지 않았다. 책도 전혀 읽을 수 없었다. 멀리할 수 있는 것들을 멀리했다. 멀리할 수 있는 것들은 많았다. 모든 것을 멀리할 수도 있을 것 같았다. 그리고 아주 가끔 산책을 했다. 지난 몇 달간에 대해서는 그렇게 요약해서 말할 수도 있을 것이다.

아무것도 쓰지 않고자 하기도 했지만, 소설의 형태를 갖추지 못한 생각들이 머릿속에서 희미하게 떠돌다가 사라지곤 했다. 내가 얼마 전 어느 공원에서 어떤 두 사람과 갈색 푸들 두 마리와 함께 본 흰색과 회색의 토끼들에 관한 생각 또한 그랬다. 초겨울의 밤에 나는 아는 친구와 그의 여자친구와 함께 한강 가운데 있는 선유도공원에서 산책을 했다. 나는 개인적으로 좋아하는, 정수 시설을 재활용해 만들어, 무엇보다도 수초들을 볼 수 있는 그 공원에 몇 년 전 어느 시기에는 거의 매일같이 가 물속에 가만히 서 있거나 흔들리는 수초들을 보다가 오곤 한 적도 있었지만 한동안 간 적이 없었다.

두 사람은 별 특성 없는 갈색 푸들 두 마리를 데리고 왔는데(그 개들의 이름은 기억나지 않는데 아주 흔한 이름이었고, 별 특성 없는 개들에게 어울리는 것 같았다), 공원을 산책하던 중 푸들들은 어느 지점에서 걸음을 멈추고 덤불을 바라보며 뭔가를 기다리듯 가만히 서 있었다. 푸들 중 한 마리는 그나마 참을성을 갖고 기다렸는데, 다른 한 마리는 거의 안절부절못했다. 친구는 거의 안절부절못하는 개가 지능이 상당히 모자란다고, 머리가 좋은 물고기나 그보다 좀더 떨어지는 정도의 지능을 갖고 있다고 했는데, 지능이 상당히 모자라 보이는 게 확실히 눈에 띄었다.

친구는 그 개가 성격도 안 좋다고 했는데, 아직까지는 성격이 안 좋은 것까지는 알 수 없었지만 곧 알게 될 수도 있을 것 같았다. 그 개는 대체로 뭔가를 하면 망쳤고, 그래서 어떻게 해야 좋을지 모를 때는 주로 자신보다는 똑똑한 다른 푸들이 하는 것을 보고 따라 했지만, 참을성이 없어 먼저 뭔가를 하다가 실수를 하기 일쑤였고, 잘못을 저지르고도 반성하고 후회할 수 있는 지능이 없어 자신의 잘못에서 배우는 일이 없어 이전의 잘못을 되풀이했고, 집안의 많은 것들을 깨뜨리고 망가뜨리고 찢어놓았다고 했다.

친구가 여자친구와 개들과 함께 그곳에서 몇 달 전 처음 토끼들을 발견했고, 그후로 산책을 하면서 여러 번 다시 보았다고 했다. 그들의 집은 공원에 걸어올 수 있는 가까운 거리에 있었다. 푸들들은 처음 토끼들을 발견했을 때 토끼들을 뒤쫓아갔지만 토끼들을 따라잡지는 못했다. 토끼들이 더 빨랐던 것이다. 토끼들이 자신들보다 더 빨리 달린다는 것을 알게 된 푸들들은 더이상 토끼들을 뒤쫓아 달려가기보다는 그냥 토끼들을 발견할 수 있을 것 같은 곳에서 가만히 토끼들이 나타나기를 기다렸다.

푸들들 옆에서 우리 세 사람은 함께 토끼들을 기다렸다. 기다렸다는 듯이 나타나는 토끼들은 없었다. 하지만 우리 모두는 가만히 기다렸다. 한데 얼마 지나지 않아 정말로 토끼들이 기다렸다는 듯이 나타났다. 푸들들은 근처에 토끼들이 있다는 것을 후각으로 알아채고는 걸음을 멈춘 것 같았다. 우리가 본 것은 흰색과 회색의 토끼 세 마리였다. 친구는 그 숫자가 가장 많을 때는 일곱 마리였다고 했다. 푸들들은 짖지 않았다. 그들은 기쁨을 말로 표현하지 못하며, 어쩔 줄 몰라했다. 어쩔 줄 몰라하는 그 모습은 대단히 바보 같아 보였다. 토끼들은 잠시 우리를 물끄러미 쳐다보았다. 그들은 푸들들이 위협적인 존재가 아니라는 것을 잘 알고 있는 것 같았다. 그런 다음 잠시 우리가 보는 앞에서 풀을 뜯어먹기 시작했는데, 우리가 자신들을 보는 것을 보며, 약간, 얼마나 풀을 교양 있게 뜯어먹는지를 보여주려는 것처럼, 우리를 의식하며, 격식을 갖춰야 하는 자리에서처럼 약간 격식을 갖추고, 그들이 생각하는 교양을 과시하듯 뜯어먹었다. 그런 다음, 마치 그 정도면 자신들이 얼마나 교양 있게 풀을 뜯어먹는지를 충분히 보았을 걸로 믿는다는 듯, 그럼 이만 물러가겠다는 듯, 다음 기회에 또다른 모습을, 그들이 격식을 얼마나 중요하게 생각하는지를 보여주겠다는 듯, 운이 좋으면 자신들을 다시 볼 수 있을 거라는 듯 덤불 속으로 사라졌다. 유유히 나타났다가 유유히 사라진 토끼들은 약간 오만하게 보이기까지 했다.

근처에 굴이 있고, 다른 토끼들이 그 안에 있는지도 몰랐다. 어떻게 토끼들이 그 공원에 있게 되었는지는 알 수 없었다. 누군가가 애완용 토끼 두 마리를 갖다 버린 후 빠르게 번식했을 수도, 아니면 공원지기가 토끼의 천적이 살지 않는 그곳에 토끼들을 풀어놓았을 수도 있었다. 천적이 없어 토끼의 숫자는 빠르게 늘어났을 것이다. 그리고 앞으로 그 숫자는 더욱 늘어날 수도 있을 것이다.

이것이 내 친구와 그의 여자친구, 그리고 갈색 푸들 두 마리와 함께 본 흰색과 회색의 토끼들에 대해 할 수 있는 이야기의 거의 진부이다. 그후로 나는 토끼들을 보러 그 공원에 다시 가지 않았고, 친구와 그의 여자친구로부터 토끼들에 대한 소식을 듣지 못했다. 물론 그 이야기에 대해 더 많은 이야기를, 사실들을, 지어낸 이야기들을 할 수도 있을 것이다. 토끼들이 거의 냉정할 정도로 침착하게, 얼마나 신중한 모습을 보였는지, 푸들들이 얼마나 토끼들을 보고 싶어했는지(친구는 푸들들이 토끼들을 보고 싶어하며 선유도에서의 산책을 보챈다고 했다), 반면 토끼들은 얼마나 푸들들에 무관심했는지(적어도 그렇게 보였다), 토끼들을 본 푸들들이 얼마나 경망스럽게 기뻐했는지(오랫동안 떨어져 있던 가족을 만난 것처럼, 아니 그 이상으로 기뻐했고, 푸들들은 기쁨의 정도를 감추지 않았고, 그래서 얼마나 기뻐하는지 알 수 있었다)에 대해 이야기를 할 수도 있을 것이다.

하지만 내가 본 토끼들에 대해, 여기 쓴 것 이상으로 어떤 이야기를 할 수 있을지는 알 수 없었다. 어쩌면 언젠가 TV에서 본, 오스트레일리아의 시골 농장의 토끼들에 대한 이야기도 할 수 있을 것이다. 빠르게 번식해 숫자가 무척 많아진 야생 토끼들은 농장의 작물들을 망쳐놓았고, 농부들은 땅에 굴을 파고 사는 골칫거리 토끼들을 퇴치하기 위해 땅굴에 폭약을 넣어 터뜨렸고, 수많은 토끼들이 죽었다. 비극적인 이야기였지만 동시에 희극적이기도 했다. 그것을 보며 마음 아파하면서도 웃었던가? 그랬던 것 같았다. 어쩌면 오스트레일리아의 농부들은 더 나은 해결책을 찾을 수 있었을지도 몰랐다.

취기가 가시지 않은 상태에서 서울에 있는 선유도공원과 오스트레일리아의 시골 농장의 토끼들에 대한 생각을 좀더 했고, 토끼에 관한 어떤 이야기를 쓸 수도 있을 거라는 생각을 했지만 너무 모호했다.

다시 잠에 들 수 있을 것 같지 않았고, 막연했고, 그래서 다시 술을 마시기 시작했다. 한데 가만히 보자 작은 탁자 위에 술병과 술잔 말고도 네모나고 하얀 종잇조각 세 개가 접시에 담겨 있는 것이 보였다. 그것들은 백지 한 장에서 찢겨 나온 것 같았는데, 일정한 크기였다. 세 개의 조각의 크기로 추정해볼 때 비슷한 크기의 조각 세 개 정도가 더 있어야 마땅했다. 하지만 나머지 조각 혹은 조각들은 끝내 찾을 수가 없었다. 사라진 퍼즐 조각 같은 그 나머지 조각들을 찾으려고 집안을 구석구석 뒤졌지만 소용이 없었다. 그것들은 거짓말처럼 사라진 것 같았다.

나는 종잇조각 세 개가 놓인 작은 술상 앞에 앉아, 어떤 사태처럼 여겨지는 그 일에 대해 곰곰이 생각에 잠겼다. 술에 취해 어떤 생각 끝에 백지 한 장을 꺼내 그것을 어떻게 할지 고민하다가 찢어 접시에 올려놓고 씹어 먹기 시작한 게 분명하다는 결론에 이르렀는데, 실제로 그것을 뒷받침하는 증거가 있있다. 접시에는 종잇조가 말고도 또다른 것이 있었다. 콜리플라워였다. 채소를 거의 먹지 않는 나를 위해 며칠 전 산 것이었는데, 그사이 먹지 않고 둔 것이었다. 전날 저녁 냉장고 안에 있던, 여러 개의 노란색 꽃봉오리들로 이루어진 콜리플라워 덩어리는 반으로 잘려 있었고, 한쪽 꽃봉오리들 중 한두 개가 떨어져나가 있었는데, 내가 그것을 먹어치운 것이 분명했다. 콜리플라워에는 잇자국이 나 있었다. 종이와 콜리플라워를 접시에 놓고 일종의 샐러드처럼 함께 먹은 것 같았는데, 콜리플라워를 종이에 싸서 먹었는지는 알 수 없었다. 콜리플라워는 본래 식용이고, 그것을 먹는 것은 자연스런 일이었지만, 술에 취해 나도 모르게 그것을 종이에 싸 먹은 일은 콜리플라워에게 잘못을 저지른 것처럼 여겨졌다.

무슨 생각으로 종이와 콜리플라워를 먹었는지, 그것들을 먹으며 무슨 생각에 잠겼는지, 그것들을 먹은 후에는 무슨 생각을 했는지는 알 수 없었다. 어쩌면 종이와 함께 먹고 있는 콜리플라워에 대해, 혹은 콜리플라워와 함께 먹고 있는 종이에 대해 생각했을 수도 있을 것이다. 혹은 그 두 가지에 대해서. 종이와 콜리플라워를 먹으면서 그것들에 대해 생각하지 않기는 어려웠을 것이다. 하지만 얼마든지 그것들에 대해 생각하지 않으면서 그것들을 먹을 수도 있었다. 어쩌면 종이와 콜리플라워를 먹으며 그 얼마 전 선유도를 산책하며 본, 풀을 뜯어먹고 있던 토끼들에 대해 생각했는지도, 술에 취해 나 자신을 술에 취하면 종이를 씹어 먹는 술 취한 토끼쯤으로 생각했는지도 몰랐다.

종잇장과 콜리플라워에게 행한 짓은 만행 정도는 아니고

기행에 가까운 것이었지만 만행으로 여겨졌다. 나는 또다시 술에 취하게 되면 이와 같은 이상한 짓을 저지를 수도 있을 거라는 생각이 들었고, 그와 같은 일에는 또 무엇이 있을지 궁금하기도 했는데, 오래 기다릴 것도 없이, 바로 그 며칠 후 내가 저지른 또다른 만행을 보게 되었다.

며칠 후 어느 날 밤 취해 쓰러져 잔 후 깨어났을 때에는 창밖 베란다에 누워 있었다. 시계를 보자 오래 잔 것 같지는 않았는데, 추위 때문에 깬 것 같았다. 그런데 정신을 차리고 베란다를 살펴보자 모든 것이 엉망이었다. 작은 화분 속 줄기 식물은 잎들이 여러 개가 뜯어져 있었고, 좀더 큰 화분 속 나무는 가지가 여러 개 분질러져 있었다. 어떤 화분의 흙은 절반 정도는 쏟아져 있었다. 마치 전날 밤 창문으로 침입한 누군가와 격투를 벌인 것 같았지만 침입의 흔적은 없었고, 격투를 벌인 증거도 없었고, 그 모든 것이 내가 술에 취해 저지른 짓임에 분명했다. 염소처럼 식물의 잎들을 먹었는지는 알 수 없었다.

그 난장판 속에서도 어떤 치밀함과 집요함의 증거를 찾을 수 있었는데, 뜯어진 잎과 분질러진 가지들은 아주 꼼꼼하게 어떤 작업을 수행한 것처럼 일정한 길이로, 일정한 배열로 바닥에 쌓여 있었다. 거기에는 어떤 용의주도함의 흔적이 있었는데, 뭔가를 체계적으로 저지른 것 같았다. 잎과 가지들로 뭔가 메시지를 전하려고 한 것 같았는데, 그것이 무슨 의미인지는 해독할 수 없었다.

그런데 가장 이해할 수 없었던 것은 베란다에 있는, 내가 앉아 담배를 피우곤 하는 철제 의자의 뒤쪽 다리 두 개가 나란히 구부러져 있는 것이었다. 힘으로 구부리기는 어려운 것이었는데, 그것은 구부러진 다리를 펴는 것이 내 힘으로는 가능하지 않은 것으로도 확인할 수 있었다. 다리를 구부리기 위해서는 안간힘을 썼을 것 같은데 안간힘을 다해도 다리를 다시 펼 수 없었고, 그렇다면 사력을 다해 다리를 구부렸는지도 몰랐다. 무슨 이유로 사력을 다해 의자의 다리를 구부렸는지는 알 수 없었다. 애꿎은 철제 의자의 다리를 못 쓰게 만들 생각으로 그렇게 한 것인가? 의자를, 혹은 의자의 모습을 한 뭔가를 참지 못하고 무슨 짓인가를 하려 한 것인가? 그 철제 의자에 앉아 담배를 피우다가, 아무런 근거 없이, 철제 의자에게 뭔가를 당하고 있다는 생각이 들었고, 이렇게 앉아 당할 수만은 없다는 생각이 든 것인가? 의자의 다리가 구부러져 있는 것만 봐서는 구부리기만 하려 했는지, 구부려, 다리가 구부러지는 것을 더이상 견디지 못하고 부러지는 것을 보려고 부러뜨리려 했는지는 알 수 없었다.

다리가 구부러진 철제 의자에 부자연스럽게 앉아 담배를 피우는데, 어떤 거리에서 악사들이 뭔가에 놀란 것처럼 혹은 홀린 것처럼 연주를 중단하고 악기들을 놓고 떠나가는 것을 본 꿈을 꾼 기억이 났다. 그 꿈이 그 얼마 전 슈베르트의 가곡집 '겨울 나그네'의 마지막 곡을 머릿속으로 생각한 것과 관련이 있는지는 알 수 없었다.

며칠 후 또다시 술을 마시며, 종잇장과 콜리플라워와 화초와 철제 의자에게 내가 가한 짓들을 생각했다. 그 이유는 알 수 없었지만 그 일화들을 글로 쓸 수도 있을 거라는 생각이 들었다. 나는 오래전부터 술에 취해 어떤 종잡을 수 없는 생각에 빠지거나, 알 수 없는 짓을 저지르는 사람에 대해 쓰고 싶었다. 어쩌면 지금 쓰고 있는 이 글이 그런 사람에 관한 글이 될 수도 있을 것이다. 어쩌면 나는 이미 그 글을, 이렇게 쓰고 있는지도 모르겠다. 그 글은 술에 취해 자신도 모르게 어떤 짓들을 저지르기도 하는, 어떤 불능 상태에 이르게 된 사람에 관한 이야기가 될 수도 있을 것이다. 나는 그 글이 무엇보다도, 충분히 음침하고 음울한 것이 되기를 바랐다.

겨울은 혼자 집에서 조용히 술을 마시기에 더 좋은 계절로 여겨지지는 않았지만 겨울이 되면서 더 혼자 집에서 조용히 술을 마시게 되었다. 기억이 끊기도록 술을 마신 다음날이면 늦은 오후가 되어서야 일어나 정신을 차리고 식사를 했고, 이따금 저녁에 집 뒤쪽 산에 가 산책을 했다.

언젠가 이후로 산책이 주는 즐거움을 맛보며 산책하는 것이 어려워졌고, 그 즐거움은 아주 작아졌고, 그래서 아주 작은 즐거움이라도 맛보며 산책을 해야 했는데, 경우에 따라서는 산책하는 도중에, 이렇게 산책을 나서는 게 아니었다는 생각이 들며, 그 작은 즐거움도 사라지기도 했다. 그럴 때면 산책을 하던 산에서 서둘러 내려와 집으로 돌아와야 했다.

며칠 전, 동짓날 저녁에도 그 산에 갔다. 일 년 중 밤이 가장 긴 동짓날은 내가 일 년 중 가장 좋아하는 날이었다. 아니, 평소에 그렇게 생각했다기보다는 동짓날이 되면 그런 생각을 하기도 했다. 그렇다고 그날을 기념하며 특별히 뭔가를 하지는 않았다. 그럼에도 밤이 일찍 찾아온, 인적이 끊긴 산에서 산책을 하는 정도의 일은 하기도 했다.

뒷산에는 인공조림을 해 작은 군락을 이룬, 자작나무와 굴참나무와 밤나무 숲이 있었다. 그리고 또다른 나무의 숲이 있었는데, 그 나무들을 보고 있는데도 이름이 기억나지 않았는데, 마치 그 나무들이 그 나무들의 이름을 떠올리게 하는 것을 합세해 막고 있는 것 같았다. 그 나무의 이름은 다른 수많은 나무들의 이름을 떠올린 후에도 떠올리지 못했고, 나무들에 살거나 찾아오는 여러 새들의 이름을 떠올린 후에도 떠올리지 못했다. 그 이름은 그날 산에서 내려와 밤에 술을 마시고서야 떠올렸는데 가문비나무였다.

언젠가 이후로 많은 이름들을 잊어버렸고, 어떤 이름들은 기억해내는 데 애를 먹어야 했다. 내가 한참 동안 기억해내지 못했다가 나중에야 기억해낸 단어들에는 실러캔스와 설화석고 등이 있었다. 그리고 말총과 가자미와 뇌조와 부정맥 같은, 잊어버리기 좀더 어려운 단어들도 있었다. 새들 가운데서도 내가 좋아하는 새들 중 하나인 뇌조가 기억나지 않은 것은 심각하게 여겨졌다. 하지만 무엇보다도 사람들의 이름들을 잘 기억할 수 없었다. 인상착의는 떠오르는 어떤 사람들의 이름을 떠올리기 위해서는 이름을 떠올리는 데는 도움이 되지 않는 인상착의를 떠올리며, 자음과 모음의 조합을 무수히 시도해야 하기도 했다. 하지만 자음과 모음의 어떤 조합으로도 떠오르지 않는, 떠오르기를 마다하고 거부하는 것 같은 이름들도 있었다. 그리고 인상착의조차 떠오르지 않지만 그의 혹은 그녀의 어떤 동작들이 떠오르는 사람들도 있었다. 밥을 요란하게 먹는 사람, 담뱃재를 거칠게 떠는 사람, 다리를 떠는 사람, 과장된 몸짓을 하는 사람. 그들과 따로 떼어 생각할 수도 있는 그 동작들 역시 그들의 이름을 떠올리는 데는 도움이 되지 않았다. 완전히 잊히지는 않은 그 이름들 중 어떤 것들은 너무 뜨거운 차를 마셔 입천장이 덴 순간과, 화장실에서 변기 물을 내리는 순간 같은, 의외의 순간에 떠오르기도 했다. 많은 기억들이 사라졌고, 더 많은 기억들이 사라질 것이었다. 기억력의 저하 또는 기억의 상실에 대해서는 많은 이야기를 할 수도 있을 것이다. 어쩌면 그것을 소재로 한 소설을 한 편 쓸 수도 있을 것이다.

지난가을, 반달이 뜬 날 밤에 그 산에 가 달빛 아래에서 밤 몇 개를 주워온 기억이 났다. 밤을 줍기에 좋은 밤은 아니었지만 이 밤에 줍기에 밤만한 것은 없다는 생각을 하며 한참을 낙엽을 뒤져 주운 것은 아니었다. 아마도 그 산에 사는 다람쥐가 모아놓은 것 같았는데, 어떤 이유로, 아마 급한 사정이 생겨 다람쥐는 그것을 두고 간 것 같았다. 아쉽게도 도토리는 없었다. 도토리가 있었다면 주워와 다람쥐처럼 집안 구석진 어딘가에 쌓아놓고, 그 도토리를 어떻게 할지 고민했을 수도 있었을 것이다. 물론 도토리를 갖고 산에 가 다시 던져놓았을 수도 있었다. 아니면 까맣게 잊고 있다가 우연히 다시 발견하고는 다람쥐처럼 밤을 쌓아놓은 것에 실없는 웃음을 지으며, 그 웃음이 얼마 만에 짓는 것인지를 생각하며, 언젠가 이후로 웃음이 얼마나 큰 힘이 되지 않았는지, 때로는 얼마나 작은 힘도 되지 않았는지, 그렇지만 아주 드물게는 그래도 얼마나 작은 힘은 되는지를 생각하며, 실없는 웃음을 아주 작게 만들어 거의 웃음 같지 않은 웃음을 웃을 수도 있었을 것이다. 하지만 밤도 도토리도 다람쥐나 다른 동물들의 몫으로 남겨놓는 것이 마땅하다고 생각했고, 밤 역시 주워올 때 산에 사는 동물들에게 이번 한 번만이라고 양해를 구했다.

밤은 고소한 맛이 나는 군밤만한 것이 없다고 생각했고, 주워온 밤을 구워먹을까 하다가 집에서 구워먹기에는 마땅치 않은 것 같아 삶아 먹었다. 삶은 밤의 껍데기를 벗기고 보니 일곱 개 중 일곱 개 속에 열한 마리 벌레가 들어 있었다. 필요한 누구든 가져가라는 듯이 다람쥐나 다른 산짐승이나 누군가가 버리고 간 이유가 있었다. 밤의 개수보다도 밤 속에 있는 벌레가 더 많다는 것이 여간 놀랍거나 하지는 않았다. 구멍 속에 죽어 있는, 밤 속에서 알을 슬고 겨울을 나려 했던 벌레들을 잠시 바라보았는데, 밤벌레들이 징그럽거나 하지는 않았다. 이미 끓는 물에 삶아진 벌레들은 그것들이 본래 갖고 있었을 수도 있는 징그러움을 잃어버린 것 같았다. 박제된 것은 아니었지만, 색다른 방식으로 박제된 것 같았다.

그리고 벌레들을 가까이서 보고 있자 아주 친근하게 느껴졌다. 사실 거의 어디에나 있는 벌레들은 모두에게 누구보다도 가까운 존재들이었다. 사람들은 많은 시간을, 돌보거나 애정을 표현하기보다는 주로는 쫓아내거나 잡거나 죽이거나 퇴치하는 것으로 벌레들을 상대하며 보냈고, 기어서 혹은 날아서 힘들게 우리에게 온 벌레들은 우리가 쉬고 있거나 잠이 들었을 때에도 우리와 함께했고, 우리에 대한 관심을 그들 나름의 방식으로 표현하기를 멈추는 법이 없었고, 우리가 혼자 있다고 생각하는 순간에도 벌레들은 우리 곁을 지켜주는 것처럼, 늘 우리 곁에 있었다. 오십 년 가까이 직간접적으로 내게 희생된 벌레들의 규모는 1차세계대전의 가장 치열했던 전투 중 하나인 베르됭전투의 프랑스와 독일 양측의 수십만에 이르는 사상자 규모에 육박할 수도 있었고, 따라서 그것이 내가 살면서 행한 가장 큰 일이라고 할 수도 있었다.

밤벌레들은 보란듯이 죽어 있었다. 죽어 있는 모든 것은 어떤 점에서는 보란듯이 죽어 있는 것으로 볼 수도 있었다. 그렇게 말고 달리 있기는 어려우니까. 아니, 보이는 모든 것이 어떤 점에서는 보란듯이 있었다. 그와 동시에 대체로 사물들은 아무렇지 않게 혹은 아무렇지 않은 모습으로 있었고, 죽어 사물이 된 사체들 또한 마찬가지였다. 물론 무심한 것 같은 사물들이 무정하거나 무참하거나, 암담하거나 참담하게 보이는 순간들이, 평소 감추고 있던 무정함과 무참함과, 암담함과 참담함을 드러내는 것 같은 순간들이 있었다.

벌레 먹은 밤은 성하지 않은 부분을 잘라내고 나자 별로 먹을 것이 없었고, 결국 다 합쳐 겨우 세 개 정도 먹은 것 같았다. 세 개 정도는 먹은 꼴이 되었군, 하고 생각했다. 그것으로는 모자라는 것 같아, 세 개나 먹었어, 라는 생각도 했다. 역시 삶은 밤에서는 군밤에서만 맛볼 수 있는 고소함은 찾을 수 없지만, 그 나름의 고소함은 있다는 생각을 하며 먹었다. 하지만 상관은 없었다. 나는 구운 밤만큼이나 삶은 밤도 좋아했고, 삶은 밤만큼이나 밤을 끓인 밤차도 좋아했다. 가려낸 밤벌레도 같이 먹을까 했지만, 밤과 함께 벌레를 삶은 차를 마시고 나자, 벌레를 먹지는 않았지만 이미 벌레를 먹은 것으로 칠 수도 있을 것 같았다. 하지만 정확히는, 벌레가 아니라 벌레의 뭔가를 빼 먹은 것 같았다. 무엇을? 이 질문에는 쉽게 답할 수 있었다. 벌레에게서 빠져나온 뭔가를. 너무도 간단했다. 하지만 그것으로는, 실제로 벌레를 먹기 전까지는 벌레를 먹은 것으로 칠 수는 없을 것 같았다. 한데 내가 먹지 않고 가려낸, 하지만 물에서 끓는 동안 뭔가가 빠져나간 벌레를 먹어도 온전하게 벌레를 먹었다고 할 수는 없을 것 같았다. 그 경우 뭔가가 빠져나가고 남은 벌레를, 그럼에도 벌레인 뭔가를 먹었다고는 할 수 있을 것 같았다. 만약 벌레와 함께 밤차를 모두 마시게 되면 온전하게 벌레를 먹었다고도 할 수 있을 것 같았다. 거기까지 생각하고 나자 밤벌레를 갖고 빼기와 더하기로 이루어진, 다소 이상한 계산을 한 것 같았다. 밤벌레를 갖고 하는 계산은 그 정도로 하면 된 것 같았고, 밤차를 마셨다.

하지만 밤이 몇 개 들어가지 않은 밤차는 너무 묽었고, 별로 밤차를 마시는 것 같지 않았다. 하지만 밤을 삶은 이것이 밤차가 아니라면 무엇이겠냐는 생각을 하며 마셨다. 나는 밤차를 마시며 잠시 밤 속에 있던 밤벌레들에 대해 생각했고, 밤벌레들에 대해서라면 많은 생각을 할 수 있을 거라고 생각했는데, 밤은 밤벌레들이 겨울을 나기에 가장 좋은 곳일 거라는 생각밖에는 나지 않았다.

지난 늦가을 이따금 저녁에 산속 숲의 나무 아래에 어떤 기로에 선 사람처럼 서서, 언젠가 이후로 언제 들어도 별 느낌이 없게 된, 새들의 울음소리를 조금 듣고 오곤 했다. 새들의 울음소리를 듣고 있으면 괜히 새들을 놀려주고 싶어지기도 했는데, 그럴 때면 새들은 아무리 놀려도 모자란다는 생각을 하거나, 내게는 놀려줄 여력도 없고, 그럴 기분도 아니라는 식으로, 놀려주다 말거나, 놀려주고 싶은 마음을 식혔다. 나는 새들을 놀려준 후에도, 놀려주지 않은 후에도, 이제 새들을 놀려주거나 놀려주지 않은 후의 홀가분하거나 그렇지 않은 마음으로 집에 갈 수 있겠구나, 하는 생각을 하며 집에 가거나 좀더 머물거나 했다.

겨울이 되면서 새들의 울음소리는 좀더 작아졌고, 좀 덜 적극적으로 되었고, 새들의 활기 또한 좀더 줄어든 것 같았다. 그 점은 새들에게도 내게도 잘된 일이라고, 나는 생각했다. 아니, 그 생각을 하며 조용히 듣고 있자 울음소리가 더 작아지거나 덜 적극적으로 된 것 같지도 않았다. 나머지 계절의 울음소리와 별로 다르지 않은 것 같았다. 새들은 새들 특유의 활기를 겨울이 되어서도 잃지 않고 있는 것 같았다. 새들은 밤이 내린 후에야 조용해졌다.

사실 그 작은 산에는 참새 같은 작은 새들밖에는 없었다. 다리가 길고 날개가 큰 우아한 새들은 그곳에 오지 않았다. 적도나 시베리아에서 날아오는 새들은 그곳을 찾아올 생각을 하지 않았다. 그들은 오지 않고도 그곳이 그들이 살기에도, 잠시 머물기에도 적당치 않은 곳이라는 것을 알고 있는 것 같았다. 그들에게는 오지 않고도 아는 방법이 있을 것이고, 그러니 오지 않을 수도 있을 것이었다.

작은 새들은 노래하듯 지저귀며, 수선을 떨었다. 굉장한 뭔가가 있는 것도 아닌데 늘 수선을 떠는 새들은 이상한 새들이라는 생각을 하며, 그렇게 수선을 떤다고 굉장한 뭔가가 있게 되지는 않을 거라고 생각했다. 기껏해야 짝짓기에 성공하는 정도의 일이 있을 것이었다. 겨울의 저녁 숲에서 나는 새들의 노래를 들으며, 예전 같았으면 노래하는 새들을 놀려주는 것으로 생각되는 어떤 것을 생각할 수도 있었을 테지만 그런 것은 생각지 않았다.

나는 지저귀는 소리이지만, 노래하는 소리로 들리는 새들의 소리를 노랫소리로 들으며, 새들이 노래하는 것과는 비교가 안 되게 이상한 것은 사람들이 노래하는 것이라고 생각했다. 언젠가부터 내게 노래는 새들이나 하는 것으로 여겨졌다. 나는 언젠가 이후로 노래 같은 것은 하지 않았다. 그 순간은 아무런 예고도 없이, 아주 갑자기 찾아왔다. 어느 날 집안에서 나도 모르게 어떤 노래를 시작해 하고 있는데 중간에 문득 노래를 하고 있다는 사실이 너무도 이상하게 여겨졌고, 그래서 중단했고, 그것으로 나의 일생의 노래는 끝이 났고, 그후로 다시는 노래를 부르지 않았다. 나도 모르게 노래를 부를 뻔한 위기의 순간이 몇 번 있었지만 잘 넘겼고, 부르지 않는 데 성공했다. 한 번의 각오로 술을 끊어버린 사람처럼 노래를 완전히 끊어버린 것이다. 그리고 그 얼마 후에는 비슷한 이유와 방식으로 살면서 하게 되는 어떤 것들을 더이상 하지 않게 되었다.

노래를 더이상 하지 않게 되면서 내가 새로운 삶을 살게 되지는 않았고, 달라진 것도 없었지만(아니, 더 많은 것들이 더욱 나빠졌다), 노래를 하지 않게 된 것은 잘된 일이라고 생각했다. 나는 노래를 멀리할 때 비로소 가능한, 더 어려운 삶을 살고 있다고 할 수도 있었다. 사람들이 어떤 노래를 여러 번 따라 불러 음정을 익히고 가사를 외운 후 부르고 다니는 것은 무척 이상한 일로 여겨졌다. 나는 노래를 하는 사람이 얼마나 이상하게 보이는지에 대한 노래의 가사를 쓴 후, 결코 노래하지 않게 될 노래를 만들 수도 있을 거라는 생각을 했지만 그런 노래를 만들지는 않았다.

어디를 가나 노래들이 흘러넘쳤고 넘쳐흘렀다. 노래로부터 자유로울 수 있는 곳이 없었다. 마치 노래하는 병에 걸린 것처럼, 노래를 너무들 했다. 마음과 영혼에 독이 되는, 그것들을 좀먹고 피폐하게 만드는 노래들이, 너무도 공허한 노래들이 너무 많았다. 노래하는 대부분의 것들이 굳이 노래하지 않아도 되는 것들이었다. 사람들은 과거에는 기쁘거나 슬픈 일이 있을 때, 노동이 힘들 때, 누군가가 죽었을 때, 적과 싸우러 갈 때, 적과 싸워 이기거나 져 돌아오면서, 다른, 노래할 일이 있을 때 노래했지만 이제는 어디에서나 아무때나 거의 아무 상황에서나 노래를 했고, 거의 모든 것을 노래했다. 노래할 때에야 비로소 살아 있다고 느끼는 것처럼 노래하는 사람들도, 노래를 하지 않고는 살 수 없는 것처럼 노래하는 사람들도 있었다. 노래하지 않는 사람들도, 새들도 생각하기 어렵지만, 사람들도 새들도 노래를 하지 않고 살 수는 없겠지만, 좀 덜 노래하고, 노래를 하더라도 좀 덜 악착같이 노래할 수는 없는 것인가? 세상에는 너무 많은 노래들이 있었다. 지나치게 많은 노래들에 대해서라면 지나치게 얘기할 수도 있을 것이었다.

그 산에서 나는 얼마 전 초겨울의 어느 날 밤 혼자서 노래를 하고 있는 사춘기의 남자아이를 마주쳤는데, 그는 산의 중턱에 있는 산길에서 열창을 하고 있었다. 가수가 되리라는 꿈을 갖고 노래 연습을 하고 있는지, 아니면 그 시절의 아이의 가슴을 벅차게 만드는 울분이나 환희를 몸밖으로 배출하려는 것인지는 알 수 없었다.

그에게서 얼마 떨어진 곳에서 나는 걸음을 멈췄다. 그를 지나쳐 가야 하는데 노래하고 있는 그의 앞을 지나가기가 어렵게 여겨졌다. 그가 인기척을 느끼고 내 쪽으로 고개를 돌렸고, 나를 보았고, 그 순간 노래를 중단했어야 마땅했지만 그렇게 하지 않았다. 그는 노래를 멈춰야 하는 순간을 놓쳐버린 것처럼 나를 아랑곳하지 않고 노래했다. 그전까지도 충분히 절절하게 노래하던 그가 다시 고개를 돌리고 여전히 절절하게 노래했다. 밤의 숲에서 낯선 사람에게 겁을 먹고 겁을 떨치기 위해 그러는 것 같지는 않았다. 나는 엉거주춤하게 서서 어색하게 아래쪽 시내를 내려다보았다. 그날따라 더욱 아무런 느낌을 주지 않지는 않는, 늘 아무런 느낌을 주지 않는 풍경을 바라보며 그가 노래를 그치기를 기다렸다. 그가 노래를 그쳐야 그의 앞을 지나갈 수 있을 것 같았다. 하지만 그는 노래를 그치지 않았다. 그는 그의 노래로 내 길을 막고 있었다. 내게 자신의 노래를 들으라고, 잘 들어봐야 한다는 듯 노래를 계속했다. 나는 뒤돌아가는 것도 쑥스러웠고, 그대로 서 있었다.

달은 구름에 가려 있었고, 그래서 그는 달빛 아래서 노래하고 있지 않았다. 그런데 그는 가창력을 뽐내지 못하고 있었다. 가창력이라곤 없었던 것이다. 그는 완전히 음치였다. 그가 부르는 노래는 음계도 맞지 않았고, 높낮이도 고르지 않았다. 그는 음치들이 그러듯 약간 악을 쓰고 노래를 했다. 안타까운 일이었다. 나도 음치였고, 음치들에게 유대감을 느낀 적도 있었지만 그에게는 유대감을 느낄 수 없었다. 그는 다른 모든 것도 잘하면서 노래도 잘하는 것처럼 보이지 않았다. 그는 잘하는 건 노래밖에는 없다는 듯이 노래하기도 했지만 노래라곤 못했다. 다른 모든 것도 못하면서 노래까지 못하는 것 같았다. 어쩌면 노래는 그가 잘 못하는 많은 것들 가운데서도 덜 못하는 것 중 하나인지도 모른다고, 나는 생각했다.

무슨 노래인지는 알 수 없었지만 초겨울의 밤의 숲에서 사춘기 아이가 부르기에는 적절치 않은 노래 같았다. 봄꽃들이 봄바람에 대책 없이 흔들리는 봄의 오후의 풀밭에서 부르기에 어울리는 노래 같았다. 하지만 물론 노래는 주위와 상황을 깡그리 무시하고 할 수도 있었다. 가볍고 경쾌한 발라드풍의 노래 같았다. 발라드는 내가 좋아하지 않는 장르였다. 나는 발라드도 재즈도 샹송도 가스펠도 가곡도 트로트도 좋아하지 않았다. 좋아하지 않는 정도를 넘어, 많은 장르의 음악이 내게는 공포였다. 처음에 들을 때는 그렇게 공포스럽지 않던 노래들도 가만히 듣고 있으면 굉장히 공포스럽게 느껴지기도 했고, 그래서 공포가 안 느껴질 때면 느껴질 때까지 듣다가, 더이상은 들을 수 없다는 식으로 그만 듣기도 했다. 조금만 들어도 몸에서 거부반응이 나타나는, 특히 무서운 한국의 트로트는 만약 누군가가 실험실에서 나로 하여금 연속해서 세 시간을 듣게 하면 나는 실신에 이르고, 다섯 시간을 듣게 하면 호흡이 불규칙해지며 사망에 이를 수도 있을 것이었다. 그것에 대해서라면 나의 실신과 사망을 걸고 장담할 수도 있었다.

그가 열창하는 것이 싫었지만 막을 수가 없었다. 어쩔 수 없이 그의 노래를 듣고 있자 머리가 쭈뼛 서고 피가 거꾸로 도는 것 같지는 않았지만, 몸이 부들부들 떨렸다. 춥기도 했지만 추위 때문만은 아니었다. 몸은 부들부들 떨렸지만 속은 부글부글 끓었다. 노래 한 곡이 이렇게 사람의 몸을 부들부들 떨게 하고, 속을 부글부글 끓게 할 수도 있구나, 하는 생각을 했다. 노래의 나쁜 위력이 실감되었다. 그가 하는 노래를, 보기 싫은 노래, 라고 생각했다. 턱이 덜덜 떨렸고, 나는 그가 악을 쓰며 노래를 부르는 걸 참으려고 입을 악물고 악을 썼다. 내가 그보다도 더 악을 쓰고 있는 것 같았다. 억장이 무너지는 것 같았다.

절규하는 사내아이의 목소리는 숲의 고요를 박살내고 작살내는 것 같았다. 호소력이라곤 없는 목소리로 노래하는 것은 지나가다 어쩔 수 없이 듣게 되는 사람뿐만 아니라 자신을 위해서도 나쁠 것 같았고, 마음은 물론 몸에도 안 좋을 것 같았고, 아무 내색도 하지 않고 서 있는 것 같은 주위의 나무들에게도 괴로움을 안겨줄 것 같았다. 그의 노래는 참담하게, 아주 참담하게 들렸다. 하지만 그가 어떤 참담함을 노래하는 것으로는 여겨지지 않았다. 그의 노래는 참담함을 노래하지 않는데도 참담하게 들렸다.

내가 시간을 거슬러, 노래하고 있는 그 아이의 시절로 돌아가 겨울밤 숲속에서 노래를 한다 하더라도 그런 식으로 노래하지는 않을 것 같았다. 노래를 한다 해도 좀더 자신 없게, 혼란스러워하며, 가까스로, 그마저도 속으로, 아니면 희미한 소리가 되어 나오게 하는 정도로만 할 것 같았다. 그리고 적어도 누군가가 자신을 지켜보는 가운데, 누군가의 걸음까지 멈추게 하고, 그것에 대해 아랑곳하지 않으며 노래하지는 않을 것이었다.

사춘기 아이의 입을 통해, 마치 게워내는 것처럼 나온 소리가 밤의 정적을 무참하게 깨고 있는 것을 두고보아야만 하는 나의 심정은 이루 말할 수 없이 불편했지만, 숲에서 노래하는 것을 금지할 권리가 내겐 없었고, 그래서, 얘야, 조용한

밤의 숲에서 노래하는 것은 법으로 금지되어 있으니까 너의 방에 가 하던 노래를 계속하거라, 하고 말할 수도 없었다. 그는 으스스한 초겨울의 밤이 깃든 숲에서, 새들이 노래할 자유가 있는 것처럼 노래할 자유가 있었다.

그는 사실은 자신을 위해 노래하면서도 나를 위해서도 노래를 하는 것처럼, 노래를 하는 중간중간 나를 쳐다보았다. 그에게 가 말릴까 하는 생각도 했지만 말려도 소용없을 것 같았다. 그는 내가 달려가 그의 입을 틀어막아도 노래를 그치지 않을 것 같았다. 그런데 그는 자신도 자신의 노래가 듣기 괴로운 듯, 우스워 보이는 귀마개를 하고 있었고, 다른 무엇보다도 그것에 대해 한마디 해줄까 하다가 말았다. 나로 말하자면 보기에도 웃기는 털모자를 쓰고 있었던 것이다. 털모자는 귀를 위쪽 반만 가려주어 나머지 귀의 아래쪽 반은 추위에 떨어야 했고, 나는 귀의 반은 추위에 떨게 내버려두었는데, 어쨌든 귀가 떨어져나갈 것 같은 추위는 아니었다.

그까짓 발라드풍의 노래를 부르는 사춘기 아이에게 너무 하는 것 아니냐는 생각이 들었지만, 이까짓 정도로는 아무것도 아니라고 생각했다. 그때 그가 노래를 그쳤다. 그는 나를, 겨울밤의 숲의 고요를 아랑곳하지 않고 끝까지 노래를 불렀고, 어떤 노래들의 끝이 그렇듯, 노래는 허망하게 끝났다. 그렇게 허망하게 끝이 나도록 그토록 열창한 것 역시 허망하고도 허무맹랑하게 여겨졌다. 내가, 모두가 졌다고, 나는 생각했고, 발걸음을 돌렸다.

그런데 그의 노래 때문에 산책을 포기하고 발걸음을 돌리는 내 뒤에서, 이제는 집에 가리라고 생각한 그가 그렇게 열창을 하고 지쳐버리지도 않은 것처럼 또다른 곡을 부르기 시작했다. 역시 발라드풍의 곡이었는데, 더 경쾌한 곡 같았다. 나는 거의 기겁하다시피 했다. 그리고 그 상황이 무척 기이하게 여겨졌다.

겨울밤의 어둡고 무거운 숲에 울려퍼지는 경쾌한 노래는 기이하게 여겨졌고, 기이한 느낌은 숲속의 모든 것에로 퍼져나가는 것 같았고, 모든 것이 기이하게 느껴졌다. 기이한 느낌이 내 안을, 숲을 할퀴며 지나가는 것 같았다. 그의 노래는 이상한 파괴력을 갖고 있는 것 같았고, 그가 두 손을 복부 쪽에 모으고 가곡을 부르기라도 한다면, 그것을 내가 끝까지 듣기라도 한다면 나는 그 자리에서 얼어붙을 것만 같았고, 그래서 도망치듯 그곳을 떠났다.

노래하고 있는 그를 뒤로하고 냉기가 감싸고 있는 산의 반대쪽으로 가는데, 그를 산에 내버려두고 온 것 같았고, 잘 내버려두고 왔다는 생각을 했다. 그가 산에서 추위에 떨며 밤을 새우며 노래하기를 바랐다. 아니, 적당히 하고 내려가기를 바랐다.

산에는 노래하는 아이 외에는 아무도 없었다. 나는 여러 갈래로 나 있는 산의 오솔길들을 돌고 또 돌았다. 걸음이 저절로 떼어지는 대로 걸었다. 그럼에도 걸음은 복잡하고 불가해한 어떤 수학 공식에 따라 떼어지는 것 같았다.

재킷 호주머니에서 두 손을 꺼냈는데, 그날 일어났을 때 몹시 뻐근하게 느껴졌던 오른손 검지와 중지가 이제는 거의 움직일 수 없을 지경이었다. 약간 구부러진 손가락들을—손가락들은 평소 완전히 펴져 있지 않고 약간 구부러져 있으니까—더 구부리는 것도 펴는 것도 거의 불가능했다. 나는 오른손 검지와 중지를 왼손으로 감싼 채로 걸음을 멈추지 않고 걸었다. 멈추지 않고 걷는다고 움직이기 어려운 손가락들을 움직일 수 있게 되리라는 생각은 하지 않았다.

쓸 수 없게 된 것 같은 손가락들을 감싼 채로, 일찍 내린 겨울의 밤과 차가운 공기와 숲속의 오솔길과 어둠에 대한 생각과, 나를 기다리고 있는 불면의 밤 사이를 서성이자 내가 어떤 불능 상태 속을 끝없이 헤매고 있는 것 같았다.

그날 밤 산에서 내려와 집에 오는 길에 아는 누구를 만났는데 글을 쓰는 친구였다. 본래 약간 우락부락하게 생긴 그는 그날따라 수척해 보였고, 수척함이 그를 덜 우락부락하게 보이게 하지는 않았다. 나름 모습에 상당히 신경을 쓰는 편인 그는 그사이 콧수염을 길렀는데 잘 어울리지 않았고, 가짜 콧수염을 붙인 것처럼 어색하게 보였다. 우리는 잠시 나란히 걸어갔는데, 무엇보다도 가짜 콧수염을 붙인 사람이 아니라 가짜 콧수염과 나란히 걸어가고 있는 것 같았고, 빨리 그와 헤어지고 싶었다.

그는 내가 묻지도 않았는데, 그날 두 여자가 시각을 달리해 자신의 집에 와 두 번에 걸쳐 섹스를 해야 했고, 그 바람에 하루종일 굶었고, 이제야 밥을 먹으러 가는 중이라고 했다. 그 말을 그는 아주 슬픈 목소리로 말했다. 나는, 하루에 두 여자와 섹스를 하더라도 하루종일 굶지는 말라고 했다. 잠시 함께 가 밥을 먹을까 하다가 그만두었다. 아무런 식욕이 없었다. 지구상의 셀 수 없이 많은, 먹을 수 있는 것들 중 단 한 가지도 먹고 싶은 것이 없는 날이 종종 있었고, 그럴 때면 내가 이 세상 사람이 아닌 것 같았는데 그날도 그랬다. 하루 동안 별로 먹은 것이 없는데도 배가 고프지 않았다. 몸은 어느 때보다도 말라 있었고, 그래서, 피골이 상접할 때까지 마를까보다, 하는 생각을 하기도 했다. 나는 그날 저녁은 굶을 계획이었는데 그 계획은 지키고 싶었다. 모든 것을 계획대로 할 수는 없지만 할 수 있는 어떤 것들은 있었다. 뭔가를 하지 않을 계획은 지키기 쉬웠다.

그 밖의 내가 세우는 계획들은 크지 않은 것들이었고, 그래서 계획대로 하기 어렵지 않은 것들이었다. 아니, 계획대로 하지 않기가 어려운 것들이었다. 며칠간 집에 있었으면서 내일은 집밖에 나가지 말아야지, 혹은 드물게 누군가와 약속을 하고는, 만나게 되면 내가 재미있게 생각하는 어떤 이야기는 해주지 말아야지, 그리고 두 시간 넘게 만나지는 말아야지, 하는 따위의 계획은 계획대로 하지 않기가 무척 어려웠다. 내가 가장 빈번하게 세우는 계획은 내일은 아무것도 하지 말아야지, 하는 것이었다. 아니, 계획 같은 것은 세우지 않고도 아무것도 하지 않는 날이 대부분이었다. 미래에 대한 아무런 계획도 없었다. 미래는 그냥 흘러가게 내버려둘 것이었다. 어쩔 수 없이 지나가고 있는 암담한 중년이 말년이 되어버려 생각하고 싶지도 않은 노년의 계획 같은 것은 세울 필요가 없기를 바랐다. 한데 이미 언제부터였는지도 분명치 않은 긴 말년을 보내고 있는 것 같기도 했다.

그는 어쩌면 밤에 또다른 여자가 와 한번 더 섹스를 하게 될지도 모른다고 했다. 한번 더 섹스를 해야 하게 생겼다고 했다. 약을 올리는 것 같았지만 약은 오르지 않았다. 무슨 자랑을 하는 것 같은 그의 얼굴은 침울했다. 셋 모두 굉장히 못생겼다고 그가 말했는데, 역시 무슨 자랑을 하는 것 같았다. 평소 필요 이상으로 힘이 들어가 있는 그의 눈은 그날따라 처져 있었다. 하루종일 굶어서인 것 같았다. 아니, 나는 여기서 서로 다른 두 사람을 혼동하고 있다. 평소 필요 이상으로 눈에 힘이 들어가 있는 사람은 다른 사람이었다. 누구지? 잘 기억나지 않았다. 내가 개인적으로 아는 사람 가운데도 그런 사람들이 몇 명 있었다. 그들을 볼 때면 왜 그렇게 눈에 힘이 들어가 있는지 궁금했지만 그 이유는 알 수 없었다. 물론 눈에 그렇게 힘이 들어가 있는 것은 눈에 잔뜩 힘을 주고 있어서였다. 다른 이유는 없었다. 가만히 있는데도 눈에 힘이 들어가 있는 눈은 생각하기 어려웠다. 어쩌면 오랫동안 눈에 힘을 줘 눈에 저절로 힘이 들어가 있게 된 사람들이 있는지도 몰랐다. 그들은 내가 좋아하는 유형의 사람들은 아니었다. 다른 건 몰라도, 그렇게 평소에도 필요 이상으로 눈에 힘이 들어가 있으면 무척 피곤할 것이었다. 그들은 피곤을 무릅쓰고 그렇게 하는지도 몰랐다. 눈에 힘이 들어가 있는 사람을 보고 있으면, 그렇게 눈에 힘을 주고 있다가는 눈알이 눈 밖으로 굴러 나올 수도 있을 거라는 생각이 들었다. 그 생각을 상대에게 말해주고 싶었지만 말한 적은 없었다.

그와 헤어지면서 나는, 가능하면 하루종일 굶으며 섹스에만 매달리라고 했다. 그는 그렇게 하겠다고 했다. 나는 밥을 먹고 기운을 내 또다시 섹스를 할지도 모르는, 하지만 맥이 풀린 것 같은 그의 뒷모습을 잠시 바라보다가 집에 돌아왔다. 나는 이제 젊지 않은 나이에 이른 그가 하루 세 여자와의 섹스를 무슨 수로 감당하는지 의심스러웠고, 그가 한 말이 약간 허풍처럼 여겨지기도 했지만, 그가 잘해내기를 바랐다. 섹스를 할 수 있을 때 실컷 하기를, 못하게 되는 날이 오기 전에. 어쩌면 그가 사력을 다해 섹스를 해야 할지도 모른다는 생각을 하자 약간 슬퍼졌다. 하지만 그것은 내가 슬퍼할 일은 아닌 것 같았다. 그것은 그가 슬퍼해야 할 일 같았다. 그런 것까지 생각하자 마음속으로 그를 약간 놀리고 있는 것 같았다. 나는 허리가 안 좋은 것으로 알고 있는 그가 허리를 너무 무리하게 사용해 허리가 잘못되지는 않기를 바랐다. 하지만 무리가 가도록 사용해야 한다면 그렇게 해야 할 것이었다. 나는 나의 욕구들에 대해, 거의 사라진 욕구들에 대해 잠시 생각하다 말았다.

한데 그가 섹스와 관련해 한 모든 얘기가 며칠을 굶어 정신이 몽롱해져 하는 헛소리로 여겨지기도 했다. 오래전 어떤 여자와 관련된, 나에 대한, 사실과 다른, 좋지 않은 소문이 빠르게 퍼져 다른 누군가를 통해 내 귀에까지 들어온 적이 있었는데, 그때 나는 그를 그 소문을 퍼뜨린 주범으로 지목하고 있었는데, 그후 확인할 길은 없었지만, 그가 입이 무겁지는 않은 것은 사실이었고, 그의 혐의는 풀리지 않았고, 그래서 내게 그는 계속해서 용의자였고, 그를 보면 무엇보다도 용의자라는 생각이 가장 먼저 들었고, 그때마다 나는 마음속으로 그의 이마에 용의자라는 낙인을 찍었다.

어느 날 내가 술에 취해 약간 비틀거리며 걸어가고 있는데 앞쪽에서 그 역시 술에 취해 나보다도 더 비틀거리며 다가와, 나를 보고도 모르는 척하며 지나가는 것을 보며, 용의자, 라는 생각을 하며 가만히 있던 적이 있었다. 그도 술을 너무 많이 마셨다.

집에 와 알코올중독자에 대한 글을 좀더 썼고, 그러자 그러한 글을 쓰고 있는 나 자신이 서글프게 여겨졌다. 다행히 서글픔은 물밀듯이 몰려오지는 않았다. 나는 어떤 감정이 물밀듯이 몰려오는 것을 좋아하지 않았다. 서글픔은 사뿐히 이는 것 같았다. 사뿐히 이는 감정은 그만큼 가라앉히기도 쉬웠다. 그렇지 않은 경우도 있긴 하지만.

곧 글쓰는 일은 중단하고 술을 마시기 시작했다. 술의 종류는 상관없었다. 종류의 차이는 어느 이상으로 취하게 되면 상관없어졌다. 주로 맥주와 포도주를 마셨는데, 빠르게 취하고 싶을 때는 위스키를 마셨다. 이번에는 포도주를 마셨다. 포도주 병을 따는 데 애를 먹어야 했다. 손가락들이 문제였다. 아주 간신히 병을 땄다. 이제 오른손 검지와 중지는 전혀 쓸 수가 없었고, 그래서 왼손으로 술잔에 술을 따르며, 오른손 검지와 중지는 이미 못 쓰게 되었으니 나머지 손가락들도 못 쓰게 될 일만 남았군, 하고 생각했다. 어쩌면 오른손 전체와 오른팔을 못 쓰게 될 수도 있을 것이었다. 그 이상은 생각하고 싶지 않았다.

몸의 여러 부위들이 뻐근하거나 거의 움직일 수 없게 되었다가 다시 괜찮아지곤 했고, 어쩌면 괜찮아질 수도 있을 것이었다. 나는 일시적으로 못 쓰게 되었던 몸의 부위들을, 그리고 더이상 내가 하지 않게 된 것들을 생각했다. 노래는 이미 끊은 지 오래였다. 말도, 무엇보다도 말을 끊게 될 날이 오게 될 것인가? 몇 마디 하지 않는 날들이, 단 한마디도 하지 않는 날들이 많았다. 말도 끊을 수 있을 것이었다. 말이 말하는 것들을, 말하지 않는 것들을, 말하는 것이 거의 없는 말들을 점점 더 참기가 어려웠다. 점점 말이 없어지고, 없어져서, 끝내는 무언의 상태에 이를 수도 있을 것이었다. 말을 끊은 다음에는 무엇을? 목숨을? 뭔가를 끊어가는 과정의 자연스런 귀결로 그럴 수도 있을 것 같았다.

어느 단계에 이르렀는지 분명치 않았지만 이미 알코올 중독자가 된 것은 확실해 보였다. 술을 홀짝이며 알코올중독 치료 병원에 입원하는 문제에 대해 다시금 생각했다. 내가 알아본 몇 군데 병원에서는 해독 치료와 함께, 운동과 음악과 미술과 명상과 요가와 노래 치료 등을 병행하고 있었다. 내가 원하는 퀼트나 꽃꽂이 치료를 하는 곳은 없었다. 퀼트나 꽃꽂이 치료는 그런 것들이 없었기에, 있으면 좋겠다며 생각해낸 것은 아니었다. 나는 기회가 된다면 퀼트나 꽃꽂이는 할 수도 있을 것 같았다. 무심히, 그러니까 무참히 그것들을 하는 나의 모습은 떠올릴 수 있었다. 하지만 나는 내 발로 병원에 가고 싶지는 않았다. 누군가의 손에 끌려가면 갈 수도 있을 것이었다. 끌려가는 기분을 만끽하며. 아니, 퀼트나 꽃꽂이 같은 것은 하지 않을 것이었다. 그런 것들을 취미로 할 수도 있을 것만 같은 때가 있었다. 하지만 그 시간은 지나가버렸다. 퀼트나 꽃꽂이를 하다가는 어느 순간 퀼트와 꽃들을 갈갈이 찢어놓을 것이 분명했다. 짧은 사이 입원하는 문제는 없었던 것으로 되면서 해결된 것 같았다.

집 아래쪽 골목에서 어떤 남자가 소리치는 소리가 들렸다. 그는 어떤 여자의 이름을 부르고 있었는데, 내가 사는 옆 건물에 사는 여자를 향해 소리치고 있는 것 같았다. 그는 여자의 이름을 애타게 부르고 있었지만 여자는 그를 만날 생각이 없는 듯 아무런 반응이 없었다. 여자를 부르는 그의 목소리가 애타는 것에서 애처로운 것으로 점점 바뀌어갔다. 나와는 상관없는 일이었지만 여자를 대신해 달려나가 뺨을 한 대 갈겨주고 싶었다. 다행히 그가 금세 포기를 하고 갔고, 모르는 남자의 뺨을 한 대 갈겨주지 않을 수 있었다.

갈피를 잡을 수 없는 생각들을, 갈피를 잡지 못하고, 혹은 잡지 않고 했다. 주절주절 생각들이 이어졌다. 언젠가 이후로 심각한 소설을 쓰는 것이 어려워진 것에 대해, 그리고 그것과는 별개로, 언젠가 이후로 삼인칭 소설을 쓰는 것이 어렵게 된 것에 대해(그것은 소설 속에 어떤 다른 인물을 내세워 그의 이야기를 하거나, 그로 하여금 이야기하게 하는 것이 누군가를 사칭해 이야기하거나, 다른 누군가의 행세를 하는 것처럼 느껴졌기 때문인데, 그 점과 관련해 어떤 결벽증이 내 안에서 점점 더 심해지고 있었다), 그리고 언젠가 이후로 내가 쓰는 소설이 거의 일기처럼 바뀌고 있는 것에 대해 생각했다(그것은 삶의 가장 지배적인 형식은 반복이고, 일기가 반복적인 것의 기록을 위한 장르라는 사실과 별개가 아니라는 생각을 했다). 갈수록 나는 나 자신에 관한 이야기를 하는 것만으로도 벅찼다.

어디선가 또 노랫소리가 들려왔다. 툭하면 노래를 하지 않고는 배기지 못하는 사람들이 있었다. 개인적으로 아는 몇 명도 있었다. 그들은 하나같이 놀림을 받아 마땅한 사람들이라고 생각했다. 나는 노래하고 싶은 충동에 시달리며, 노래하지 않고는 배기지 못해 걸핏하면 노래를 부르는 몇 사람에게 그 점에 대해 얘기한 적이 있었는데 그들은 내가 하는 이야기를 이해하지 못했고, 이해하려 들지 않았다. 노래에 대한 반감을 공유할 수 있는 사람은 거의 없었는데, 그것은 아쉬운 일이었다. 한편으로 나는 내가 얼마나 공감할 수 없는 이야기를 했는지 이해했다. 그리고 사람들의 공감을 거의 사지 못하는 이야기를 하는 것이 얼마나 중요한지를 생각했다. 사람들의 공감을 사지 않는 생각들이, 말들이 갈수록 더더욱 내게는 필요했다.

내가 유대감을 느끼는 사람들이 있다면 그것은 노래를 끔찍해하는 사람들이라고, 나는 생각했다. 그것은 근거 없게 여겨지지는 않았다. 그런 사람들은 많지 않았고, 거의 찾아보기 어려웠지만, 나는 다른 누구보다도 그들에게 연대감을 느꼈다. 우리는 각자이고, 노래들을 끔찍해하며 참는 것 외에 우리가 할 수 있는 일은 없었지만, 그럼에도 최소한 사람들이 덜 노래하는 세상을 꿈꾸는 일을 멈추지 않을 수 있을 것이었다.

노래는 그 자체가 감정을 실어 감정을 다소 혹은 다분히 과장되게 표현하는 것이었고, 노래하는 모든 사람들이 감정을 과장되게 표현한다고 볼 수 있었고, 그 점에서 직업가수들은 감정을 과장되게 표현하는 것을 업으로 삼은 참으로 이상한 존재들이라고 볼 수도 있을 것 같았다. 감정을 대놓고 드러내는 것으로 모자라 소리쳐 말하는 노래에는 기본적으로 뻔뻔스런 요소가 있었다.

언젠가 어떤 생각에 아주 오랜만에 쇤베르크의 〈달에 홀린 광대〉를 들은 기억이 났다. 기괴한 느낌이 드는 가곡들은 내게 노래하는 것의 기괴함을 말해주는 것 같았다. 여가수가 노래하는 기괴한 노래들은 세상의 모든 노래가 기괴하다는 사실을 노래하는 것으로 들렸다. 그런 것들이 마음을 조금이나마 가라앉혀줬던 때도 있었지만, 더이상은 아니었지만, 지금은 무엇에도 가라앉혀지지 않는 마음이 필요하다는 생각을 했지만, 그와는 상관없이 다시 한번 그 노래를 들을까 했지만 듣지 않았다.

어디선가 아기가 우는 소리가, 새들이 우는 소리와는 다른, 혹은 다르지 않게 여겨지는 소리가 들려왔다. 나는 아기가 울음을 그칠 때까지 귀를 기울여 울음소리를 들었다. 아기가 우는 소리는 노래하는 것처럼 들리지는 않았다. 그래서 듣기 싫은 노래, 라고 생각지 않을 수 있었다. 아기들은 울 때 가장 아기 같았다. 물론 아파서는 아니고, 무서워, 아니면 뭔가 불만에 차, 혹은 떼를 쓰며 울고 있는 아기들을 보면 그런 생각이 들었다. 그런 생각을 할 때면 내가 과연 이상한 사람이라는 생각이 들었다. 그런 생각을 하며 울고 있는 아기들을 보고 있으면 아기들을 놀리는 것 같았다.

점점 더 무슨 생각인지를 모르게 무슨 생각을 하는 것 같았고, 이미 꽤 취한 것 같았다. 내가 취한 사람답게 굴고 있다고 생각되었다. 오류투성이의 문장들로 이루어진 글을 쓰고 싶다는, 오래된 생각을 또다시 했다. 계산된 오류로 이루어진 글을. 의도적으로 실수를 저지를 수는 없지만 오류는 저지를 수 있었다.

오스트레일리아의 시골 농장의 굴속에서 굴과 함께 폭파되어 죽어간 토끼들에 대한 생각이 다시 떠올랐다. 오스트레일리아의 농부들은 자신들도 어쩔 수 없다는 생각을 하며, 폭약을 터뜨려 토끼들을 도살하며 그것이 재미있다고 생각했을 수도 있었다. 하지만 그들은 유머감각이 부족한 사람들 같았다. 좀더 유머감각이 있었으면 그런 식으로 토끼들을 죽이지는 않았을 수도 있을 것이었다. 나는 오스트레일리아의 시골 농장의 죽은 토끼들이 복수에 나서기를 바랐다. 그들은 농부들이 식사를 하는 부엌이나, 잠을 자는 침실의 창밖에 거대한 토끼 그림자들처럼 나타나 그들을 발견한 농부들이 창문을 열면 사라졌다가 창문을 닫는 순간 다시 나타나거나 하는 식으로 농부들을 공포에 시달리게 할 수도 있을 것이었다.

어쩌면 선유도의 토끼들의 숫자가 너무 많아지면 사람들은 인위적으로 그들을 없앨 수도 있을 것이었다. 그러면 토끼들은 억울하게 죽어갈 수도 있을 것이었다. 많은 것들이 억울하게 죽어가고 있었다.

그들이 죽게 된다면 마음이 몹시 아플 것 같은 사람들이 떠올랐다. 그들은 힘든 시간을 어떻게 보내는 것일까? 어쩌면 서로 크게 다르지 않게 보낼 것이었다. 힘든 시간은 사람들을 비슷하게 만드는지도 몰랐다. 하지만 모두가 방식을 조금씩 달리하며 힘든 시간을 보내는지도 몰랐다. 어쩔 수 없이 자신에게 어울리는 방식으로. 하루에 세 여자와 섹스를 하게 되었을 수도 있는 친구에 대해 생각했다. 약간 우락부락하게 생긴 그가 생긴 것과 다르지 않게 상대 여자를 섬세하고 부드럽지 않은 손길로 애무하는 것은 아닌지가 약간 염려가 되었다. 별걱정을 다 하고 있다는 생각이 들었다. 그는 알아서 하거나 하지 못할 것이었다. 그 역시 힘든 시간을 섹스라는 어려운 행위를 하는 것으로 보내는지도 몰랐다.

길에서 고양이 한 마리가 우는 소리가 들려왔다. 내가 아는 고양이인지는 알 수 없었다. 내가 사는 집 근처 공원에는 내가 세상에서 제일 바보 같아 보이는 고양이라고 이름을 붙여준 고양이가 있었다(나는 세상에서 제일 바보 같아 보이는 것들에게 이름을 붙여주고 있었는데, 어떤 분수에게 세상에서 제일 바보 같아 보이는 분수라고 이름을 붙여준 적이 있었다). 그것은 처음 봤을 때에도 그렇게 보였고, 그후로 보았을 때에도 그렇게 보였고, 그전에도, 그후에도 그 고양이만큼 바보처럼 보이는 고양이는 보지 못했다. 나는 그 고양이보다 더 바보처럼 보이는 고양이를 보고 싶었지만 보지 못했다. 그뿐만 아니라 그 고양이만큼 바보 같아 보이는 개도 보지 못했다(하지만 그 고양이만큼 바보 같아 보이는 분수는 보았고, 둘은 확실히 비슷한 데가 있었고, 둘 중 하나를 생각하면 다른 하나가 떠올랐다). 그 정도로 바보 같아 보이는 고양이를 찾기 위해서는 세계 일주라도 해야 할 것 같았는데, 그런 것이라면 내게 세계 일주를 할 확실한 명분이 되어줄 수도 있었다. 그 고양이는 내가 지어준 이름에 걸맞게 바보같이 굴었다. 고양이는 구석진 곳에서 늘 졸린 듯 눈을 가늘게 뜨고 졸고 있거나, 자고 있었다. 완전히 나락으로 전락한 고양이 같았다. 고양이로서의 삶을 포기한 고양이 같았다. 어떤 이유로 노숙자의 길로 들어선, 공원의 노숙자들 사이에서 노숙자들이 먹는 것을 나눠 먹으며 노숙자들과 다름없이 살아가는 진정한 노숙자 고양이 같았다. 고양이의 울음소리 역시 노래하는 것처럼 들리지는 않았다. 고양이의 울음소리는 나를 우울하게 만들었고, 나는 다른 어떤 고양이를 떠올렸다.

고양이를 기르며, 고양이에게 높이뛰기를 훈련시킨 사람이 있었다. 그는 하루 한 차례, 자정 무렵, 주로 술에 취한 상태에서 솜털이 달린 막대기를 휘둘러 고양이로 하여금 공중으로 뛰어오르는 연습을 하게 했다. 그들은 높이뛰기 연습을 할 때에만 함께했고, 나머지 시간에는 서로 거의 상대하지 않았다. 서로 상관하지 않고 있다가 높이뛰기를 할 때에만 동물과 조련사처럼 함께 시간을 보냈다. 그들은 고양이가 세계 최고의 높이뛰기 선수 고양이가 되는 것을 목표로 강도 높은 훈련을 했다. 하지만 그것은 어디까지나 그의 생각이었고, 고양이는 얼마든지 다른 생각을 갖고 훈련에 임했을 수도 있었다. 자신이 세계 최고의 높이뛰기 선수 고양이가 되는 것을 목표로 강도 높은 훈련을 하고 있다는 사실을 몰랐던 고양이는 어쩌면 현실에서는 가능하지 않은 것들이 가능한 꿈속에서처럼, 아주 높이 뛰어올라 시공간의 제약을 뛰어넘어, 먼 미래나, 사차원의 어떤 공간으로 날아가, 길을 잃고 우주를 떠도는 상상을 했을 수도, 중력에 대해서도, 달에 대해서도 알지 못하지만, 우리가 알지 못하는 고양이만의 공상을 통해, 중력이 거의 없는 달에서처럼 사뿐히 뛰어올랐다가 착지하는 것을 상상하며 높이뛰기를 했는지도 몰랐는데, 우리와 같은 세계 속에 살기도 하지만 우리와는 또다른 세계 속에 살기도 하는 고양이의 머릿속에서는 그런 일들이 예사로 일어나는지도 몰랐다.

그는 왜 그가 자신의 고양이를 세상에서 가장 높이 뛰는 고양이로 만들고자 하는지는 알 수 없었다. 고양이를 괴롭힐 의도는 없었고, 고양이도 괴로워하는 것 같지 않았다. 훈련에 강제성은 없었고, 고양이는 자발적으로 훈련에 참여했다. 그 시간만큼은 그들은 모든 것을 잊고 그 일에 몰두했고, 둘은 하나가 된 것 같아 보였다. 세상 어딘가에 자신의 고양이를 세계 최고의 높이뛰기 선수 고양이로 만들고자 훈련을 시키는 누군가가 있는지 알 수 없었고, 그 누군가가 자신과 마찬가지로 고양이에게 높이뛰기 훈련을 시키는 누군가가 세상 어딘가에 있을지 궁금해하는지 알 수 없었고, 그런 사람이 있다 해도 서로의 존재를 알 수 없을 테지만 그에게 유대감을 느끼고 있다고 생각했다. 하지만 고양이의 높이뛰기 훈련이 끝나면 둘은 각자의 시간과 공간으로 돌아갔다. 그들은 공간을 거의 공유하지 않았고, 한집에서 서로 타인들처럼 지냈다. 그는 일정한 시각에 고양이에게 먹이를 주었고, 배설물을 치워주었고, 그에 대한 반대급부로 고양이가 자신을 위해 해주는 것은 아무것도 없다고 느꼈지만 그것은 상관없다고 생각했다.

매일같이 고양이에게 높이뛰기를 훈련시킨 사람은 사실은 나였다. 고양이는 아는 사람이 준 것이었는데 나는 그 고양이가 다른 것은 몰라도 높이, 아주 높이 뛰어오르기를 바랐다. 어느 날 밤 취한 나는 고양이를 앉혀놓고, 계속 앉아 있지 않으려 하는 고양이를 못 일어나게 하며, 고양이의 롤 모델은, 종목이 조금 다르긴 하지만, 러시아의 전설적인 장대높이뛰기 선수인 옐레나 이신바예바, 라는 얘기까지 했는데 그녀의 어떤 점을 본받으라는 건지는 나로서도 분명치 않았지만, 이신바예바가 아주 높이 뛰는 점을 본받으라는 것 같았다. 그 말고 다른 것이 될 수는 없었다. 이신바예바에게서 아주 높이 뛰는 것을 빼고 남은 것들 중에 본받아야 하는 점은, 적어도 고양이를 세계 최고의 높이뛰기 선수로 만들고자 할 때에는, 없는 것 같았다.

무슨 이유에서인지 나는 고양이가 높이 뛰어올라 천장에 머리가 부딪히는 것을 상상했고, 그것을 보고 싶었는데, 그것은 세계 최고의 높이뛰기 선수 고양이가 되기 위해 통과해야 하는 첫 관문 같았다. 시간이 지나면서 고양이는 꽤 높이 뛰어오르게 되었지만 천장에 머리가 부딪힐 정도로 높이 뛰지는 못했다. 고양이의 높이뛰기 실력은 어느 선까지는 나아졌지만 그 이상은 넘지 못했고, 사실은 천장 높이의 절반 정도밖에 뛰어오르지 못했다. 나는 이래서는 가망이 없다고 느꼈다. 세계 최고의 높이뛰기 선수 고양이가 될 가망이 없는 고양이를 훈련시키고 있으면 뭔가 가망이 없는 일을 하고 있다는 느낌을 뼈저리게 느낄 수 있었고, 그것이 내가 처해 있는 어떤 상태를 말해주고 있다고 느꼈고, 그래서 어쩌면 내가 일정 기간 그 일을 할 수 있었는지도 몰랐다. 높이뛰기 실력이 어느 선에 이른 고양이는 자신의 이전 기록을 깨는 기록을 세우지 않았고, 당시 기록적인 우울을 경험하고 있던 나는 기록적인 우울을 글로 기록하지는 않았다.

사실 우리의 훈련 강도는 그다지 높지 않았고, 둘 중 주로 내 쪽에서 건성으로 훈련에 임하는 경우가 많았고, 도대체 지금 뭘 하고 있는 거지, 라는 생각이 들어 내가 그날의 훈련을 갑자기 중단하면(도대체 지금 뭘 하고 있는 거지, 라는 생각이 내가 뭔가를 계속하는 것을 중단하게 한 경우가 종종 있었는데, 언젠가 거의 일 년 동안 어떤 수영장에서 일요일만 빼고 거의 빠짐없이 25미터 레인을 스무 번 이상 왕복해 하루에 1킬로미터 이상을 헤엄치다가 어느 날 레인 중간쯤에서 도대체 지금 뭘 하고 있는 거지, 라는 생각이 들면서 그대로 물 밖으로 나와 수영을 그만둔 일이 있었는데, 그 생각이 들기까지 나는 일 년간 총 300킬로미터가 넘는 거리를 헤엄친 적이 있었고, 그것이 지금껏 내가 한 가장 놀라운 일로 여겨졌다), 고양이는 어떻게 된 영문이지, 내가 뭘 잘못했지, 하는 듯한 표정으로 높이 뛰는 것을 멈추고 자신의 영역으로 돌아갔다. 계속해서 높이 뛰어오르는 고양이를 보고 있으면 어느 순간에는 고양이가 더이상 고양이 같지 않고, 관성의 힘에 의해 계속해서 공중으로 튀어오르는 어떤 물체 같았고, 그럴 때면 물체에게 높이뛰기 훈련을 시키는 것은 어이없는 짓이라는 생각이 들어 훈련을 중단하기도 했다.

세계 고양이 높이뛰기 선수권대회 같은 것은 없는 것 같았고, 설사 그런 것이 있다 해도 우리가 출전할 리는 없었지만 우리가 훈련을 할 때면 그 대회 출전을 위해 훈련을 하고 있는 것 같았다. 평소 풀이 죽은 모습으로 있던 고양이는 높이뛰기를 할 때에는 열의를 보였고, 훈련을 하는 동안에는 사뭇 진지해졌는데 그 시간을 하루종일 기다리는 것 같았다. 하지만 훈련이 끝나면 고양이는 바로 다시 풀이 죽은 모습으로 되돌아갔고, 나머지 시간에는 아주 비활동적으로 되었고, 우울한 모습으로 엎드려 주로 천장을 바라보았는데, 거기가 자신이 뛰어올라 머리를 부딪혀야 하는 곳이라고 생각하는 것 같았다. 우리의 눈길이 마주칠 때면 우리는 서로의 우울한 모습을 보고 바로 눈길을 돌렸는데, 서로의 우울한 모습만 봐도 곧 더 우울해졌다. 나는 보기만 해도 우울한 고양이를 피했고, 고양이 역시 생각만 해도 우울한 나를 피하는 것 같았다(나도 고양이도 정신과적인 치료가 필요한 것 같았고, 나는 우리가 같이 치료를 받는 것에 대해서도 생각했는데, 같이 인간 정신과 치료 전문병원이 아니라 동물 정신과 치료 전문병원에 가 치료를 받을 수도 있을 것 같았다). 반드시 그런 것은 아니었지만 내가 더 우울한 날일수록 훈련의 강도가 더 높아지는 경향이 있었고, 그런 날에는 훈련이 끝나고 나면 우리 둘 다 지쳐 쓰러지듯 잠을 잤다.

어느 날 밤 높이뛰기 훈련 세션이 끝난 후 내가 취한 상태에서 우리가 사람들이 그러듯 언성을 높이고 한바탕 싸우기라도 하면 뭔가가 달라질 수도 있을 거라는 생각에 고양이를 향해 소리를 지르자 고양이는 그것이 가당찮다는 얼굴로 나를 흘낏 쳐다본 후 딴 데로 갔고, 나는 그를 따라가 언성을 더 높여 소리를 질렀고, 그러자 고양이는 그만하라는 듯한 얼굴로 나를 흘낏 쳐다본 후 딴 데로 가버렸고, 그래서 나는, 우리의 사이는 나아질 수 없으니 계속 좋지 않은 관계를 유지하는 수밖에, 하고 생각하기도 했다. 그럼에도 우리는 자정 무렵에 그 이상한 세션을 함께했다. 고양이에게 높이뛰기를 훈련시킬 때면, 뭐랄까, 그 나머지 시간에는 내가 뭘 하는 사람인지 모르겠는 나 자신이 고양이에게 높이뛰기를 훈련시키며 사는 사람처럼 여겨졌다.

이상한 주인을 만나 다소 이상하게 된 고양이는 몇 달 후 고양이 높이뛰기 대회에 출전해보지도 못하고 결국 원래 주인에게 돌아갔다. 나와 함께 행복한 나날을 보내지 않은 고양이는 나와 헤어지는 것을 아쉬워하지 않는 것 같았는데 나도 그다지 아쉽지 않았고, 다시는 집안에 살아서 움직이는 그 무엇도 들이지 말아야겠다고 생각했다. 원래의 주인을 다시 만난 고양이는 이제 살았다는 듯한 표정으로 나를 떠났다. 그후 주인은 고양이의 사진을 보내주었는데, 고양이는 나와 함께한, 이상하고도 불우했던 시간의 기억을 씻고 행복하게 살고 있는 듯했는데, 지극히 평범하고 아무런 재미도 없는 주인을 닮아 지극히 평범하고 아무런 재미도 없는 고양이로 살아가고 있는 것 같았다. 다만 고양이는 가끔, 주로 자정 무렵 아무런 이유 없이, 마치 천장에 닿으려는 것처럼 높이뛰기를 했는데, 그런 다음이면 잠시 알 수 없는 흥분 상태에 사로잡혀 집안을 뛰어다닌다고 했다. 나는 그것이 무척 다행으로 여겨졌고, 고양이의 주인에게는 그것이 나 덕분이며, 고양이가 세계 최고의 높이뛰기 선수 고양이가 되는 것을 목표로 우리가 밤이면 밤마다 높이뛰기 훈련을 했다는 얘기는 하지 않았다. 고양이의 주인은 우울이라는 것을 전혀 모르는 사람이었고, 나는 나와 얼마간 지냈던 고양이가 그런 사람과 어쩌면 평생을 함께 살게 될 거라는 생각을 하자 마음이 불편했고, 우려가 되었고 우울했지만 나를 떠난 고양이에 대해서는 잊어버리기로 했다. 하지만 자정 무렵, 술에 취해 있을 때면 고양이 생각이 나곤 했고, 어떤 물체에게 높이뛰기 훈련을 시키는 것을 생각하기도 했지만 그것은 가능하지 않은 일이었다.

내가 술에 취하게 되는 데에는 몇 가지 단계가 있었다. 정신이 활성화되는 단계를 지나게 되면 허무맹랑한 생각들이 난립하고, 그다음에는 기분이 묘하게 되거나 그것을 걷잡을 수 없게 되고, 그 단계를 지나게 되면 울분이 끓어오르거나 극심한 우울로 곤두박질치거나 거대한 공허에 빠져들었는데, 물론 때로는 마지막 단계로 곧바로 넘어가기도 했다. 공허에 빠져드는 것은 끔찍한 일이고, 그래서 되도록 그런 일이 일어나지 않게, 취한 상태에서 일종의 나만의 놀이를, 주로는 생각을 통해, 하기도 했다.

취기가 올랐고, 코를 납작하게 만들어줘야지, 하는 생각을 했다. 누구의 코를 납작하게 만들어주겠다는 것인지는 알 수 없었지만 아마 내 코인 것 같았다. 내 코 아닌 다른 누구의 코를 납작하게 만들어줄 수는 없었고, 내 코여야 마땅했고, 코가 비뚤어지게 마실 거라는 것을 잘못, 그렇게 표현한 것 같았다. 그럼에도 코를 납작하게 만들어주고 싶은 몇몇 사람들이 떠올랐고, 마음속으로 내 코와 함께 그들의 코도 납작하게 만들어줬는데, 그 가운데 이미 죽은 사람들의 코는, 죽은 사람들에 대한 예의가 아닌 것 같아, 납작하게 만들어주는 시늉만 하다 말았다. 말놀이처럼, 큰코다쳐야지, 다치라지, 하는 생각을 하다가 말았다. 만취한 상태를 일컫는 under the table이라는 영어 표현을 떠올렸다. 세상에는 술에 취하면 탁자 아래로 기어들어가는 사람들도 있었지만 아직 그런 사람은 못 보았다. 물론 취해 탁자 아래로 기어들어갈 수는 없다는 생각을 하며, 그것은 아주 나쁜 버릇이라고 생각하며 탁자 위로 올라가는 편을 택하는 사람들도 있었는데, 내 주위에도 있었다.

주정이라도 부릴까보다, 하는 마음이 들었지만 마음처럼

되지 않았다. 나의 어떤 소심함이 주정조차 마음대로, 마음 놓고, 마음껏 부리지 못하게 했고, 소심함에 진저리가 났다. 하지만 소심한 탓에 혹은 소심함에도 불구하고 별짓을 다 하기도 했고, 또 술에 취해 무슨 짓을 하게 될지 기대를 해도 될 것 같았다. 술에 취해 나도 모르게 뒷산에 가 나무 아래에서, 혹은 나무 위에서 잠들 수도 있을 것 같았고, 그러고 싶었는데, 문득 뒷산의, 내가 언젠가 가지에 염주를 걸어준 어느 죽은 목련나무가 쓰러지지 않아 아직도 염주를 걸치고 있는지 궁금했고, 그것을 확인하고 싶었지만 그 나무를 찾을 자신이 없었다.

뒷산은 내가 수도 없이 가, 그곳의 작은 숲길들을 모두 알고 있다고 생각했는데, 보름달이 떠 환한 어느 날 밤 취해 그곳에 갔다 길을 잃은 후 본 기억이 없는 길로 들어서서 한참을 헤매다가 죽은 목련나무를 발견했고, 언젠가 어디에서 길을 가는데 어느 모르는 중이 분명 일부러 내게 다가와, 마치 전생에 우리가 아는 사이였던 것처럼, 나를 본 순간 그것을 주고 싶었다며 준, 한동안 코트 주머니에 넣고 다니며, 이제 그만 굴려야지, 그만 굴려야지, 그만 좀 굴려라, 다그치면서도 손이 주머니에 들어가면 또 굴리고 굴리게 되는 것에 짜증이 나, 누구에게 줘버려야지, 생각하며, 길고양이의 목에 걸어줄까, 울고 있는 아이의 목에 걸어줄까, 새로 만나 좋아하게 될 여자의 목에 걸어줄까, 죽게 된 아는 누군가의 목에 걸어줄까, 어느 절의 불상의 목에 걸어줄까, 아니면 길에서 만난 아무 중의 목에 걸어줄까, 하던 염주를 목련꽃이 절정인 계절에 어떤 이유로 죽어 있는 그 목련나무의 가지에 걸어주고, 잃은 길을 벗어나 나오면서, 어떻게 해서 밤에 산에서 잃은 길은 밤에만 잃을 수 있는 길로 낮에는 찾을 수 없고, 또다른 밤에 찾아 나설 수도 있겠지, 하는 생각을 했던 기억이 떠올랐고, 그날 밤에 산에서 잃어버린 길을 찾아내 아직도 염주를 걸치고 있을 수도 있는 죽은 목련나무를 찾아보고 싶었지만 그 잃어버린 길을 찾을 수 있을 것 같지 않아 포기했다.

뒷산에는 절도 있었는데, 나는 어떻게 해서 내 집에 있게 된, 내가 어느 시기, 대략 삼 년 주기로 중이 되는 것에 대해 고민하던 때, 주로 술에 취해 아무렇게나 두드리곤 하던 목탁을 더이상 술에 취해 아무렇게나 두드리곤 하는 일이 없도록 어느 날 밤에 술에 취해 그 절에 가 법당의 계단에 두고 왔는데, 그 절의 중들은 웬 목탁이 법당 계단에 있지, 웬 못 보던 목탁이지, 어찌된 노릇이지, 목탁으로 보이는 게 목탁이 맞나, 하며 목탁을 보곤 어리둥절해할 수도 있었는데, 내가 그렇게 한 것은 중들을 어리둥절하게 해주고 싶기도 했지만 그래서만은 아니었고, 목탁이 있어야 할 장소가 그곳처럼 여겨졌기 때문이다. 그후 나는 술에 취하면 아무렇게나 두드리곤 하던 목탁이 없는 것이 아쉬웠고, 아무렇게나 두들겨지는 목탁 소리라도 없는 것이 허전했고, 그래서 그 절에 가 누군가가 법당 계단에 두고 간 목탁을 돌려달라고 하고 싶었지만 참았는데, 또 술에 취하면 아무렇게나 두드리곤 할 게 뻔했고, 때로는 목탁을 패듯이 두드렸고, 그럴 때면 기분이 몹시 안 좋아졌고, 그럼에도 때로 중이 되는 것에 대해 생각했는데, 중이 되면 해야 하는 것들, 삭발하고 새벽에 일어나 참선하고 육식을 금하고 여자를 멀리하고 욕심을 버리고, 완전히 비우지는 못할 테지만 마음도 거의 비우고, 어쨌든 표면적으로는 금욕적인 생활을 하고, 심지어는 불경을 외우는 것까지도 다 할 수 있지만 이상하게도 목탁을 두드리는 일만큼은 할 수 없을 것 같았고—그건 너무나 중의 탈을 쓴 중이나 하는 짓 같았다—, 물론 목탁을 두드리지 않을 수도 있겠지만 목탁을 두드리지 않는 중은 생각하기 어려웠고, 그래서 중이 되는 것을 포기했다.

술을 계속해서 마시는 한 취기는 오르기만 하지 내려가지는 않을 거라는 생각을 하며, 술에 취하면 늘 드는 생각, 즉 삶의 뭔가가 아니라 삶 자체에 삶을 불가능하게 만드는 뭔가가 있다는, 아주 진부하게 여겨지는 생각을 또다시 했다. 삶을 불가능한 것으로 만드는 나의 삶의 방식이 문제였지만 방식만의 문제는 아니었다. 그럼에도 문제는 방식의 문제로 돌아가기도 했다. 삶이 불가능한 것으로 여겨질 때면 누군가는 새들을 놀려주고, 술에 취해 종잇조각과 콜리플라워를 먹고, 화초와 의자를 훼손하는 등의 알 수 없는 짓을 하게 되는지도 몰랐다. 또한 고양이에게 높이뛰기 훈련을 시키고 그 결과로 손가락들을 쓰지 못하게 되는지도 몰랐다. 토끼 한 마리를 키우는 것에 대해, 다시 말해 토끼 한 마리를 이상한 토끼로 키우며 사는 것에 대해 생각했는데, 그것 역시 삶이 불가능한 것으로 여겨지는 누군가가 삶을 사는 한 방식으로 택할 수도 있는 것이었다. 토끼에게는 멀리뛰기나 왕복달리기를 훈련시킬 수도 있을 것이었다. 하지만 고양이에 이어 토끼 한 마리를 불우하게 만들고 싶지는 않았다.

내가 못 쓰게 된 기계장치처럼 어떤 불능 상태에 이르렀다는 생각을 해보았다. 그 상태에 이르기 위해 내가 할 수 있는 것을 다 했다는 생각이 들었고, 그러자 그것이 내가 이를 수 있는 어떤 궁극의 상태처럼 여겨지기도 했다. 결국 기계장치를 포함해 작동하는 모든 것들은 불능 상태에 이르러서야 작동을 멈췄고, 모든 작동하는 것들의 궁극은 불능 상태라고 볼 수도 있었다.

어떤 생각의 끝에는 늘 그렇듯 어떤 끝들에 대해 생각했다. 이상한 끝이야, 라는 문장으로 시작되는, 혹은 끝나는 글을 쓰는 것에 대해 생각했고, 이상한 끝이야, 아니, 하나도 이상할 것도 없는 끝이야, 라는 생각으로 끝나는 삶을 생각했다. 텅 빈 생각들이 반복되었다. 하루하루가 구분이 가지 않는 날들이 이어졌다. 기이하게 진부한 날들이었고, 진부하게 기이한 날들이었다. 절망이 기교를 낳기도 하지만 기교가 절망을 키우기도 했다. 하지만 너무 커진 절망은 기교를 죽이기도 했다.

이렇게 술을 마시다가 죽을 수도 있을 거라는 생각이 들었다. 그리고 그 생각은 이렇게 죽으라는 법도 있겠구나, 라는 생각으로 반복되었다. 어떤 불능 상태에 이르러 무의미한 글쓰기를 반복하는 것이 사실상 할 수 있는 것의 전부가 되었을 때 기대할 수 있는 것은, 무의미한 글쓰기를 반복하는 것 또한 가능하지 않은, 완전한 불능 상태에 이르는 것인지도 몰랐다. 텅 빈 생각들이 반복되었다. 어떤 반복이 원하는 것은 어떤 텅 빈 상태 자체이므로.

겨울이고, 겨울과는 상관없이 나는 반복되는 생각들 속에서 빠르게 취해갔다.

오리무중에 이르다

내가 잠에서 깼을 때 그녀는 옆에서 깊은 잠을 자고 있었다. 나는 자고 있는 그녀를 잠시 물끄러미 바라보았다. 호숫가에 있는 이곳 호텔에 온 것은 그녀의 제안에 따른 것이었다. 나는 침대에서 내려와 창가에 있는 의자에 앉아 창밖을 내다보았다. 보름달이 떠 있었고, 달빛이 겨울 호수에 차갑게 비치고 있었다.

그녀가 전화를 걸어온 것은 내가 그날 오후에 아주 막연한 상태에서, 내 집 침실에서 침대에 오래도록 가만히 누워, 이대로 가만히 누워 있지 말고, 미술관에서 퍼포먼스를 하는 아티스트처럼, 여자들이 신는 아주 높은 굽의 킬힐을 신은 채로 침대에 가만히, 아주 가만히 누워 있고 싶다는 생각을 하다가, 방의 구석들을 보며, 이 방에는 석연치 않은 구석들이 너무 많아, 구석의 모습을 한 저 구석들까지 포함해, 하는 생각을 하고 있을 때였다. 그 생각을 하며 방의 구석들을 바라보자 석연치 않은 것에는 나 자신도 포함되는 것 같았다. 나는 전화를 받지 않았다. 하지만 전화벨이 끊긴 후에는 어떤 생각에 자리에서 일어나, 역시 미술관에서 퍼포먼스를 하는 아티스트처럼, 어떻게 해서 서랍 밖으로 삐죽 나와 있는, 섬유로 만든 약간 두껍고 긴 끈을 꺼내 손에 들고 방 한가운데 부동의 자세로 한참 동안 서서, 이 상태로 하루를 보낼 수도 있지 않을까, 하는 생각을 했다. 하지만 그건 하루를 보내는 그다지 좋은 방법은 못 돼, 하는 생각을 했으며, 긴 끈을 손에 들고 서서 하루를 보내는 건 서슬 푸르게 날카로운 낫을 들고 서서 하루를 보내는 것만은 못하지, 그런데 낫을 들고 서 있기에는 새파랗게 질린 얼굴이나 창백한 얼굴도 괜찮겠군, 그런데 낫을 들고 서 있는 것으로 표현할 수 있는 기분이 있기도 하고 없기도 하지만 지금의 기분은 낫을 들고 서 있는 것으로도 부족한 것 같아, 하고 생각했다.

일부를 빼낸, 다른 쪽 끝이 여전히 서랍 속에 그대로 들어 있는 끈은 아주 길었고, 헝클어져 있었다. 잠시 후 나는 손에 끈을 쥔 채로 책상에 앉아, 머리를 한쪽으로 한껏 치우치게 기울여 한 손에 쥔 채로 한쪽으로 아주 치우친 어떤 생각을 하려 했는데—때론 아주 치우친 어떤 생각이 필요하니까—, 그때 무슨 생각을 했는지는 기억이 나지 않았다.

그날 오후 내내 나는, 무엇도 하고 싶지 않은 애절한 마음으로 무엇을 할까, 무엇을 하는 둥 하다 말까, 무엇을 하지 말까, 무엇도 하지 말까, 이 생각만 계속하고 있을까, 하는 생각을 했고, 저녁이 되었을 때에는, 저녁은 먹고 이 생각을 이어갈까, 굶은 채로 그럴까, 하는 생각을 했고, 그에 따라 생각만으로도 어려운 저녁을 맞고 있었다.

며칠 전 어딘가를 갔다 왔지만 계속해서 어디에도 갔다 오지 않은 것 같은 느낌과 함께, 어딘가를 떠돈 것 같은 느낌만 어딘가를 떠돌고 있는 것 같은 느낌 속에서 며칠을 보낸 상태였다. 나는 사실은 꽤 먼 곳을, 미국 텍사스의 몇 개 도시들을 갔다 왔는데, 내게 텍사스 하면 떠오르는, 수많은 가축들이 있는 목장과 오일 필드를 단 하나도 보지 못했고, 그래서 텍사스를 갔다 온 것 같지 않았다.

다시 침대에 누워 천장 구석을 바라보았는데, 한쪽 구석에 집을 짓기 시작한 거미 한 마리가 보였고, 잠시 지켜보았는데, 뭐가 급한지 거미는 집 짓는 것을 서두르고 있는 것 같았다. 내가 낫을 들고 서 있는 것을 거미가 집을 짓는 것으로 대신할 수는 없다는 생각을 했고, 그럼에도 거미가 집 짓는 것을 구경했다. 크지 않은 거미였고, 다 지어진 집의 크기도 크지 않을 것 같았고, 집을 짓는 지금 속도라면 곧 집이 완성되어 어떤 모양의 집일지 알 수 있게 될 것 같았다. 하지만 그 순간 거미는 무슨 이유에서인지 갑자기 하던 일을 멈추고 꼼짝도 않았고, 아무리 기다려도 그대로 있었고, 나는 거미가 완성하게 될 여러 형태의 집들을 상상하는 수밖에 없었고, 그 중 마음에 드는 것을 하나 골랐지만 거미가 그런 집을 지을 리는 없었는데, 그것은 거미가 짓기에는 너무 비현실적인 것이었다.

거미는 그대로 내버려두고 침실에서 나왔지만, 저녁식사를 포기하고 차를 마시기 위해 가스레인지에 주전자를 얹고 불을 켜 불을 바라보다가, 갑자기 차가 아닌 불을 마시고 싶어졌는데, 불을 마시는 사람들도 있었지만 그들 역시 삼키지는 않고 내뱉었고, 너무 뜨거운 불을 그대로 마실 수는 없었고, 식혀서 차게 해 마실 수도 없었고, 나로서는 불을 마실 수는 없다는 사실이 너무도 실망스러웠고, 너무도 의기소침해진 나머지 차 마시는 것을 포기하고 술을 마실까, 아니면 집안을 엉망으로 만들어놓을까, 하는 생각을 했다. 집안을 엉망으로 만들어놓은 다음에는 집을 나가 한동안 집에 돌아오지 않는 것이 마땅할 것 같았다. 그때 다시 전화가 왔다. 나는 전화를 받지 않고, 오늘은 다짜고짜 하는 것으로, 어쩌자고 하는 것은 아닌, 가출, 정사, 야반도주, 패주, 기절 따위에 대한 욕망에 시달리는, 하지만 그것들에 대한 생각을 하는 순간 욕망이 시들게 될 밤을 맞이해보자, 하는 생각을 했다.

가출에는 시무룩한 차림이 제격일 것 같았다. 그날 내내 나는 우울하거나 울적하다기보다는 몹시 시무룩한 상태였는데, 울적은 우울의 사생아, 시무룩은 우울의 불량한 친구쯤 되는 것 같았다. 하지만 시무룩한 표정이 아닌, 시무룩한 차림은 어떻게 갖춰야 좋을지 알 수 없었고, 결국 가출에 어울리는 시무룩한 차림을 결정하지 못해 가출은 포기했다. 그사이 끊겼던 전화벨이 또다시 울렸지만 나는 이번에도 전화를 받지 않았다. 나는 성가시게 울리는 전화벨 소리가 너무도 귀에 거슬렸고, 전화선을 뽑아버릴까 하다가 말았다. 조금 후 나는 마음이 바뀌었고, 약간 무안해져 집안 벽에 눈에 거슬리게 박혀 있는, 이전에 살던 사람들이 박아놓은 못을 몇 개라도 뽑아버려야 마음이 진정될 것 같았고, 그래서 연장을 찾았지만 연장은 보이지 않았다. 나는 남은 하루를 계속해서 되는 일이 없도록 하며 보내야겠다고 생각했다. 다시 전화가 왔다. 이번에는 나는 어느새 서랍에서 완전히 꺼내 바지 호주머니 속에 넣고 있던 끈을 만지작거리며, 끈질기군, 하는 생각을 하며 전화를 받았다. 친구였다. 나는, 무리한 요구인 줄 알지만 혹시 연장이 있으면 그녀의 집 벽의 못 몇 개만 빼주면 안 되는지 물었다. 못 아니면 나사라도. 그녀는 웃으면서, 넓은 수면이 있는, 안개에 뒤덮인 호수 같은 데 가려고 하는데 같이 가지 않겠냐고 했고, 나는 남은 하루를 계속해서 되는 일이 없도록 하며 집에서 보내야 할 거라면 어디든 가 그곳에서 남은 하루를 계속해서 되는 일이 없도록 하며 보내더라도 상관없을 거라고 생각했다. 집에서 나오면서 나는 마지막 순간 긴 끈을 외투의 호주머니 속에 넣었는데, 호주머니 속에서 끈은 내가 몇 주에 걸쳐 쓴 글들이 적혀 있는 수첩과 뒤엉켰다.

얼마 후 그녀가 차를 갖고 내 집으로 왔고 우리는 출발했다. 나는 그 시간이면 내가 사는 삼층집 근처 공터에서 요란하게 줄넘기를 하는 이웃집 소녀가 그날은 줄넘기를 하지 않아 얼마나 천만다행인지 모르겠다고 생각했고, 그 생각을 텅 비어 있는 공터를 향해 열린 차창 사이로 소리나지 않게 내뱉기까지 했다. 소녀는 무중력상태에서처럼, 슬로모션처럼 천천히, 높이 뛰며, 우아하게 줄을 넘지 않고 아주 빨리, 정신없이, 마치 정신줄을 놓은 사람처럼 줄을 넘었다. 그녀가 줄넘기를 하고 있는 모습을 보고 있으면 마치 커다란 바퀴 하나가 빠르게, 속수무책으로 헛돌고 있는 것 같았다. 그녀는 한 번 뛸 때 줄을 두 번, 세 번까지 넘기도 했고, 거의 줄넘기 선수 같아 보였다. 언젠가 한번은 그녀가 그날따라 줄넘기를 과도하게 했고, 줄이 예리하게 공기를 가르는 소리를 들으며 내가 그녀에게 응원과 야유를 번갈아 보내는 사이 밤이 왔고, 그날 밤을, 그녀가 격하게 줄넘기를 한 것과는 무관했지만 그것이 단초가 된 것처럼 어렵게 보낸 적도 있었다. 나는 줄넘기를 하는 저 소녀 옆에 가 마사이족 전사처럼 뛰면 그녀는 웬 이상한 남자가 마사이족처럼 뛰는 거지, 마사이족같이 뛰는 남자 옆에서 줄넘기를 할 수는 없어, 라는 생각까지는 못할 테지만 웬 이상한 남자가 이상하게 높이 뛰는 것에 기분이 상해 그녀의 집으로 가버릴까, 하는 생각을 하기도 했다. 그때는 그렇게 해서라도 그녀를 쫓아버릴 수 있다면 쫓아버리고 싶었다.

친구는 자신이 어딘가 가고 싶었고, 그래서 조용히 있는 나를 끌어들인 것이었다. 하지만 그것에 대해서는 말하지 않았다. 그것은 상관없는 일이었다. 어디에서 뭘 하든 상관없었다. 어디에서 뭘 하든 아무렇지 않았다.

우리는 가는 동안 별로 말을 하지 않았다. 나는 언젠가 이후로 그 누구와도 특별히 할말이 없었는데, 그 누구에는 그녀도 포함되었다. 가끔 나는 운전대를 잡고 있는 그녀를 가만히 바라보곤 했는데, 몇 번은 시선이 바라보는 것에서 노려보는 것으로 바뀌기도 했다. 하지만 대체로 나는 앞쪽을 똑바로 보며 머릿속에서 무작위로 드는 어떤 생각들은 빠르게 스쳐지나가게 했고, 어떤 생각들은 좀더 오래 붙들고 있기도 했다.

전날 밤 술을 마시며 미국의 치어리딩의 역사에 관한 TV 다큐멘터리를 본 기억은 났지만 기억나는 내용은 거의 없었다. 그럼에도 미국의 치어리딩은 아메리칸 풋볼이나 미국의 송어낚시와 로데오와, 대부분 바보 같은 미국의 온갖 축제들과 마찬가지로 미국 문화의 중요한 한 요소일 수도 있겠다는 생각과 함께, '치어리딩의 어두운 역사'라는 제목의 소설을 써볼까, 하는 생각을 했던 기억은 났다. 그 소설에는 리처드 브라우티건이 쓴 『미국의 송어낚시』에는 등장한 적이 없는 물고기들과, 평생 간질을 앓았지만 평소 눈빛이 더없이 그윽했고, 많은 사람들의 사랑을 받았고, 결국 뇌종양으로 죽은, 마이애미 동물원의 오랑우탄과, 앵무새 중 가장 오래 산 것으로 알려진, 한 살 때 호주 동물원에서 미국 시카고 교외의 브룩필드 동물원으로 가 역시 많은 사람들의 사랑을 받다가, 노인성 질환인 골다공증과 관절염과 백내장을 앓다가 83세에 안락사당한 코카투와, 그 밖의, 세계 각지의 동물원에서 살다 죽은 동물들과, 여러 뿔 달린 동물들과, 오필리어와 안나 카레니나와 여자 K 같은, 문학작품들 속과 밖의 비운의 여주인공들과, 끝없는 계단을 올라가는 나부와 끝없는 계단을 내려가는 나부와, 치어리딩이나 치어리딩 연습을 하다가 불의의 사고로 죽은, 치어리딩의 역사를 새로 쓰거나 쓰지는 않은 치어리더들을 포함해, 치어리딩에 관한 이야기는 등장하지만 아메리칸 풋볼 선수는 등장하지 않을 수도 있을 것이었다.

그리고 그 소설 속에 햄릿이 등장한다면 그는 무엇보다도, 거미줄에 대한 강박증과, 목을 매 죽어야 한다는 생각에 사로잡힌 인물로 등장해 치어리딩에 대해 알아들을 수 없는 말들을 하고, 오필리어는 그녀의 가죽 신발들에 핀 희거나 푸른 곰팡이들에 대해 역시 알아들을 수 없는 말들을 하고(그녀는 곰팡이들의 흰색과 푸른색에 매혹된 후로는 다른 모든 것들에 흥미를 잃고 곰팡이들에 대해서만 생각하고 말할 것이었다), 이미 유령이기도 한 그들은 소설의 여러 장에서 유령처럼 등장한 후 '치어리딩의 어두운 미래'라는 장에서 무대에서 퇴장하듯 사라지고, 이 소설은 다른 무엇보다도 햄릿과 오필리어가 치어리딩의 어두운 역사 속에서 새롭게 조명을 받게 되는 데 어떤 역할을 할 수도 있을 것이었다.

치어리딩에 대한 생각들은 내가 전날 밤 우연히 미국의 치어리딩의 역사에 관한 TV 다큐멘터리를 보기 전부터, 지난 며칠간 내 머릿속에서 계속 떠돌고 있었는데, 며칠 전 저녁 무렵 나는 집 근처에 있는 대학 캠퍼스를 산책하다 운동장에서 그 대학 응원단이 치어리딩 연습을 하는 것을 보고 잠깐 발걸음을 멈추고 구경을 했는데, 그들은 대학들 간의 어떤 시합을 앞두고 연습을 하고 있는 것 같았다. 그들이 연습하고 있는 치어리딩은 너무나 잘하고 있어 더이상 말이 필요 없는 것이 아니었다. 말이, 그것도 아주 많은 말이, 그것도 좋지 않은 아주 많은 말이 필요한 것이었다. 그들은 너무도 못하고 있었다. 치어리더들은 거의 퇴화한 치어리딩 동작들 같은, 너무나 유치하고 단순한 동작들을 반복하고 있었는데, 소리를 지르며, 너무나 단조로운 색상과 무늬의 깃발을 흔드는 게 거의 다였고, 보는 사람으로 하여금 전혀 흥이 나지 않게 하는 것이 그것을 하는 사람 역시 흥이 나지 않게 할 것 같았다. 공중으로 깃발을 높이 던져 몇 번 회전하게 한 후 받거나, 여러 층의 인간 탑을 만들거나 하는, 좀더 어려운, 하지만 치어리더들이라면 하는 게 마땅한 것 같은 동작은 전혀 하지 않았는데, 일부러 안 하는 것 같아 보일 수도 있었지만, 절대로 그렇지는 않았고, 그런 것들은 아예 할 생각도 못해 안 하는 것 같았다.

전체적으로 전체주의국가에서 국가적 행사에 대규모의 인원을 동원해 하는 정형화된 퍼레이드의 작은 일부 같았고, 실제로 이 나라의 적대국가인, 북쪽에 있는 공화국에서 대규모 군중을 동원한 행사에서 흔히 볼 수 있는 것과 아주 비슷했고, 아직도 그런 식의 치어리딩이 21세기의 대학교에서 이루어지고 있다는 게 놀라웠는데, 어쩐지 그것은 21세기가 지나 22세기가 되어도 달라지지 않을 것 같았고, 그로 인해 거의 시대를 초월한 치어리딩 같기도 했다. 보는 사람으로 하여금 이상하게도 침울해지게 하는 그 광경을 보며 나는 치어리딩 동작의 문제점들과 개선해야 할 점들에 대해 몇 가지 생각을 했지만 그것은 혼자 생각으로 남겨놓았다. 그들이 하는 치어리딩은 시대를 너무도 심하게 역행해 거의 원시적인 치어리딩처럼 보였고, 그들은 치어리딩의 원시시대로 돌아가려고 하는 것처럼 보였고, 나는 잠시 그들이 돌칼과 돌도끼를 들고 하는 치어리딩을 상상하기도 했다.

하지만 그 이야기는 '미국은 어떻게 해서 치어리딩의 역사를 새로 쓰게 되었는가?'라는 장도 들어 있는 '치어리딩의 어두운 역사'라는 제목의 소설 속에 '한국의 아주 이상한 치어리딩'이라는 제목의 짧은 장으로 들어갈 수도 있고, 그 장 속에는 '시대를 심하게 역행하는 치어리딩의 안무 동작에 대한 보고서'라는, 일종의 연구 글도 들어갈 수 있을 것이었다. 그 연구는 누군가와 손잡고 할 수는 없는 것이고, 그래서 고독한 연구가 될 것이었다. 하지만 "다 그만두고 잠이나 자는 게 낫겠어"라는 문장으로 시작해 "다 그만두고 잠이나 잘걸"이라는 문장으로 끝날 수도 있는 그 소설은, 주인공이 스스로 그 안에서 끝내 빠져나오지 못하는 함정을 파는 소설이고, 그래서 일종의 함정소설로, 지금까지 존재하지 않은, 함정소설이라는 장르를 개척하는 소설이 될 수도 있을 것이었다. 하지만 함정소설이라는 장르를 개척하기는 어려웠는데, 함정소설이라고 할 수 있는 소설들은 이미 많이 있었고, 내가 쓴 대부분의 소설들도 함정소설이라고 할 수 있었다.

응원단은 너무나 맥빠지게 하는 단순한 동작들을 계속했고, 그 동작들을 하는 데도 서툴러 일사불란한 움직임을 볼 수 없었고, 나는 저렇게 못해서는 사실은 기합보다도 더한 뭔가를 받아야 한다고 생각했지만 일단은 단체 기합 정도라도 받는 게 마땅하다고 생각했고, 워낙 못해 기합을 받는다고 별로 나아질 것 같지도 않았지만 안 받는 것보다는 받는 게 조금이라도 나아지는 데 도움이 될 수 있을 것 같았고, 응원단 전체가 기합받는 광경을 보게 되면 기운이 좀 날 것 같아 한참을 기다렸지만 기합도 받지 않고, 계속 맥빠지게 하는 연습만 했고, 그래서 이 응원단은 그냥 해체하는 게 낫겠다는 생각을 하며, 결국 낙담해 발길을 돌려야 했는데, 그들이 저녁도 굶으며 최소한 자정까지는 연습을 하기를 바랐다. 그런데 그 대학의, 내가 집에 돌아오는 길에 있는 한 숲에는 어떤 알 수 없는 자연적인 이유로 한 방향으로 커다란 구멍들이 나 있는 오래된 나무들이 많이 있었는데, 밤중에 가 그 구멍들을 보고 있으면 정체를 알 수 없는, 나무로 변신한 키클롭스들에게 둘러싸여 있는 기분이 들었고, 이상하게도 그것이, 마치 멋진 치어리딩을 보는 것처럼 기분을 고취시켰고, 그래서 잠시 그 숲에 가 있었지만 이미 치어리딩 연습을 보고 너무도 맥이 빠진 상태라 기분은 나아지지 않았다.

그리고 며칠 전 저녁 무렵 나는 뒷산의 숲길을 산책하며, 오랫동안 보지 못한 한 사람의 안부가 궁금했는데 그의 부고가 안부처럼 들려온, 그래서 그가 죽었다는 것 외에 그의 안부를 알 수 없는 누군가에 대해 생각하고 있는데 갑자기 어디선가 돌멩이가 날아와 내 머리 위를 스쳐지나갔고, 몸을 숙였고, 그러자 돌멩이 두 개가 더 날아왔던 일을 떠올렸다. 돌멩이들은 거의 직선을 그리며 날아왔는데, 나는 첫번째 돌멩이가 날아오는 것은 보지 못했지만 몇 초 간격으로 두번째와 세번째 돌멩이가 날아오는 것은 보았고, 그것들을 피했다. 나는 무슨 이유에서인지 알 수 없었지만 재빨리 그곳을 벗어나는 대신 즉각적으로 일종의 반격에 나섰고, 날아온 돌멩이 세 개를 집어 돌멩이들이 날아온 쪽의 숲을 향해 던졌는데, 더이상 돌멩이는 날아오지 않았다. 잠시 두 사람 사이에 투석전이 일어난 울창한 숲은 조용했고, 돌멩이를 던진 누군가는 그곳에 조용히 숨어 있는 것 같았다. 돌멩이들은 아주 크지는 않았지만, 만약 그 돌멩이들 중 하나에 머리라도 맞았다면 큰 부상을 입거나, 경우에 따라서는 그 자리에서 즉사할 수도 있었다. 내게 원한을 가진 누군가의 소행으로는 여겨지지 않았다. 나는 내게 원한을 가질 만한 사람을 떠올렸고, 몇 명이 떠올랐지만 그들 중 누군가가 숲에 숨어서 내게 돌멩이들을 던지는 일을 저지를 것 같지는 않았다. 그럼에도 나를 향해 날아온 돌멩이들은 나를 겨냥해 던진 게 분명했다. 정확히는, 그가 무작위로 고른 목표물이 내가 된 것이었다. 그렇지 않다면 돌멩이들이 그 각도로 날아올 수는 없었다. 내가 던진 돌멩이에 돌멩이를 내게 던진 누군가가 맞아 어쩌면 기절해 있을 수도 있다는 생각이 들었지만 그건 어쩔 수 없는 일이라고 생각했다. 어떤 적의가 그로 하여금 돌멩이를 던지게 했는지 궁금했지만 나는 돌멩이들을 던진 사람을 찾아 울창한 숲으로 가진 않았는데, 그런 식으로 커다란 위협에 처해진 것은 아주 오랜만이었고, 산책을 하는 길에 죽으라는 법이 있다는 생각을 했고, 그 일이 계속해서 뇌리에서 떠나지 않았지만 내 옆에 있는 그녀에게 얘기하진 않았다. 그런 것은 말할 만한 게 못 된다는 생각을 하자 실제로 바로, 말할 만한 게 아닌 것이 되었다. 그럼에도 계속해서, 저녁, 뒷산, 숲길, 산책, 돌멩이, 즉사 등의 단어들이 머릿속에 맴돌았고, 그 단어들은, 어느 날 저녁 뒷산 숲길을 산책하다가 돌멩이에 맞아 즉사하다, 라는 문장이 되어 내게서 떠나지 않았다.

나는 차창 밖으로 펼쳐지는, 아무런 느낌도 불러일으키지 않는, 희미한 선과 면들로 이루어진 풍경들을 보며, 선들은 심하게 뻗어 있고, 면들은 심하게 펼쳐져 있군, 하고 생각했다. 그 풍경은 그것에 대해 더는 묘사하고 싶지 않게 만드는 풍경이었고, 그래서 나는 거의 정색을 하며 그 풍경에 대해서는 더이상의 묘사를 삼갔다. 가는 내내 그녀는 필요 이상으로 과속을 했는데, 나는 불안하기도 했지만 더 속도를 높였으면 하기도 했고, 내가 쓰려고 하는 또다른 소설에 대해서도 생각했다. 나는, 두 사람이 추운 겨울 숲속으로 난 길을 걸어가 얼어붙은 작은 호수에 이르렀다, 라는 문장으로 시작하는 소설을 한 편 쓰려고 했지만 그 첫 문장에서 어떤 진척도 없었다. 겨울이 시작될 때 시작한 그 소설은 겨울이 끝나가고 있는 지금도 여전히 시작에 머물고 있었다. 두 사람 앞에 뭔가가 출현하게 하거나, 그들이 걸음을 내딛게 하면서, 혹은 그들의 시선이 어딘가로 옮겨가게 하면서 이야기를 전개시킬 수도 있을 것이었다. 하지만 이야기는 나아가기를 완강하게 거부하는 것처럼 한 발자국도 나아가지 않았다. 어쩌면 그 소설은 그들로 하여금 추운 겨울의 얼어붙은 호숫가에 그대로 있게 하는 것으로 포기해야 할 것 같았다.

나는 지난 며칠을 어떻게 보냈는지 기억이 흐릿했고, 그래서 도움을 청하기라도 하듯, 내 외투 호주머니에 있는 수첩에 적힌 어떤 글을 떠올렸다. 산책을 하다 낙하하는 꽃을 낚아챘다(이게 얼마 만이지?), 낚아챈 꽃을 입에 털어넣지 않았다(아직 그런 적 없다), 꽃은 손안에 잠시 갇혀 있다 풀려 날 것이다(그래야만 하는가?), 하지만 꽃이 아닌, 하늘을 나는 것이 아니라 날다 어떤 이유로 공중에서 떨어지는 나비나 나방을 낚아채면 입에 털어넣겠어(그래야만 한다). 하지만 그것은 내가 지난봄에 쓴 것으로 며칠 전 다시 읽어본 것이었다. 나는 수첩에 적힌 그 문장에 대해 생각했다. 그 생각은 다른 생각으로 이어지지 않았다. 그 글의 바로 앞과 뒤에는 어떤 글이 적혀 있는지, 그리고 가장 최근에 쓴 글은 무엇인지도 기억이 나지 않았다. 나는 수첩을 꺼내 볼까 하다가 말았다. 수첩의 어딘가에는, 낮에는 낮의 이를 갈고, 밤에는 밤의 이를 갈고: 그리지 않을 그림의 가제, 낮에는 낮의 헛소리를, 밤에는 밤의 헛소리를: 쓰지 않을 소설의 가제, 라는 문장도 적혀 있을 것이었다. 나는, 낮에는 낮의 실신을, 밤에는 밤의 실신을: 어떤 그림이나 소설의 가제로 쓰지 않을, 어디에도 쓰이지 않을 제목, 이라는 생각도 했다.

지난 며칠도 암담한 상태에서 글을 쓰려고 애를 쓰며 보냈을 뿐이었다. 첫 문장만 쓰고 더이상 쓰지 못한 글들이 족히 삼백 개는 되었는데, 그것들로 이루어진 소설을 완성하는 것도 생각했다. 무엇을 어떻게 해야 좋을지 알 수 없는 나날이 이어졌다. 그와 함께, 무엇을 어떻게 해도 좋지 않은 나날들이 이어졌다. 일단 하루하루를 보내는 것이 너무도 어려웠다.

하루를 보내는 것이 너무도 막연할 때면 나는 거실 탁자 위에 하얀 각설탕으로 작은 피라미드와 이글루를 만들기도 했다. 피라미드보다는 이글루를 만드는 것이 더 어려웠고, 그래서 좀더 막연할 때면 이글루를 만들었다. 아주 막연할 때면 이글루를 만든 후 그 주위에 피라미드를 만들기도 했다. 하지만 완전한 이글루를 완성하는 것은 가능하지 않았다. 완전한 이글루를 완성하는 가능한 방법이 있을 테지만 그 방법을 쓰지 않았고, 내가 만드는 이글루들은 항상 중간에 무너져내렸다. 각설탕으로 이글루를 만드는 것은 매우 지치는 일이었고, 계속해서 무너지는 이글루를 다시 쌓느라 어떤 때는 녹초가 되기도 했다. 각설탕으로 이글루를 지을 때면 나는 내가 글을 쓰는 일을 하지 않았다면 그래도 삶은 막연했을 테지만 이토록 막연하지는 않았을 수도 있을 거라는 등의 막연한 생각을 했다.

도무지 글이 써지지 않는 어느 날 밤에는 술을 마신 후 취해 무슨 생각에서인지 날달걀을 열 개나 먹고는, 날달걀을 열 개나 먹은 뒤 빠져 마땅한 기분이라는 게 따로 있는 것 같지 않으니 아무 기분에나 빠져도 좋을 거라는 생각을 했는데, 열 개나 먹은 날달걀 때문인지는 알 수 없지만, 따로 분리된 날달걀의 흰자와 노른자로 이루어진 것 같은, 하지만 그것들이 다시 뒤엉킨, 흰색과 노란색이 뒤엉킨 것 같은 이상한 기분에 사로잡혀 거실 탁자 위에 촛불을 켠 후 촛불을 가만히 바라보다가, 이 촛불 속에는 이상한 느낌을 주는, 작은 흰색과 노란색 손들이 있지만 촛불 속에 손을 넣어 그 손들을 잡을 수는 없어, 라는 생각을 했고, 촛불을 계속해서 바라보고 있는데 작은, 무슨 일인가를 저지르고 싶은 충동을 느꼈고 굳이 나 자신을 말리고 싶지 않았고, 오히려 부추겼고, 마침 거실 탁자 위 화병에 든 바짝 마른 프리지어 한 다발이 눈에 들어왔고, 문득 어떤 생각에 프리지어 다발에서 한 송이를 꺼내 촛불에 대 불을 붙였다. 모든 것을 불태워버리고 싶어서는 아니었고, 단지 프리지어 한 송이를 태우고 싶어서였다. 스물다섯에 요절한 영국의 시인 존 키츠가 장미꽃 한 송이를 태운 후 밤새 장미의 유령이 나타나기를 심각하게 기다린 일화를 떠올렸는데, 노란 프리지어는, 물론 나의 생각이었지만, 아주 기뻐하는 모습으로 타들어가는 것 같았다. 그런데 프리지어 꽃은 검게 타고도 본래의 형태는 고스란히 유지되었고, 마지막 순간에 재도 아니고, 그렇다고 숯도 아닌 것이 되어 꽃대에서 툭 떨어졌다. 나는 거의 한 시간에 걸쳐 꽤 많은 양의 프리지어 한 다발을 모두 태웠다. 프리지어 꽃들은 내 집 거실에서 잠시 밤하늘의 유성처럼 빛났고, 나는 다 타 꺼진 여러 개의 유성들이 거실 탁자 위에 떨어지는 것을 목격했다. 유성처럼 불에 타 탁자 위에 떨어져 무리를 지어 있는 작고 검은 프리지어 꽃들은 술에 취한 내게 아무런 근거 없이, 오세아니아의 어느 외딴섬의 작은 동굴에 살 수도, 살지 않을 수도 있는 아주 작은 검은 박쥐들 같기도 하고, 아닌 것 같기도 했다. 검게 탄 프리지어 꽃은 내게 희미한 기쁨을 주었는데, 그것은 내가 검게 탄 프리지어 꽃을 보며 희미하게 기뻐했기 때문이다.

그후 나는 밤에 잠을 이루지 못하며 무엇을 해야 좋을지 알 수 없을 때면 말린 프리지어 꽃을 태우곤 했다. 그에 따라 한동안 내게 꽃은 감상하기보다는 불에 태우기 위한 용도로 쓰였다. 나는 단지 잠 못 이루는 밤에 술에 취해 불에 태울 목적으로 여러 가지 꽃을 사와 말리는 수고를 감수했다. 백합과 장미와 수선화 같은 다른 여러 가지 마른 꽃들도 태워보았지만 그 가운데서 프리지어가 가장 기쁘게 탄다는 것을 발견했다. 어떤 꽃은 좀더 오래 탔고, 어떤 꽃은 좀더 어렵게 탔으며, 어떤 꽃은 좀더 싱거운 느낌을 주며 탔다. 무슨 생각에서인지는 알 수 없었지만 꽃들 중 일부는 냉장고의 냉동실에 넣었고, 한동안 냉동실은 꽃들의 시체 안치소가 되어갔다. 모란과 연꽃은 아직 태워보지 못했다. 더 많은 꽃들을 불태우게 되면 프리지어보다 더 만족스럽게 타는 꽃을 발견하게 될 수도 있을 것이었다. 그때가 되면 프리지어가 아닌 다른 꽃을 태우는 일에 몰두할 수도 있을 것이었다. 하지만 아직은 프리지어를 불태우는 것에 만족했고, 나는 불에 타는 프리지어에서 나는 냄새가 좋았는데, 불타는 프리지어에서는 종이가 타는 냄새와 비슷하지만 좀더 향기로운 냄새가 났다. 프리지어를 불태우다보면 마음이 느닷없이, 걷잡을 수 없이 환해지기도 했고, 검게 탄 프리지어를 보면 마음이 역시 느닷없이, 걷잡을 수 없이 어두워지기도 했다.

프리지어가 불에 타면서 나는 연기가 프리지어의 유령은 아닐 테지만 그것이 유령의 일부라면 그 유령은 장난스러운 것 같았는데, 장미를 태울 때 나는 연기로 봐서는 장미의 유령은 우아하지는 않았다. 한번은 장미꽃 두 송이를 갖고 일종의 연소 실험을 했는데, 한 송이는 애도하는 마음으로 화장을 해주듯 태웠고, 다른 한 송이는 역시 애도하는 마음으로 화형에 처하듯 태웠는데, 그렇게 하겠다는 말을 하고 그렇게 했는데, 두 꽃이 타며 나는 연기로도, 연기가 사라지고 난 후의 무엇으로도 의미 있는 차이를 찾을 수는 없었고, 그 실험으로는 꽃의 유령과 관계가 있을 수도 있는 어떤 것도 알 수 없었다.

나는 그렇게 한 달 정도, 집에 다른 것은 몰라도 말린 프리지어가 떨어지는 일은 없게 꽃가게에 가 정기적으로 사왔다. 물론 꽃가게 주인에게 밤에 잠을 이루지 못하며 무엇을 해야 좋을지 알 수 없을 때 불에 태울 프리지어를 달라고 하지는 않았다. 나는 프리지어를 살 때마다 꽃가게 주인에게, 화병에 꽂아두고 눈으로 감상할 프리지어가 아닌, 말려서 불에 태울 프리지어 한 단 주세요, 라고 말하고 싶은 충동을 간신히 눌러야 했다. 하지만 정신 나간 사람처럼 보이지 않고 그렇게 말할 수는 없는 노릇이었는데 그 점이 몹시 아쉬웠지만(그것은 때로 미용실에 가 미용사에게 내 한쪽 귀를 잘라달라고 말할 수 없는 것만큼이나 아쉬웠다) 그와 동시에 나는 가게 주인으로서는 내가 불태우기 위해 프리지어를 산다는 사실은 꿈에도 생각지 못하리라는 사실이 만족스러웠다.

하지만 어느 날에는 프리지어를 태우는 일에 싫증이 나버렸고, 그래서 프리지어 한 송이를 손에 들고 가만히 서서 어떻게 하면 좋을지를 생각하다가, 냉장고 속에 있는 날달걀들을 꺼내 공중에 던져 머리 위로 날벼락들이 되어 떨어지게 할까, 아니면 날달걀 대신 날달걀 크기와 모양의 돌멩이들(내 집에는 돌멩이들이 많이 있었고, 그중에는 날달걀 크기와 모양의 돌멩이들도 있었다)이 날벼락들이 되어 떨어지게 할까, 하는 생각도 했지만 그렇게 하지는 않았지만 그것들 외에도 머리 위로 던져 날벼락들이 되어 떨어지게 할 수 있는 것들이 많이 있다는 생각을 했다. 그리고 어느 날에는, 오늘은 날달걀을 손에 들고 프리지어를 먹을까, 하는 생각도 했지만 그렇게 하지는 않았고, 또다른 날에는 날달걀과 프리지어를 두 손으로 저글링을 하듯 던지고 받는 것을 할까 했지만 그것은 날달걀과 프리지어를 갖고 뭔가를 하고자 하는 내 의도에서 어긋나는 어떤 것 같았다.

우리는 밤늦게 호텔에 도착했고, 술을 마시며 얘기를 조금 나누다가 잠이 들었다. 이튿날에는 차를 타고 어떤 식당에 가 점심식사를 했다. 조금 후 식당에서 나왔을 때에는 소녀 하나가 어떤 집의 마당에서 꼬챙이에 접시를 올려놓고 돌리고 있는 것이 보였다. 아이는 걸음마를 배우기 전부터 접시돌리기를 배운 것처럼 아주 잘 돌렸다. 어쩐지 그녀는 중국 소녀 같았다. 나는 그녀가 접시를 돌리는 것을 잠시 지켜보았는데, 그녀는 내가 근처에 있다는 것도 알아차리지 못했다. 내게 관심이 돌려지면 돌고 있던 접시가 떨어질 수도 있을 것 같았고, 나는 그녀의 관심을 내게 돌려 접시가 떨어져 깨지는 것을 보고 싶었지만 마음대로 되지 않았다. 그녀는 접시돌리기에 완전히 골몰해 있었다. 꼬챙이 위에서 접시가 아주 빠르게 돌아가는 것이 아주 터무니없게 여겨졌고, 그럴 수만 있다면 소녀 옆에서 불을 삼켰다가 토해내는 묘기라도 부리고 싶었다. 그때 소녀의 엄마처럼 보이는 여자가 집에서 나왔는데 키가 아주 작았다. 나는 어쩌면 그녀가 과거에 서커스단에서 접시를 돌렸을 수도 있다고 생각했다. 호텔로 돌아오는 길 내내 나는 접시를 돌리던 소녀에 대한 생각을 했지만 옆에 앉은 여자에게는 소녀에 대한 얘기는 하지 않았다. 대신 며칠 전 대학 캠퍼스에서 본 치어리딩에 관한 얘기와, 치어리딩에 관한 소설을 쓰고자 한다는 얘기를 했다. 그녀는 그 소설에 많은 철길들이 등장해도 좋을 것 같다고 했다. 줄넘기를 하는 소녀도, 접시돌리기를 하는 소녀도 치어리더는 아니었지만 '치어리딩의 어두운 역사'라는 제목의 소설 속에, 많은 철길들과 함께, 그들이 왜 등장했는지 의아하게 등장하게 할 수도 있을 것 같았다.

우리는 오후 늦게 호숫가를 잠시 산책했다. 그러다 호숫가의 어느 지점에 이르러 걸음을 멈췄다. 전체적으로 별다른 느낌을 주지 않는 호수는 세부적인 것에 있어서도 눈길을 끄는 것이 없었다. 날씨는 흐렸고, 커다란 호수는 스산하고 음산해 보였다. 호수는 군데군데 얼음이 얼어 있었고, 호수의 한가운데로 가고 싶었지만 살얼음이었고, 얼음 위로 걸어갈 수는 없었고, 헤엄을 치면 갈 수도 있었지만, 헤엄을 쳐서는 얼마 가지 못해 동사하거나 익사하게 될 것이었다. 나는 그 살얼음 위로 올라서고 싶은 충동을 눌렀다. 호수는 텅 비어 있었다. 새들은 보이지 않았다. 그것은 다행으로 여겨졌다. 그 스산하고 음산한, 텅 빈 호수는 아무것도 없는 것이 나은 듯했다. 나는 문득, 내 앞에 펼쳐진 풍경과는 아무 상관 없이, 아무런 암시도 없는 죽음을 맞이하는 것에 대해 잠시 생각했다.

그러다 언젠가 본, 사냥꾼들이 쏘는 총탄에 맞아 어떤 강 위로 떨어지던 오리들에 대한 기억이 떠올랐다. 이따금 밤에 그 오리들에 대해 많은 생각을 하다가 마치 오리들에 대한 생각의 귀결인 것처럼 오리무중인 생각에 이르게 되곤 했었다. 또다시 오리들에 대한 생각을 하다가 오리무중인 생각에 이르게 되지 않도록 다른 뭔가에 대해 생각해야 했다. 나는 물고기에 대한 생각을 했다. 물고기도 보이지 않았다. 하지만 보이지 않는 곳에 있는 게 분명했다. 그 커다란 호수에 물고기 한 마리 살지 않는 것은 가능하지 않은 일로 여겨졌다. 나는 마음속으로, 그 계절에 대체로 야위어 있을, 보이지 않는 물고기들에게 어떤 성원을 보냈고, 그것과 다르지 않은 이유에서, 역시 보이지 않는 새들에게 어떤 야유를 보냈다. 그러자 성원과 야유가 다르지 않은 것으로 여겨졌다. 나는 물속의 돌멩이 하나를 꺼내고 싶었지만 살얼음을 깨면서까지 그렇게 하고 싶지는 않았다. 물속의 돌멩이를 왜 꺼내고 싶어하는지는 분명치 않았지만 꺼낸다면 다시 물속으로 집어던질 게 분명했다. 하지만 그렇게 던질 돌멩이들은 호숫가에도 많았다. 그냥 살을 에는 듯한 차가운 물속에 손을 담근 채로 있고 싶은 것 같았다.

하늘은 더욱 어두워졌고, 곧 폭설이라도 쏟아질 것만 같았다. 하지만 폭설이 쏟아질 것처럼만 했지 쏟아지지는 않았다. 우리는 호숫가에 아무 말 없이 서 있었다. 나는 우리가, 내가 쓰기 시작한, 하지만 더이상 쓰지 못하고 있는 소설 속의, 그들 스스로도 어떻게 해야 좋을지 영원히 알 수 없는 두 인물 같았다. 그때 호수 건너편 숲속에서 모닥불 같은 뭔가가 피어오르고 있는 것처럼 보였지만 확실하지는 않았다. 우리는 그 불분명해 보이는 불길 같은 것에 대해 분명치 않은 얘기들을 나눴다. 건너편 숲에 불이 난 듯했는데 큰불은 아닌 것 같았다. 불은 활활 타오를 생각이 없는 듯, 어떤 이유로 그 반대의 길을 택한 듯 곧 사그라지는 것 같았다. 나는 추위로 온몸이 떨렸고, 귀들이 떨어져나갈 것만 같았다. 이 상태가 너무도 좋아 영원히 이대로 있고 싶군, 하고 나는 생각했다. 하지만 영원히 그대로 있을 수는 없었다.

호텔방으로 돌아왔을 때에도 귀는 한동안 얼얼했다. 우리는 또 술을 마시며 얘기를 나눴지만, 귀가 얼얼해 그녀가 하는 얘기를 잘 알아들을 수가 없었다. 나는 취해서 잠이 들었고, 얼마 후 화장실에 가야 해 잠에서 깼다. 다시 잠을 이루려 했지만 소용이 없었다. 나는 창가에 앉아 안개에 싸인 창밖의 호수를 노려보았다. 조금 전 꾼 서너 개의 꿈 중 하나가 떠올랐다. 아는 누군가가 어떤 사람의 커다란 집에 있는 방 여러 개를 보여주는 꿈이었다. 귀에 익은 서양의 어떤 아리아이지만 중국의 경극배우가 부르는 것 같은 노래가 조용히 울려퍼지고 있는 마지막 방에서는 중앙아시아 사람 같은 한 남자가 물구나무를 선 채로 있었다. 아리아는 끔찍하게 들렸고, 나는, 저 사람은 끔찍한 아리아보다 더 끔찍한 것을 떠올리려고 물구나무를 서고 있군, 하고 생각했다. 아는 누군가는 여러 개의 방을 보여준 후 다시 처음부터 여러 개의 방을 보여주었는데, 이번에는 아리아가 울려퍼지고 있던 마지막 방에서 물구나무를 선 남자가 더이상 보이지 않았고, 아리아도 더이상 들리지 않았다. 그 남자는 아리아와 함께 어디에도 없는 어딘가로 사라진 것 같았다. 나 역시 어디에도 없는 어딘가로 사라지고 싶었다. 어디에도 없는 곳에 가면 어디에도 없는 사람 정도는 될 수도 있겠지만 어디에도 없는 곳은 어디에도 없으니 어디에도 없는 곳을 갈 수는 없을 것이었다.

처음 보는 어떤 이상한 기예를 펼치는 소녀를 꿈속에서 볼 수 있었으면 했는데 소녀를 대신해 물구나무를 선 남자가 등장한 것 같았다. 머리가 어지러워 앉아 있는 것조차 힘들었고, 뭔가와, 이를테면 메두사나 메두사의 머리와 함께 등을 맞대고 나란히 누워 있고 싶다는 생각을 하며, 잠시 그녀 옆에 누워 있었다. 여러 가지 생각들이 스쳤다. 내가 평소에 갖고 있는, 뿔이 달린 동물들에 대한 선망에 대한 생각, 언젠가 밤에 혼자 술을 마시다가, 마치 웃통을 벗고 싸움을 시작하려는 사람처럼 웃통을 벗고 술을 마시기 시작했던 기억, 비가 오는 어느 날 밤에 집안의, 입지 않는 옷들을 모두 챙겨 뒷산에 가져가 암매장할까 하는 생각을 했던 기억, 말이 울부짖는 것 같은 인상을 주며 웃는 누군가에 대한 기억, 언젠가 집 근처 산에서 지네 한 마리를 보았던 기억—그때 나는 걸음을 멈추고 잠시 지네를 바라보았는데, 지네는 수많은 가는 다리들을 움직이며 기어갔고, 나는 은근히 소름 끼쳤지만 순간적으로 그 지네를 따라가고 싶은 이상한 충동을 느꼈지만 따라가지는 않았는데, 지네는 조금 후 덤불 속으로 사라졌고, 나는 잠시 그 자리에 서서, 그 징그러운 지네를 따라갔다면 은근히 우스웠을까, 하는 생각과 함께, 지네를 따라갔다면 무슨 일이 있었을까를 생각했지만 아무 일도 없었을 것이었다—, 그리고 자신에게 흑마술을 부리려고 흑마술을 익힌 흑마술사—그는 진정한 흑마술사라고 할 수도 있을 것이었다—가 있을까, 하는 생각까지 하자 머릿속에서 생각들이 난무하는 것 같았고, 마치 정신없이 줄넘기를 하고 있는 것 같았고, 물구나무를 선 채로 접시를 돌리고 있는 것 같기도 했다.

그리고, 무척 피로했음에도 불구하고 각설탕으로 이글루를 짓는 데 유난히 골몰한 어느 날, 바티칸의 교황청에서 오래전 죽은 교황 피우스 2세와 각설탕으로 누가 더 체스판 위에 이글루를 근사하게 짓는지를 놓고 내기를 하며 수영에 대해 얘기하는 꿈을 꿨던 기억이 났다. 대화의 내용을 요약하면, 교황은 접영을, 나는 배영을 잘한다고 서로 자랑하는 것이었다. 교황의 얼굴은 아주 야위지는 않았지만, 몰골이라고 해도 좋을 정도로 이상한 모양이었는데, 머리에 우스꽝스러운 고깔모자를 쓴 교황은 누가 보아도 멍한 표정으로 일관하고 있었다. 교황과의 수영 시합은 성사되지 않았는데, 그것이 교황청의, 교황의 측근들인 추기경들의 음모 때문인지 아닌지는 알 수 없었다. 교황은 내기를 시작하기 전에 각설탕을 한입 털어넣었고, 내기가 시작되자마자 멍한 표정을 지우고 골몰하는 표정을 지었다. 교황의 골몰하는 몰골은 괴상했고 결국 나는 교황에게 지고 말았다. 교황 피우스 2세는 실제로 깨어 있는 시간 대부분을 각설탕으로 이글루를 짓는 데 보냈던 것이다. 실제로 그는 세상에서 각설탕으로 이글루를 가장 잘 짓는 사람이었다. 지고 난 후에야 나는 내가 진 것은 그 내기의 중요성을 미처 깨닫지 못했기 때문이라는 것을 깨달았다. 가톨릭교회의 수장인 교황은 가톨릭교도들의 대표로, 가톨릭교도가 아닌 나는 가톨릭교도가 아닌 사람들의 대표로 각설탕 쌓기 시합에 참가하고 있었던 것이다. 나는 가톨릭교도가 아닌 사람들 모두에게 죄를 지은 것 같았다. 내기를 끝낸 교황의 얼굴에는, 본래의 표정인 멍한 표정이 돌아와 있었다. 나는 내기에서 진 벌로 교황이 붉은 소리는 파란 자루에 담고, 파란 소리는 붉은 자루에 담지 못하면 내부가 붉은 색과 파란색으로 칠해진 지하 감옥에 영원히 가둬놓겠다는 얘기를 할까봐 잠시 겁을 먹었지만 교황은, 나는 15세기 후반의 집착의 희생자라네, 라는 알쏭달쏭한 말을 남기고 물러갔다. 내가 교황에게 진 것이 교황의 골몰하는 몰골 때문인지, 아니면 사람의 마음을 무척 산란하게 하는 힘을 갖고 있는 것 같은, 그의 우스꽝스러운 고깔모자 때문인지 분명치 않았지만, 꿈에서 깬 후에는 교황의 멍한 표정이 마음속에서 쉽게 떠나지 않았고, 나 또한 어떤 집착의 제물이 되고 있는 것 같았는데, 이상하게도 나 역시 교황에게 알쏭달쏭한 어떤 말을 하지 못한 것이 각설탕 쌓기 시합에서 진 것보다도 더 분했다.

모든 것이 몹시도 흐지부지하고 흐물흐물하게 느껴졌다. 그리고 모든 것이 뒤죽박죽인 것 같았는데, 뒤죽박죽이라는 단어 속에는 약을 먹은 몇 마리의 쥐들이 정신없이 돌아다니는 듯한 느낌이 있었다. 그리고 흐지부지와 흐물흐물이라는 단어들 속에는 약을 먹은 쥐들이 쓰러져 경련을 일으키며 마비되어가는 듯한 느낌이 있었다. 모든 것이 몹시 난감하게 여겨졌고, 옆에서 자고 있는 그녀를 깨울까 하다가 그만두었다. 한때 그녀를 사랑한다고 생각했지만, 이제 우리는 더이상 연인 사이가 아니었다. 결국 모든 것은 시들해졌다. 나는 우리가 서먹한 사이라고 생각했고, 어쩌면 좀더 서먹한 관계로 발전할 수도 있을 거라고 생각했다. 그 생각을 하자 기어이 서먹한 관계로 발전시키고 싶었다. 우리는 서로 할말을 잃어가고 있는 관계였다. 나는 졸음을 느꼈고, 그 상태로, 그녀의 몸 위에 올라가 잠이 들면 좋겠다고 생각했지만 그럴 수는 없었다. 그것은 어쩐지 상어 위에 올라탄 채로는 잠이 들 수는 없는 것과 마찬가지로 여겨졌다.

내 집 침실에서 집을 짓다 만 거미 생각이 났고, 거미가 집을 완성했을지가 궁금했다. 하지만 완성했다면 어떤 모양일지는 그다지 궁금하지 않았다. 보통의 거미집 모양일 것이었다. 거미가 자신의 머릿속에 있는 설계도에 따르지 않고, 거미집으로 보이지 않는, 다른 형태의 파격적인 집을 짓는 것은 상상하기 어려웠다. 하지만 그 빈집에서 거미가 무엇을 하고 있을지는 궁금했다. 어쩐지 집을 짓다 만 그 상태로 꼼짝 않고 있을 것만 같았다. 아니면, 거미가 지으려고 한 것이 집이 아니라 자신의 무덤이었을 수도 있다는 생각이 들었다. 그것은 가능한 일처럼 여겨졌다. 나는 자신이 만든 무덤 속에서, 모든 것을 뒤로하고, 거미 모습의 죽음을 취하고 평온하게 있을 수도 있는 거미를 생각했다.

문득 외투의 호주머니 속에 뒤엉켜 있는 긴 끈에 대한 생각이 났고 그 끈으로 뭔가를 하고 싶었다. 그 끈은 뭔가를 포장하는 데 사용되는 것이었지만 그 끈을 뭔가를 포장하는 데 사용한 적은 없는 것 같았다. 자고 있는 그녀 옆에서 어떤 기예를 펼치는 사람처럼 그 끈으로 목을 맬까 하는 생각을 했다. 기이한 느낌의 아리아가 울려퍼지기라도 한다면 더 도움이 될 것 같았다. 그 끈으로 목을 매는 것은 가능하고도 바람직한 일로 여겨졌다. 하지만 그 순간에는 가능하고도 바람직한 어떤 일은 하고 싶지 않았다. 불가능하고도 바람직하지 않은 어떤 일이라면 할 수도 있을 것 같았다. 그래서 목을 매는 것에 대한 생각은 어떤 물건을, 이를테면 끈 같은 것을 바닥에 내려놓듯 내려놓았다.

오리무중인 생각들이 이어졌지만 그것들을 일일이 따라잡을 수가 없었다. 하지만 나 자신이 점점 더 오리무중 상태에, 오리무중에 이르고 있는 것 같았다. 오리무중이라는 말이 생겨나게 한, 도술을 부려 세상과 담을 쌓은, 역사 속 중국의 누군가를 잠깐 생각했다.

오리무중에 이르면 그곳에는 오리가 안개에 싸인 첩첩산중이 있을 것 같았다. 나는, 어디에도 없는 곳에 가면 어디에도 없는 사람 정도는 될 수도 있겠지만 어디에도 없는 곳은 어디에도 없으니 어디에도 없는 곳을 갈 수는 없을 테지만 그럼에도 마음속으로 어디에도 없는 곳을 향해 어딘가를 가다보면 어디에도 없는 곳으로 가고 있는 사람이거나 어디에도 없는 곳으로 가고는 있지만 어디에도 없는 곳으로 가느라 어디에도 가지 못하는 사람 정도는 될 수도 있겠지, 하는 어지러운 생각을 할 수 있었는데, 그것은 머리가 무척 어지러운 덕분인 것 같았다.

마치 불을 삼킨 듯 몸의 내부에서부터 몸이 뜨거워졌고, 몸에 불이 난 것 같았고, 불에 뛰어드는 상상을 했는데, 그 경우 불이 아닌 물에 뛰어드는 것이 맞는 것 같았다. 여름에 보름달이 뜬 한밤중에 만면에 냉소를 머금고, 입에 아주 길게 풀어지는 끈을 문 채로 어떤 넓은 호수를 헤엄쳐 건너가는 상상을 했다.

점점 더 오리무중에 이르는, 혹은 이미 오리무중에 이른 것 같은 생각들 속에서 나는, 어쩌면 긴 끈을 입에 문 채로 호수를 헤엄쳐 건너가며, 호수 건너 불, 그 불을 향해 호수를 건너가는 손과 눈을 생각하게 될지도 모른다는 생각을 했다. 그리고 호수가 불에 탈 리는 없지만 불타는 호수, 하면 불타는 호수가 펼쳐지고, 어느새 호수 건너 불을 향해 호수를 건너가는 손과 눈도 불타오를 것 같았다.

어쩌면 호수 중간에서, 혹은 반대쪽 호숫가에 이르기 직전에 기진맥진한 끝에 익사할 수도 있을 것이었다. 과거에 일년 중 익사자의 날, 목매달아 죽은 자의 날과 같은 날들이 있었던 어느 종족이 있었는지 문득 궁금했다. 억울하게 죽은 자들의 날, 원한에 사무쳐 죽은 자들의 날과 같은 날들도 있어도 좋을 것이었다.

익사에 대한 생각을 하자 익사의 황홀이라는 표현이 떠올랐고, 몸안으로 물과 함께 어떤 황홀이 차오르는 것이 느껴졌다. 어쩐지 익사의 황홀은 쉽게 가라앉지 않을 것 같았다. 마지막 순간에도 내가 끈을 입에 물고 있게 된다면 끈은 잠시 내가 가라앉는 깊이를 재어주다가 수면 위로 떠오를 것이었다. 그 생각을 하며 나는 자리에서 일어나 외투를 입었고, 외투 호주머니 속에 끈이 있는 것을 확인하고 바깥으로 나가며, 호수를 가로지르는 데 꼭 여름밤일 필요는 없다는 생각을 했다.

| 수록 작품 발표 지면 |

개의 귀 …… 『문학과사회』 2014년 봄호

유형지 ×에서 …… 『Axt』 2016년 3/4월호

어떤 불능 상태 …… 『문학과사회』 2012년 봄호

오리무중에 이르다 …… 『문학동네』 2012년 가을호

문학동네 소설
오리무중에 이르다

1판 1쇄 2017년 3월 6일
1판 2쇄 2017년 7월 28일

지은이 정영문
펴낸이 염현숙
책임편집 김내리 | 편집 정은진 이성근 이상술
디자인 김이정 유현아 | 마케팅 정민호 박보람
홍보 김희숙 김상만 이천희
제작 강신은 김동욱 임현식 | 제작처 영신사

펴낸곳 (주)문학동네
출판등록 1993년 10월 22일 제406-2003-000045호
주소 10881 경기도 파주시 회동길 210
전자우편 editor@munhak.com
대표전화 031) 955-8888 | 팩스 031) 955-8855
문의전화 031) 955-3576(마케팅) 031) 955-8864(편집)
문학동네카페 http://cafe.naver.com/mhdn | 트위터 @munhakdongne

ISBN 978-89-546-4451-8 03810

* 이 도서의 국립중앙도서관 출판예정도서목록(CIP)은 서지정보유통지원시스템 홈페이지(http://seoji.nl.go.kr)와 국가자료공동목록시스템(http://www.nl.go.kr/kolisnet)에서 이용하실 수 있습니다.(CIP 제어번호: 2017002549)
* 이 책은 서울문화재단 '2017년 문학창작집 발간지원사업'의 지원을 받아 발간되었습니다.

www.munhak.com